U0093134

全新譯校 經典新版世界名著 26

A Farewell to Arms

戰地春夢

〔美〕海明威 著
葉純 譯

A Farewell to Arms

戰地春夢

【出版總序】

文學的陽光VS.生命的陰霾：海明威和他的作品

著名文化評論家
陳曉林

一九五三年，海明威獲得諾貝爾文學獎，評獎委員會所公布的理由，主要是宣稱他對「小說敘事藝術那強而有力、饒具風格的精湛駕馭」；但事實上，眾所周知的是，海明威的作品之所以受到舉世讀者的喜愛與肯定，並非只因在文學技法上的精擅或突破，而更是由於在主題、內容和價值觀上，對現代西方文壇的衝撞和啓發。

就這個意義而言，因爲評獎委員們在視域和膽識上的保守自閉，以致一再與真正偉大的作家、作品失之交臂的諾貝爾文學獎，在當年頒給了海明威，固然是使海明威在文學創作上的成就得以實至名歸的適時之舉；然而，又何嘗不是這個獎藉著對海明威的文學譽望錦上添花，而自證其畢竟尚能慧眼識才的一次契機？事實上，到了海明威推出令世界文壇震撼的名篇《老人與海》之際，他在歐美文學界的地位，及在讀者大眾心目的形象，均已經戛戛獨絕，而且屹立不移了。

現代文學的掌旗人

長年以來，海明威是公認的現代主義文學旗手及二十世紀美國傑出作家；但海明威的作品何以既予人以戛戛獨絕的「存在」感受，而又能被推崇爲具有普世共通的「經典」意義，卻一直是個眾說紛紜的謎題。海明威作品的魅力，其實就潛藏在這個看似相當弔詭的謎題中。

包括不少詳研海明威生平的傳記作者，以及深入剖析海明威作品的文學評論家在內，一般咸認海明威是陽剛、勇敢、雄偉、簡潔、明朗的表徵，無論就人格特質或就寫作風格而言，均是如此。這當然是顯而易見的。不過，若是仔細參詳海明威生平及作品可資互相對映之處，便不難發覺：他在文學創作上一貫追尋、探索、表現某種令人神往的明朗與雄偉之境界，與他一直試圖克服生命中那種若隱若現、但呼之欲出的厭煩、壓抑與陰霾，乃是互有關連的情景。

換言之，海明威藉由文學創作來召喚生命的陽光，庶幾可以克服或抑制那些蠢蠢欲動的陰影。自小，海明威就擁有一顆特別善感的文學心靈，例如他在六歲時即對「人必將死亡」一事有著獨特的感知，並爲之顫慄；又如他對性格專斷、不苟言笑、嚴持基督教規戒的母親在感情上十分疏離；對身爲醫生的父親在他幼年時帶著他狩獵、釣魚，養成了他日後熱愛大自然的性向非常感念，但對父親在母親面前窩囊瑟縮、一籌莫展，他則深惡痛絕，**（父親終於在長期壓抑後自殺，更是海明威一生未曾擺脫的夢魘）**。

海明威作品中，對「父與子」錯綜情結的反覆探索、對兒時與父親在湖畔度假、在印地安營地交朋結友的一再緬懷，都反映了他心中的陽光與陰霾在交互糾纏。

心靈善感，對生命的陰霾從小就有深刻的體驗；然而稟性英勇，面對死亡的挑戰非但毫不畏懼，還要主動迎上前去。這就是海明威人格特質的殊異之處，也正是海明威文學魅力的核心所在。十八歲，他欲從軍參加一次世界大戰，雖因視力不及格而未果，但他鍥而不捨，次年改以紅十字會救護員的身分投入歐洲戰場。結果卻在首次出勤時即奮不顧身地在炮火中搶救袍澤，敵方大炮轟來，他身中數百塊彈片，體無完膚，不啻死過了一次。後來，他更以報社記者的身分參加西班牙內戰及二次大戰，無不實際投身在隨時可能喪命的第一線。

海明威作品揭示的真相

對死亡敏感，卻不斷向死亡迎面挑戰，是海明威呈現的人生真相，也是海明威作品的重要主題。正因爲死亡是如此的可怖，戰爭是如此的殘酷，一個人要活下去，就必須對生命中正面的價值或意義，具有明晰的感應。然而，一切所謂神聖的、崇高的、正義的、偉大的宣示或鋪陳，其實都是詐騙；列強爲了爭奪資源和市場而狗咬狗的世界大戰，動輒就殺傷上千萬的無辜軍民。在歐洲戰場，海明威看透了英美方面和德義方面都是一丘之貉；然而，人生畢竟需要有救贖，需要有陽光。而愛情的喜悅、審美的意趣，就成爲海明威筆下的殘酷世界中最動人、也最引人的救贖。

從《戰地春夢》到《戰地鐘聲》，再到後期的《渡河入林》，海明威作品一方面揭露了望之儼然的西方文明在本質上所體現的詐騙性與殘酷性，另方面則以愛情和審美作爲現代人生所剩餘的唯一救贖。他和《大亨小傳》的作者費茲傑羅、《荒原》的作者艾略特等名家，被歐美文壇公推爲「失落的一代」，無非是由於他們以敏銳的文學心靈洞徹了現代人的真實處境，以及現代文明的虛無本質。有了海明威等人，現代文學及時出現了在主題和技法上均迥異於傳統文學的「群聚效應」，足以與現代主義的藝術潮流交光互映了。

愛情、戰爭、冰山理論

戰爭、愛情、死亡、狩獵、鬥牛、拳擊、海洋、捕魚…大抵是海明威作品中恆常呈示的場景；以文學創作來召喚生命的陽光與救贖，則是他念茲在茲的題旨。然而，母題儘管顛撲不破，海明威卻精擅於以多重的變奏來敘述故事，鋪陳情節，從而營造出他所獨具的風格與氛圍。以愛情這個母題而言，除了《戰地春夢》的摯愛悲情、《戰地鐘聲》的生死契闊之外，如《太陽依然昇起》的荒蕪之愛、頹廢之美，《伊甸園》那放浪形骸到近乎變態的畸愛，均是別開生面的敘事。而即使同為以成長、啓蒙、洞察真實人生為題旨的短篇小說集，《勝利者一無所獲》、《沒有女人的男人》與《尼克的故事》也皆有各自獨具的結構和意涵。《有錢．沒錢》更為嘲謔貧富懸殊的現代社會，及由此衍生種種不公不義的人生情境，提供了極尖銳的小說範本。

而海明威能夠如此「強而有力、饒具風格」地駕馭他的作品，主要關鍵在於他對敘事文體的運用，一貫要求做到「極簡」。他出身於報社記者，當年駐外記者報導新聞，為了節省經費，採用所謂「電報體英文」，避用形容詞、副詞，只要精簡明瞭、直接達意即可。海明威在撰寫文學作品時體悟到：「極簡」反而可以創造出獨有的、明朗的風格，故而他刻意以「電報體」作為自己主要的敘事語言；並由「極簡」風格的文字敘述，進而提煉出他自己獨樹一幟的文學創作論綱，即「冰山理論」。海明威認為，文學作品的敘事，除了刻畫必要的場景，便只需寫出動作和對話即可，其餘的一切，應留待讀者自行感知和領會；因此，好的文學作品猶如一座浮在海面的冰山，敘述出來的只有八分之一，另外的八分之七則不需贅述，有如冰山留在海面下的主體。

「冰山理論」的輝煌例證，當然就是爲海明威博得舉世稱道的《老人與海》了。這個情節極單純、但寓意極豐富的中篇小說，迄今仍是英美各名校的文學系必讀必研的小說典範。海明威對生命的終極體悟：「人可以被毀滅，但不可被打敗」，便出現在其中。看來，海明威以文學的陽光克服生命的陰霾，也是在本篇中臻於登峰造極之境。

賞味《戰地春夢》：

永別了，武器
永別了，愛人

葉純

《戰地春夢》是海明威確立其文學地位的代表作，也是二十世紀在小說藝術上具有經典意義的重要作品。如同許多熟諳歐美文壇動向的評論家所指出的，它是一部張揚人道主義精神的反戰小說；然而，海明威在書中所表達的理念與情感，其實遠遠不止於人道與反戰，而已逕自揭露了世界大戰的荒謬性，從而嚴肅批判了現代西方文明的本質。

同一時期，歐美文藝界、思想界的新興潮流，從達達主義到存在主義，在思維取向上常與海明威的作品合轍，也常受到海明威的作品影響；因此，海明威當然不止是所謂「失落的一代」的文學代言人。

「但凡聽到『神聖』、『光榮』、『犧牲』等字眼，我總覺得尷尬。」「『光采』、『榮譽』、『勇氣』、或『聖人』等抽象的字眼，擺在具體的村名、路號、河名、軍團號碼和日期旁邊，顯得十分猥褻。」這是海明威在《戰地春夢》中震撼人心的名句，寥寥數語，卻一舉剝下了所有宗教權威、政治領袖、道德說教的假面具，直接揭示這些東西都十分「猥褻」。

在已經進入後現代、反威權，而且流行解構與批判的當代人看來，這樣蔑視一切權威的言論誠然司空見慣，完全不足爲奇；但在廿世紀早期，西方文明赫赫不可一世，歐美列強都在強調自己國家的道德權威，並吹噓「白種人的負擔」之際，海明威以一針見血的筆調，冷冷地戳破了國王的新衣，委實不失爲孤明先發的驚世讜論。然而，若不是由於海明威在《戰地春夢》中所呈示的戰爭場景之可怖與荒謬，其真實感到了令人觸目驚心的地步，則這些直接揭明反權威、反傳統的理念與表述，也未必能引起風起雲湧的共鳴與認同。

這就是文學的魅力所在，而海明威那簡捷明瞭、直抒胸臆的文學風格，在本書中首次提升到籠罩全局的高度，使得形式與內容形成了有機的整體。

他以看來渾不經意的分景敘事，將大戰期間軍方指揮部門的混亂與顢頇、接戰失利時各部隊人仰馬翻的淒慘和落魄、撤退中戰地憲兵對己方敗兵動輒不由分說即濫肆槍決的殘酷與冷血，諸般情節都鋪陳得清晰分明，歷歷如在眼前。正因爲冷靜而清醒地描述了這些接踵而至的戰場實況；所以，海明威對列強互殘的世界大戰，以及這大戰所暴露的西方文明之僞善與空洞，才能透過書中主角的反思與徹悟，而作出根本性的批判。也正由於海明威將他自己目擊身歷的戰場實況，化入了這部小說，他所體現的人道主義與反戰意識，才具有歷史的縱深與時代的特色，而不流於存在主義式的個人抉擇，或爲反對而反對的道德窠臼。

眾所周知，戰爭、勇氣、死亡、搏鬥均是海明威作品的恆常主題，而愛情則是他所肯定、所嚮往的唯一救贖。在《戰地春夢》中，美麗女護士凱瑟琳的愛情，是戰場上九死一生、對人間世已徹底看透的男主角亨利唯一的安慰，也是唯一的希望。然而，凱瑟琳陪他逃亡，永遠告別武器與戰場，卻在已抵達中立國瑞士之後，因醫生未能及時挽救她的難產而致香消玉殞。真是夫復何言？

但即使造化弄人，麗影已渺，亨利畢竟在殘酷的戰地擁有過永銘不忘的一場春夢。而海明威以愛情作爲唯一救贖的創作題旨，亦仍會鍥而不捨。

卷一

1

那年夏末，我們住在一棟村舍裡，小村隔著溪流、平原與群山遙遙相對。河床中有圓石和砂礫，在太陽下顯得乾爽而白淨，河水清澈湍急，呈現出澄藍的色彩。軍隊由屋旁走上大路，掀起漫天塵泥，樹葉都蒙上一層粉末。樹幹也髒兮兮的，那年樹葉提早凋落，我們眼看軍隊開過大道，塵土飛揚，樹葉被和風攪動，紛紛掉下來，士兵向前推進，他們通過後路面空空如也，只留下滿地的落葉。

平原上有許多作物；果園不少，平原那一端的山脈卻光禿禿的，一片橙黃。山中有戰事，晚上我們看得見大砲的火光。暗夜裡宛如夏天的閃電，但是夜風涼爽，毫無暴風雨將臨的感覺。

暗夜裡，我們有時會聽到軍隊由窗下走過，大砲由拖曳機拉著走。晚間交通頻繁，路上有不少騾馬，鞍袋兩側掛著彈藥盒，有載人的灰色卡車，還有其他卡車，載滿帆布遮蓋的貨物，行動比較遲緩。白天也有拖曳機拉著大砲走過，長長的砲筒用綠色的枝葉覆蓋著，拖曳機也佈滿爬籐。往北方看去，在一座山谷的彼端可以望見一個板栗樹林，後面是河邊的另一座山。我軍攻打那個山頭，但是未能攻下。秋天雨季一來，板栗樹的葉子全掉光了，樹枝空空的，樹幹被雨淋得發黑。葡萄藤稀稀落落，也成了禿枝，整片鄉野潮濕而枯黃，充滿死氣沉沉的秋意。河上有霧，山頂有雲，卡車濺起路上的泥土，軍隊渾身泥濘，斗篷中濕淋淋的，步槍也濕了，斗篷下的腰帶前方掛了兩個皮質彈藥盒，灰灰的皮盒子，裝滿一夾夾細長的六點五厘米彈藥，在斗篷下鼓出，使得這些行軍的男人彷彿懷了六個月的身孕。

有些灰色小汽車疾馳而過，通常總有一位軍官和司機坐在前頭，幾名軍官擠在後座。這種汽車比軍用卡車更會濺泥，如果後座的一位軍官身材矮小，又夾在兩位將軍中間，他自己渺渺小小，你看不見他的面孔，只能看見他的帽頂和窄窄的背部。汽車若開得特別快，車上坐的說不定是國王。他住在烏蒂娜，幾乎每天都走這條路去查詢戰局，當時戰況很糟糕。

初冬下起連綿不絕的陰雨，霍亂更接著陰雨而來。不過災情總算遏止了，結果軍中只死了七千人。

2

第二年我軍打了不少勝仗。山谷和板栗林坡地那頭的一座山攻下了，南邊台地平原那一頭也勝了好幾場。我們八月渡河，住在葛瑞齊亞的一棟住宅裡，圍牆花園有一座噴泉和許多濃密的樹木，屋側是一株紫藤。如今戰事發生在下一片高山，相距不到一哩。小城很優美，我們的住處也十分優美。河流在我們後面，我們以漂亮的手法攻下本城，再過去的高山卻久攻不下。將來戰爭結束後，奧國人似乎還想回到本城，因爲他們沒有猛烈轟炸，企圖炸毀這兒，只是以軍略方式稍微轟炸一番；對此，我深感慶幸。人民繼續住在城裡，側街上有醫院、咖啡館和砲兵隊，還有兩家妓女戶，一家招待士兵、一家專門招待軍官。夏天過去以後，沁涼的夜晚、城外高山的戰局、鐵路橋樑彈痕累累的鐵柱、打過仗的河邊那破破爛爛的坑道、方場四周的樹木，以及通到方場的林蔭長道……這一切的一切，加上城裡有姑娘，國王乘車走過，有時候露出面孔、長頸的矮小身材、山羊頷鬚般的灰鬍子；再加上炸毀一扇牆的房屋內部，又有膠泥和花園或街上的橡膠，而卡索高原又事事順利，使得今年秋天和去冬我們住在鄉下的時候截然不同。戰局也變了。

城外山上的橡樹林消失了。夏天我們進城的時候，森林綠油油的，現在卻只剩殘椿、斷木和翻起的林地，秋末有一天我走到橡樹林的遺址，看到山上飛來一片烏雲。速度很快，太陽變成黯淡的黃色，接著樣樣都泛上一層灰影，滿天烏雲，雲塊來到山上，我們突然置身其間，下雪了。雪水隨風飄過來，槍上全是雪花，雪地上有一條條小徑通到戰壕後邊的廁所。

後來，下山進城，我在軍官專用的妓女戶窗口眺望下雪的景觀，當時我正陪一個上尉朋友喝「亞斯蒂酒」，眼看著大雪緩緩飄落，心知今年已將結束了。河流上方的山區還沒有攻下來；對岸的山頭一個也沒攻下。恐怕都得留待明年了。友人看見我們軍官會餐團的神父由街上走過，小心翼翼走在爛泥中，就敲敲窗子呼喚他。神父抬頭看到我們，微微一笑。友人招手邀他進來。神父搖搖頭繼續走。那天晚上會餐的時候，上過通心麵，大家都一本正經吃得很快，用叉子把麵高高舉起，讓鬆開的麵條垂下來，再放進口中，不然就連續挑起，吸入口中，又從蓋著茅草的一加崙圓瓶中自己拿酒喝；酒瓶吊在金屬籃裡，你用食指拉下瓶頸，含有丹寧酸的清紅色美酒便灌入你手上的玻璃杯中；這道程序完了以後，上尉開始戲弄神父。

神父年紀輕，容易臉紅，像我們一樣穿軍服，但是他的灰軍服左胸袋上方有一塊暗紅的天鵝絨，上面繡著十字架。爲了我，上尉特別改說洋涇濱義大利話，好讓我完全聽懂，不遺漏半句。

「今天神父找姑娘去了，」上尉邊說邊看著我和神父。神父笑一笑，紅著臉搖搖頭。上尉常常整他。

上尉說，「沒這回事？今天我看到神父找姑娘。」

「沒有，」神父說。別的軍官都覺得上尉逗他很好玩。

上尉繼續說，「神父不找姑娘，」他向我解釋，「神父從來不找姑娘。」他拿起我的酒杯斟滿，一直望著我的眼睛，卻也沒錯過神父的一舉一動。

「神父每天晚上五對一。」桌邊的人，包括一位少校和一位中尉都笑了。「你懂吧？神父每天晚上五對一。」他做了一個手勢，開懷大笑。神父當做玩笑話，默默容忍。

少校說，「教皇希望奧國人打贏。他喜歡法蘭茲・喬瑟夫。錢就是那邊來的。我是無神論者。」

中尉說，「你讀過『黑豬』沒有？我給你一本。這本書動搖了我的信仰。」

神父說，「那是下流的髒書。你不是真心喜歡它。」

中尉說，「很有價值。」他對我說，「那本書讓你看清那些神父的面目。你會喜歡的。」我向神父微笑，他也隔著燭光對我笑。「不要看那本書。」他對我說。

「我找來給你看，」中尉說。

少校說，「一切有思想的人都是無神論者。反正我不相信共濟會。」

中尉說，「我相信共濟會。真是高貴的組織。」有人進來，門開處，我看見雨雪紛落。

「下雪了，不會再進攻了，」我說。

少校說，「當然不會。你可以去度假。你該去羅馬、拿波里、西西里。」

中尉說，「他該到阿瑪菲走走。我會寫卡片給我阿瑪菲的家人。他們會把你當兒子看待。」

「他該去巴勒摩。」

「他該去卡布里。」

「我希望你看看阿布魯齊區，並到卡布拉科達去拜訪我的家人，」神父說。

「聽他談阿布魯齊區。那邊雪水比這邊更多，他才不想看鄉下莊稼漢哩。讓他到文化和文明中心去。」

「他應該找找漂亮的姑娘。我給你幾個拿波里的地址。美麗的小姑娘——由媽媽陪著。哈！哈！哈！」

他望著神父大喊，「每天晚上神父五對一！」他們又笑起來。

「你得馬上去度假，」少校說。

「我真想陪你去，帶你看幾個地方，」中尉說。

「回營的時候，帶一架留聲機回來。」

「帶些好歌劇唱片。」

「帶歌王卡羅素的。」

「別帶卡羅素。他的聲音像牛叫。」

「你不希望你能像他那樣叫法？」

「他的聲音像牛叫。我說他的聲音像牛叫！」

神父說，「我希望你到阿布魯齊區。」其他的人大吵大鬧。神父繼續說，「那裡雖然很冷，但明朗而乾燥，而且有精彩的狩獵活動。你會喜歡。你可以待在我家，我爸爸是有名的獵手。」

「來吧，」少尉說：「我們趁妓院還沒關門，去逛逛吧。」

「晚安，」我對神父告別。

「晚安，」神父說。

3

我回到前線，我們還駐紮在那座小城。附近鄉間的槍砲增加了不少，春天也來了。田野一片蒼翠，藤蔓上發出小小的綠芽，路邊的樹木長出嫩葉，海上吹來和風。我看到小城、山丘和山上的古堡在群山間形成杯狀，加上那一頭的高山斜坡上帶一點新葉的黃褐色高山。城裡槍砲更多，有幾家新醫院，你在街上會碰到英國男人，甚至英國女人。又有幾間房屋被砲彈摧毀了。暖洋洋的，正是春天的氣候，我走上林木小巷，被牆上的日光烘得渾身暖意，發現我們還住在原來那棟房子裡，一切都維持我離營度假時的老樣子。門開著，有一個士兵坐在屋外的凳子上曬太陽，救護車在側門外和屋門裡待命，我走進屋裡，聞到大理石地板和醫院的氣味。一切都和我臨走前一樣，只是現在已經春天了。我往大房間裡瞧瞧，看到少校坐在書桌旁，窗戶大開，陽光射進屋裡。他沒看到我，我不知道該進去報告，還是先上樓洗把臉。我決定先上樓。

我和雷納迪中尉共用的房間面對院子。窗戶開著，我的臥床由毯子鋪成，東西掛在牆上，防毒面具在一個長形的錫罐內，鋼盔掛在同一根楔子上。我的扁皮箱擱在床腳，冬季皮靴在皮箱上發出油油的亮光。我那奧國製狙擊步槍有泛藍的八角槍筒和可愛的暗紅木貼頰防護槍柄，如今橫掛在兩張床鋪上方。雷納迪中尉在另一張床上睡得正熟。他聽到我進屋就醒了，坐起身來。

「嘿！你玩得開心吧？」他說。

「棒極了。」

我們握手，他用手臂環著我的頸項吻我。

「呃，」我說。

他說，「你渾身髒兮兮的。你該洗個澡。你到過什麼地方，做過什麼事？馬上一五一十告訴我。」

「我到處跑。米蘭、佛羅倫斯、羅馬、拿波里、聖喬凡尼別墅、麥西納、陶米納——」

「你說話活像時間表。你有沒有什麼艷遇？」

「有。」

「在哪裡？」

「米蘭、佛羅倫斯、羅馬、拿波里——」

「夠了。說說哪一樁最妙。」

「在米蘭。」

「因為是頭一樁嘛。你在什麼地方碰見她的？在『海岬』？你們同遊什麼地方？你心情如何？馬上一五一十告訴我。你們是不是通宵共處？」

「是的。」

「算不了什麼。現在我們這邊也有美麗的少女。以前新出道的姑娘從來不上前線。」

「好極了。」

「你不相信？今天下午我們去看看。城裡有美麗的英國女郎。現在我愛上巴克萊小姐。我帶你去拜訪她。我說不定會娶巴克萊小姐。」

「我得梳洗一番，還要向上級報告。現在大家都不做事嗎？」

「你離營以後，我們只有霜害、凍瘡、黃疸病、尿道炎、故意受傷、肺炎和軟硬性下疳。每個禮拜總有人被岩石碎片弄傷。有幾個真的受傷喔。下星期戰事又要開始了，也許會再度開始。他們說的。你想我該不該娶巴克萊小組——當然是指戰後？」

「當然，」我說著，倒滿一盆清水。

雷納迪說，「今天晚上你把你的豔遇一五一十說給我聽。現在我得回去睡覺，才能容光煥發去見巴克萊小姐。」

我脫下軍衣和襯衫，在冷水盆中洗浴。我一面用毛巾揉身體，一面回頭看看屋內、窗外和床上閉目休息的雷納迪。他外貌英俊，年齡和我差不多，是阿瑪菲地區的人。他喜歡當外科醫生，我們是好朋友。我看他的時候，他睜開眼睛。

「你有沒有錢？」

「有。」

「借我五十里拉。」

我擦乾兩手，由牆上的軍衣裡掏出皮夾，雷納迪接過鈔票，沒有起身，折好放進褲袋裡。他笑笑說，「我得讓巴克萊小姐覺得我是財力雄厚的男人。你是我的好朋友兼財務保鏢。」

「滾你的，」我說。

那天晚上軍官會餐，我坐在神父隔鄰，我沒去阿布魯齊區，他很失望也很傷心。他曾寫信給他父親，說我要去，他們準備了接待的事宜。我自己也很難過，想不通我為什麼沒去一趟。我真的想去，我設法說明事情一件一件應接不暇，實在抽不出時間。最後他總算明白了，知道我真的有心要去，不愉快幾乎平息了。我喝了不少甜酒，然後喝咖啡和「夜叉牌」橘子香酒，我醉醺醺解釋說：我們做的都不是自己想做的事情，我們從來不做這種事。

我們倆在談天，別人卻在吵架。我曾想去阿布魯齊地區。我從來沒到過路面凍結如鐵的地方，氣候晴朗、嚴寒而乾燥，雪花乾如白粉，雪地上有兔子的足跡，農夫脫帽叫你「老爺」，有精彩的狩獵活動。我沒到過那種地方，只找煙霧瀰漫的咖啡館，晚上頭昏眼花，你得盯著牆壁，房間才不再旋轉，晚上醉醺醺躺在床上。你知道一切就這麼回事兒，在興奮中醒來，不知道枕旁共眠的是何許人，一切就是這麼回事，這麼回事，根本不在乎，突然熱戀一場然後又昏昏睡去，醒來有時候已經天亮，一切都過去了！一切都銳利而冷酷，清清楚楚，有時候還為價錢爭論不休。有時候倒很愉快，充滿溫情，便共進早餐和午餐。有時候一切美好的感覺消失了，樂得到街上走走，卻總是另外一天的開始，然後是另外一個黑夜。我想說出夜晚的情形，分析白天和夜晚的差別，我說晚上好多了，只是白天乾淨又冷冽，我說不出口；現在也說不出口。不過你若有經驗，你一定知道。他沒有經驗，但是他明白我真心想去阿布魯齊地區，卻沒有去成，我們還是朋友，有許多相同的喜好，彼此也有差別。他一向知道許多我不知道的事情，就算我獲悉了，也老是忘掉。但是我當時並不知道這一點，後來才知道。同時我們都參加會餐，飯吃完了，爭論卻沒有停止。我們兩個人不再說話，上尉大叫說，「神父不快樂。神父沒有姑娘不快樂。」

「我很快樂，」神父說。

「神父不快樂。神父希望奧國人打贏，」上尉說。別人都注意聽。神父搖搖頭。

「不，」他說。

「神父要我們永遠不進攻。你不是希望我們永遠不進攻嗎？」

「不。既然有戰爭，我想我們非進攻不可。」

「非進攻不可。要進攻！」

神父點點頭。

少校說，「別找他麻煩。他蠻好的。」

「反正他也沒有辦法，」上尉說。我們都站起來，離開餐桌。

4

早上，隔壁花園的砲聲把我吵醒，我看到太陽照上窗戶，就起身下床。我走到窗口往外看。砂礫小徑濕濕的，草地也沾滿露珠。大砲開了兩響，每次空氣都像一陣疾風噴來，窗舷震動，我睡衣的前擺一拍一拍的。我看不見大砲，不過砲彈顯然從我們頭頂射過去。大砲守在那兒很討厭，幸虧不是巨型的。我眺望花園，聽見路上有卡車發動。穿好衣裳下樓，在廚房喝了一點咖啡，然後來到車庫。

長棚下並排著十輛汽車。都是頭重腳輕的平頭救護車，漆成灰色，外型活像機械大馬車。機械師正在院子裡檢修一輛。還有三輛在山區的救傷站裡。

「他們有沒有打中過那門大砲？」我問一位機械師。

「沒有，中尉先生。那門砲有小山掩護。」

「一切情況如何？」

「還不壞。這輛機械不好，但是其他幾輛會走。」他停下工作，泛出笑容。「你度過假了？」

「是的。」

他伸手在工裝上抹一把，咧嘴笑笑。「你玩得開心吧？」其他的人也咧著嘴巴。

我說，「不錯。這輛機械怎麼啦？」

「不好。接二連三出毛病。」

「現在什麼地方出毛病？」

「新輪圈。」

我讓他們安心做事，不打擾他們。這輛車看來很丟臉，空空洞洞的，引擎打開，零件散列在工作凳上。我到棚下視察每一輛汽車。還算乾淨，有幾輛新洗過，幾輛有灰塵。我仔細看輪胎，找割口或石頭擦傷的痕跡。一切似乎尚正常。我在不在場照料，似乎沒有多大的差別。我本以爲這些車子能不能弄到材料，能不能順利到救傷站接運傷者和病人，由山區拖回野戰治療所，然後交給他們文件上所列的醫院，大抵要依靠我呢。看來我在不在都無所謂嘛。

「找零件有沒有問題？」我問機械士官。

「沒有，中尉先生。」

「現在汽油站在什麼地方？」

「老地方。」

「好，」我說著走回屋裡，在會餐桌上又喝了一碗咖啡。咖啡加了煉乳，呈淺灰色，味道很甜。窗外是可愛的春晨。鼻尖開始覺得乾燥，可見待會兒一定是個大熱天。那天我探訪山區的陣地，下午三四點才進城。

我不在的時候，事情彷彿進行得更好。聽說對敵方的攻擊又要開始了。我們服務的師團要攻擊河上的一個地點，少校吩咐我攻擊期間要照料各陣地。攻擊隊將在峽谷上方渡河，在山麓散開。停車站得儘量靠近河邊，適當掩護好。當然啦，地點由步兵選擇，不過我們該依計畫執行。這種事情使當兵的人有一種虛幻的亢奮感。

我渾身污垢，上樓梳洗。雷納迪坐在床上，手拿一本雨果的英文文法書。他衣冠整齊，穿著黑靴，頭髮油亮亮的。

「好極了，」他看到我，連忙說：「你陪我去看巴克萊小姐。」

「不。」

「去嘛。拜託你同行，幫我給她一個好印象。」

「好吧。等我洗個澡。」

「隨你洗個痛快。」

我洗濯乾淨，梳梳頭髮，我們出發了。

雷納迪說，「等一下。也許我們該喝一杯。」他打開皮箱，拿出一個酒瓶。

「不喝夜叉牌橘子香酒，」我說。

「不。是鉗子牌白蘭地。」

「好吧。」

他倒了兩杯，我們先伸出手指碰一碰。酒性很強。

「再來一杯？」

「好吧，」我說。我們喝第二杯，雷納迪收起酒罐，我們走下樓。

走在城裡熱烘烘的，不過太陽快下山了，氣氛很愉快。英國醫院是戰前德國人建的一棟大別墅改裝的。巴克萊小姐在花園裡。另一位護士陪著她。我們隔著樹影看到她們雪白的制服，就走上前去。雷納迪行了一個軍禮。我也敬禮，但是比較適中。

巴克萊小姐說，「你好。你不是義大利人吧？」

「噢，不是。」

雷納迪和另外一位護士交談。他們有說有笑。

「好奇怪喲——美國人加入義大利軍隊。」

「不算軍隊。只是救護隊。」

「還是怪怪的。你爲什麼加入？」

我說，「我不知道。不見得樣樣事情都有理由可說。」

「噢，沒有嗎？我從小到大都認爲凡事必有理由。」

「那實在太好了。」

「我們非如此談下去不可？」

「不，」我說。

「真叫人鬆一口氣。不是嗎？」

「那根棍子是什麼？」我問她。巴克萊小姐身材相當高。我看她穿的是護士制服，金髮碧眼，皮膚呈茶褐色，眼珠子灰灰的。我覺得她很美。她帶著一根細籐杖，活像玩具馬鞭，綁在皮帶上。

「這是一位去年戰死的青年的遺物。」

「我真抱歉。」

「他是好青年。他本來要和我結婚，卻在桑米戰死了。」

「那一仗真可怕。」

「你當時在場？」

「不。」

她說，「我聽人談起過。這邊其實沒有那一類的戰事。他們把這根籐杖寄給我。是他母親轉寄的。這樣東西隨他的遺物送回家。」

「你們訂婚很久了？」

「八年。我們從小一塊兒長大的。」

「你們爲什麼不結婚？」

她說，「我不知道。我不嫁，真是傻瓜。總之這件事我本來可以順從他。不過我以爲這樣對他有害。」

「我明白了。」

「你有沒有愛過任何人？」

「沒有，」我說。

我們坐在一張長凳上，我望著她。

「你的頭髮很美，」我說。

「你喜歡嗎？」

「非常喜歡。」

「他死的時候，我想全部剪掉。」

「不。」

「我要為他做一點事情。你知道，另外一件事我不計較，他本可完全如願。早知如此，他要什麼我都依他。結婚也行，別的辦法也行，現在我全知道了。不過當時他要去從軍，我還不懂。」

我一句話都沒說。

「當時我什麼都不懂。我以為結婚或做愛對他有害。我以為他會受不了，後來他戰死，一切都結束了。」

「這個我可不敢說。」

她說，「噢，真的，一切都結束了。」

我們看雷納迪和另一位護士聊天。

「她姓什麼？」

「佛格森。海倫・佛格森。你的朋友是醫生吧？」

「是的。他很高明。」

「好極了。離前線這麼近，你幾乎找不到能派上用場的人。這裡離前線很近，對不對？」

「不錯。」

她說，「這是愚蠢的前線。不過風景很美。你們要發動攻擊？」

「是的。」

「那我們得工作了。現在沒事做。」

「你做護士很久了？」

「剛過十五歲就開始做了。他死時我剛開始。我記得有一個傻念頭，以為他會來到我上班的醫院，帶著刀傷，說不定頭部纏著繃帶，或者肩膀受槍傷。有點如詩如畫。」

「這是如詩如畫的前線，」我說。

她說，「是的。大家體會不出法國是什麼樣子。若能體會，事情就進展不下去了。他沒有刀傷。他被炸成碎片。」

我一句話也沒說。

「你想戰爭會永遠打下去嗎？」

「不會。」

「有什麼停戰的因素？」

「總有一方會垮。」

「我們會垮。我們會在法國垮下來。他們繼續像在桑米那樣打敗仗，便非垮不可。」

「這邊不會垮，」我說。

「你覺得不會？」

「不會。他們去年夏天打得不錯。」

她說，「還是可能會垮。人人都可能會垮。」

「德國人也一樣。」

她說，「不，我不以為然。」

我們走向雷納迪和佛格森小姐。

「你喜歡義大利？」雷納迪用英語問佛格森小姐。

「算是相當喜歡。」

「不懂，」雷納迪搖搖頭。

我用義大利話翻譯一遍。他搖搖頭。

「這不好。妳喜歡英國？」

「不太喜歡。你知道，我是蘇格蘭人。」

雷納迪呆呆看著我。

「她是蘇格蘭人，所以她喜歡蘇格蘭，不大喜歡英格蘭，」我用義大利話說。

「不過蘇格蘭就是英國呀。」

我翻譯這句話給佛格森小姐聽。

「不能算是，」佛格森小姐說。

「不能算是？」

「不能。我們不喜歡英國人。」

「不喜歡英國人？不喜歡巴克萊小姐？」

「噢，那不同。她也有蘇格蘭血統。你不能樣樣照字面解釋。」

過了一會，我們道個晚安告辭。回家的路上，雷納迪說，「巴克萊小姐對你印象比我好。一看就知道。不過那位蘇格蘭小護士，非常可愛。」

「非常可愛，」我說。其實我根本沒注意她。「你喜歡她嗎？」

「不，」雷納迪說。

5

第二天下午我又去看巴克萊小姐。她不在花園內，我走到救護車所駛的別墅邊門。在屋內見到護士長，她說巴克萊小姐剛好值班——「有戰事，你知道。」

我說我知道。

「你是義大利軍中的美國人？」她問我。

「是的，女士。」

「怎麼會如此？你爲什麼不加入我們這醫院？」

「我也說不上來，」我說。「現在我能不能去找她？」

「現在恐怕不行。告訴我，你爲什麼加入義大利軍？」

我說：「我在義大利呀，而且我會說義大利話。」

她說，「噢，我正在學。義大利話很優美。」

「有人說兩個星期就該學會。」

「噢，我沒有在兩個星期中學會。現在已經學了兩個月了。七點以後你可以來看她。她那個時候下班。不過別帶一群義大利人來。」

「儘管義大利文那麼優美？」

「不行。儘管他們的制服很漂亮。」

「晚安，」我說。

「再見，中尉。」

「再見。」我行禮退出。像義大利人一般對外國人敬禮，不可能不覺得尷尬。義大利式軍禮似乎永遠不宜外銷。

天氣很熱。我曾逆流而上走到普拉瓦橋頭。攻擊要在那邊開始。另一側今年不可能提早進攻，因爲只有一條路由隘道通往浮橋，那邊埋伏了足足一哩的機關槍和砲彈。路面也不夠寬，無法負擔各項攻擊的運輸，奧國人可以把它變成一座屠場。但是義大利人在另一邊渡河，開展了一小段路，在奧國人佔領的河流那一邊守住了一哩半左右的範圍。那個地形非常險惡，奧國人不該讓他們據守。我猜是互相牽制，因爲奧國人還佔住下游的一處橋頭堡。奧國壕溝在山邊上，離義大利陣線只有幾碼。那邊曾有一座小城，不過現在全是瓦礫。還有火車站和打爛的水泥橋遺跡，由於目標顯著，無法修整。

我沿著窄徑走向河邊，把汽車停在山下的救傷站，穿過浮橋，浮橋靠山肩保護。我穿過戰壕走進小城廢墟，沿著斜坡邊緣往前走。大家都在防空壕內。那邊立有火箭架，萬一電話線斷了，可發射火箭向砲兵求援，或者發射訊號。四處安靜、悶熱又泥濘。你隔著鐵絲網打量奧國戰線。一個人都沒有。我到一處防空壕陪一名上尉喝酒，然後過橋回來。

我們正要完成一條寬廣的新路，可以上山，彎彎曲曲通往浮橋。新路築成，攻擊就要開始了。此路急轉彎通過森林。辦法是由新路運送物資，再由狹窄的舊路上走空車、馬車、載人的救護車和一切回程的車輛。救傷站在奧軍佔領的河岸山邊下，擔架兵要接傷者過浮橋。攻擊開始也是這樣。就我推想，最後一哩左右漸漸平坦的新路一定經常被奧國人砲擊。看來大概是一場混戰。不過我找到一個地方，救護車通過最後一道險惡的行程，可以得到蔽蔭，靜候擔架兵將傷者抬過浮橋。我真想開車走新路，不過新路還沒有完工。看起來寬闊平整，有良好的斜坡，眼看彎道穿過山邊森林的空地，彎處叫人一見難忘。車輛有金屬接金屬的好煞車，安全無虞。反正下山一定是空車。我由狹窄的舊路開回來。

兩名軍事警察攔住車子。一枚砲彈落下來，我們等待的時候，路上又落了三枚。那是七十七生砲彈，咻咻地飛過來，重重地爆炸和發光，然後灰煙吹過馬路對岸。軍事警察揮手叫我們繼續走。我穿過砲彈落地的位置，避開小砲坑，聞到強烈炸藥和碎土、石頭及新製的燧石味兒。我開車回葛瑞齊亞的別墅，然後我依諾去拜訪巴克萊小姐，她正在值班。

晚飯我吃得很快，前往英國人充當醫院的別墅。那兒真的宏壯又優美，庭園有雅致的樹木。巴克萊小姐坐在花園的一張凳子上。佛格森小姐陪著她。她們看到我，似乎很高興，過了一會佛格森小姐托辭走開。

她說，「我不打擾你們兩個。沒有我，你們非常融洽。」

「別走嘛，海倫，」巴克萊小姐說。

「我還是走吧。我得寫幾封信。」

「晚安，」我說。

「晚安，亨利先生。」

「別寫些讓檢查員為難的信件。」

「放心。我只寫我們住在非常優美的地方，義大利人好勇敢。」

「這樣妳會得勳章。」

「那真好。晚安，凱瑟琳。」

「待會兒見，」巴克萊小姐說。佛格森小姐在暗夜中走開了。

「她真好，」我說。

「噢，是的。她是護士。」

「妳不是護士？」

「噢，不。我是義工，是所謂『愛國護士會』的一員。我們很認真，只是沒有人信任我們。」

「為什麼？」

「沒事的時候，他們不信任我們。真正有工作的時候，他們就信任我們了。」

「差別何在？」

「護士就像醫生，需要長時間的訓練，『愛國護士會』是一條捷徑。」

「我明白了。」

「義大利人不希望女人離前線這麼近。所以我們的言行都要特別規矩。我們不出去玩。」

「但是我可以來。」

「噢，是的，我們並非關在修道院裡。」

「我們撇下戰事吧。」

「很難。沒有一個地方能將它甩掉。」

「反正我們撇下它就是了。」

「好吧。」

我們在暗夜中默默相望。我覺得她很美，我抓住她的纖手。她沒有縮回去，我繼續握著，又伸手環著她的腋下。

「不，」她說。我的手臂還擱在原來的地方。

「爲什麼？」

「不。」

「好嘛，拜託。」我摸黑靠上去吻她，突然眼冒金星。她用力打了我一巴掌。她的手打中我的鼻樑和眼睛，基於反射作用，我不覺泛出淚水。

「對不起，」她說。我覺得我反而佔了上風。

「妳打得對。」

她說，「我非常抱歉。我硬是受不了護士休假夜的那一套觀點。我無心傷害你。我沒打疼你吧？」

她在黑暗中盯著我。我有些生氣，卻也很堅決要像下棋一樣讓局面進展下去。

我說，「妳做得很對，我完全不放在心上。」

「可憐的傢伙。」

「妳知道我一直過著可笑的生活。我甚至沒有機會說英語。而妳又那麼美麗。」我望著她。

「你用不著胡說八道。我說過對不起了。我們談得來。」

我說，「是的，而且我們避開了戰爭。」

她笑了。我頭一次聽她笑出聲。我凝視她的面孔。

「你真甜，」她說。

「不，才不呢。」

「是的。你真是小可愛。你若不介意，我樂得吻你。」

我盯著她的眼睛，像剛才一樣環著她，親吻她。我拚命吻她，緊緊摟著她，想扳開她的嘴唇，那對櫻唇緊閉著。我還在生氣，突然抱緊她，她微微發抖。我用力抱著她貼向我的身體，覺得她心跳得很厲害，嘴唇張開了，額頭貼著我的手向後仰，然後伏在我的肩膀上痛哭。

她說，「噢，達令。你會好好待我吧？」

混蛋，我自忖道。我撫摸她的秀髮，拍拍她的肩膀。她哭了。

「你會吧？」她抬頭看我。「因爲我們將要過一種奇怪的生活。」

過了一會兒，我陪她走到別墅門口，她進去，我就回家了。走到住處，我上樓回房間，雷納迪正躺在床上。他看看我。

「看來你和巴克萊小姐頗有進展囉？」

「我們是朋友。」

「你具有懷春狗兒那種喜孜孜的氣息。」

我不懂這句話。

「什麼？」

他解釋給我聽。

我說，「你也有公狗那種喜孜孜的氣息，牠——」

他說，「住口，再下去我們就要辱罵對方了。」他笑出聲來。

「晚安，」我說。

「晚安，小狗。」

我用枕頭撲倒他的蠟燭，摸黑上床睡覺。

雷納迪撿起蠟燭，點上了，繼續看書。

6

我出門兩天，探訪各陣地要塞。我回來的時候太晚了，直到次日黃昏才去看巴克萊小姐。她不在花園裡，我只好在醫院辦公室等她下來。這個房間充做辦公室，有一排油漆的木柱貼牆擺著，上面放了許多大理石雕像。與辦公室相對的大廳也擺著一排排大理石像。它們具有完整的大理石特性，看起來都差不多。雕刻似乎永遠是沉悶的玩意兒——青銅看來仍然有點份量，大理石胸像卻有如墓地似的。有一處好墓地——比薩那一處。熱那亞則是觀賞劣質大理石的地方。此地曾是一個德國大闊佬的別墅，這些半身像一定花了他不少錢。不知道是誰塑造的，討價多少。我想猜出模特兒是不是家中的成員；不過他們一致具有古典的氣氛，你猜不出他們的切身資料。

我坐在椅子上，手拿帽子。我們在葛瑞齊亞也得戴鋼盔，但是鋼盔很不舒服，在平民尚未撤走的小城也顯得太戲劇化了。我們到陣地要塞時，我就戴一頂鋼盔，還戴了一副英國防毒面具。我們剛開始拿防毒面具。是真正的面具。我們還奉命配自動手槍，連醫生和衛生士官都不例外。我覺得手槍頂著椅背。此地你若不在明顯的位置掛一隻手槍，你會遭到逮捕。雷納迪掛一隻槍套，裡面塞滿衛生紙。我掛一把真槍，練習發射之前，總覺得自己是槍手。那是七點六五口徑的奧國短筒槍，發射時跳得很厲害，休想射中任何目標。我對著標靶下面練習，設法控制短筒的跳動，終於可以射中二十步外瞄準的一碼範圍，這時候心裡只覺得帶槍很可笑，不久才忘掉那種感受，它頂著我的腰背一上一下，我毫無知覺，只是碰到說英語的人，會有一種模糊的羞愧。

現在我坐在椅子上，一名傳令兵由書桌後面不以爲然地望著我，我曾盯著大理石地板、木柱和大理石像，以及牆上的壁畫，靜候巴克萊小姐。壁畫還不錯。任何壁畫開始剝落，掉磷片，就顯得很優美。

我看到凱瑟琳。她沿大廳走來，我連忙站起身，她走向我，不顯得高，卻顯得很可愛。

「晚安，亨利先生，」她說。

「妳好？」我說。傳令兵在書桌後面聽我們講話。

「我們坐在這邊，還是到花園去？」

「我們出去吧，外面涼快多了。」

我跟著她走到花園，傳令兵目送我們。我們來到礫石車道，她說，「你上哪兒去了？」

「出差到陣地要塞。」

「你不能送一張便箋來？」

我說，「不，不方便。我以爲會趕回來。」

「你該通知我呀，達令。」

我們偏離車道，在樹下散步。我抓住她的纖手，然後停下來吻她。

「有沒有別的什麼地方可去？」

她說，「沒有。我們只能在這邊散步。你走了好一段時間。」

「這是第三天。但是我現在回來啦。」

她望著我。「你愛我吧？」

「是的。」

「你說過你愛我，是不是？」

我撒謊說，「是的，我愛妳。」我沒說過這句話。

「你叫我凱瑟琳？」

「凱瑟琳。」我們往一條路上走，在一棵樹下停住了。

「說『晚上我回到凱瑟琳身邊。』」

「晚上我回到凱瑟琳身邊。」

「噢，達令，你回來了，不是嗎？」

「是的。」

「我好愛你，真可恨。你不會離我而去吧？」

「不，我總會回來的。」

「噢，我真愛你。請你再把手擱在那兒。」

「手沒有拿開呀。」我將她翻過來。吻她的時候可以看見她的面孔，我發現她雙目緊閉。我吻她緊閉的雙眼。我覺得她好像有點瘋瘋癲癲。是也沒關係。我不在乎沾上什麼情史。總比每天晚上到軍官妓院，讓那些姑娘爬在你身上，反戴你的帽子表示親暱，一面又穿梭上樓陪同僚的軍官好多了。我知道我不愛凱瑟琳，也沒想過要愛她。這是一種遊戲，就像橋牌，你不玩牌卻說話聊天。就像橋牌，你得假裝賭錢或賭其他的籌碼。沒有人說出賭注是什麼。我覺得挺不錯。

「但願我們有地方去，」我說。我像一般男人，感到很難讓愛情持久。

「沒有地方，」她說。她由冥想中回到現實。

「我們坐一會兒。」

我們坐在扁石凳上，我抓住凱瑟琳的纖手。她不肯讓我用手環著她。

「你是不是很累？」她問我。

「不。」

她低頭看草地。

「我們玩的是墮落的遊戲，不是嗎？」

「什麼遊戲？」

「別無聊了。」

「我不是故意的。」

她說，「你是乖小子，你照自己知道的方式來玩，不過卻是墮落的遊戲。」

「妳向來知道別人的想法？」

「不見得。但是我知道你的想法。你用不著假裝愛我。今天晚上算了。你想不想談什麼？」

「不過我確實愛妳呀。」

「沒有必要的時候，我們千萬別說謊。我剛才鬧了個小笑話，現在沒事了。你知道我沒有發瘋，也沒有昏迷。只是偶爾有點傻勁兒。」

我捏摸她的纖手，「親愛的凱瑟琳。」

「現在聽起來很滑稽——凱瑟琳。你的發音不太一樣。不過你真好。你是乖小子。」

「神父就這樣說過。」

「是的，你很好。你會來看我吧？」

「當然。」

「你用不著說你愛我。那些都過去了。」她站起來，伸出手。「晚安。」

我想吻她。她說，「不，我很累很累。」

「吻我嘛，」我說。

「我很累，達令。」

「吻我。」

「你很想？」

「是的。」

我們接吻，她突然掙脫了。「不。晚安，拜託，達令。」我們走到門口，我看她進屋，沿著大廳走。我回家。那天晚上悶熱不堪，山區有不少戰事。我望著聖加布里爾的火光。

我停在羅撒別墅門前。百葉窗拉起來了，但是裡面的節目仍然進行著。有人在唱歌。我走回家。更衣的時候，雷納迪走進來。

他說，「啊哈！不太順利吧。寶貝兒遭到了難題。」

「你上哪兒去了？」

「到羅撒別墅。頗有薰陶作用哩，寶貝兒。我們都唱歌。你上哪兒去了？」

「拜訪英國人。」

「感謝上帝，我和英國人沒有瓜葛。」

7

第二天下午，我由第一處山區要塞回來，把汽車停在分發站，那是傷患和病人憑文件分類以及文件標出醫院名稱的地方。我開車出門，坐在車上，司機把文件交上來。天氣很熱，天空晴朗無雲，路面白閃閃、灰濛濛的。我坐在飛雅特汽車的高座位上，腦子裡什麼也不想。一個軍團走上大道，我看著他們通過。兵士們熱得流汗。有些頭戴鋼盔，不過大部分把鋼盔掛在背包上。大部分鋼盔都太大了，幾乎蓋過兵士的耳朵。軍官都戴鋼盔；稍微合身一點。這是巴西利卡特軍旅的半數。我由他們的紅白條領徽認出來的。軍團過去以後，有一隊散兵走在路上——都是脫隊的人員。他們滿身汗臭，泥濘又疲倦。有些看起來相當慘。有一名士兵在最後的散兵後面，走路微跛。他停下來，坐在路邊。我下車走過去。

「怎麼啦？」

他看看我，然後站起來。

「我正要繼續走。」

「出了什麼毛病？」

「——戰爭。」

「你的腿怎麼啦？」

「不是腿。我患了脫腸症。」

我問他，「你爲什麼不隨運輸車走？爲什麼不去醫院？」

「他們不讓我去呀。中尉說我故意弄掉脫腸帶。」

「我摸摸看。」

「鬆脫了。」

「在哪一邊？」

「這邊。」

我伸手摸了摸。

「咳嗽試試，」我說。

「我怕會脹大。比今天早晨脹了一倍。」

我說，「坐下來，我一拿到這些傷兵的文件，就載你走，讓你在醫官那邊下車。」

「他會說我是故意的。」

我說，「他們沒有辦法。這不是受傷。你以前患過，對不對？」

「但是我把脫腸帶弄丟了。」

「他們會送你去醫院。」

「我不能留在這邊，中尉？」

「不，我沒有你的文件。」

司機由門內走出來，手持車上的傷兵的文件。

「四名到一〇五醫院，兩名到一三二醫院，」他說。那些醫院在河流對岸。

「你開車，」我說。我扶脫腸的士兵上車，和我們坐在一起。

「你會說英語？」他問我。

「不錯。」

「你喜不喜歡這天殺的戰爭？」

「爛透了。」

「我就說爛透了嘛。耶穌基督啊，我就說爛透了嘛。」

「你到過美國？」

「不錯。在匹茲堡。我知道你是美國人。」

「我的義大利話不是說得很好嗎？」

「我照樣知道你是美國人。」

「又是一個美國人，」司機用義大利話對脫腸的男子說。

「聽好，中尉。你一定要帶我到那個軍團？」

「是的。」

「因為上尉醫官知道我有脫腸症。我扔掉天殺的脫腸帶，讓病情惡化，我就不用再回部隊了。」

「我明白了。」

「你不能帶我到別的地方？」

「如果更接近前線，我可以載你到最先看到的軍醫陣地。不過在這邊你得有文件才行。」

「我如果回去，他們會叫我動手術，然後隨時把我調回隊伍。」

我細細斟酌。

「你不想隨時回部隊吧？」他問我。

「不。」

「耶穌基督啊，這不是一場天殺的戰爭嗎？」

我說，「聽著。你下車倒在路上，腦袋撞個包，我回程再扛你上車，送你到醫院。我們在路邊停車。阿鐸。」我們在路邊停下來。我扶他下車。

「我就在這裡，中尉，」他說。

「再見，」我說。我們繼續前進，在一哩前方和軍團擦肩而過，然後渡河，河裡滿是白茫茫的雪水，飛快流過橋樁，我們沿著大路橫過平原，在兩處醫院卸下傷兵。我駕著空車回頭，走得很快，想找那個匹茲堡來的人。我們先碰見軍團，他們顯得更熱，動作也更慢了；然後碰見那一堆落伍的散兵。接著我們看到一輛馬拉的救護車停在路邊。兩個人抬著脫腸的男子，把他放在車上。他們回來抬他了。他對我搖搖頭。他的鋼盔脫下來，前額的鬢角鮮血淋漓。他的鼻子擦傷了，流血的地方髒兮兮的，頭髮也泥濘不堪。

他叫道，「看這個大包，中尉！沒辦法。他們回來找我了。」

我回到別墅，已經五點鐘，我到洗車的地方去沖了一個澡。然後我在房間裡草擬報告，穿著長褲和汗衫坐在敞開的窗前。攻擊行動過兩天就要開始了，我會把車子開到普拉瓦橋頭。我好久沒寫信回美國，現在幾乎不可能提筆了。無話可寫。我寄了幾張軍中的「戰區」明信片，諸事都省略，只說我平安。這樣應該能應付他們了。這些明信片在美國一定很珍貴，奇特又奧妙。

這是奇特又奧妙的戰區，不過和義奧之戰的其他部分比起來，大概可以算相當整齊和費力了。奧國軍隊生來就是給拿破崙打勝仗用的，任何一位拿破崙都行。但願我們有拿破崙那樣的將領，但是我們卻只有肥胖發達的康多納將軍，和細長脖子山羊鬍子的瘦將維多利奧。右翼有奧斯塔公爵。也許他太英俊，當不成偉大的將軍，不過他看來像一名男子漢。很多人喜歡他當國王。他看起來就像國王。他是國王的叔叔，統率第三軍。我們屬於第二軍。

第三軍有幾支英國砲兵一起作戰。我在米蘭曾碰見那邊來的兩名砲手。他們很客氣，我們共度了一個精彩的黃昏。他們高大、害羞而靦腆，對於一切事情都充滿激賞。我真希望在那支英國軍隊裡，那麼一切將單純多了。不過我可能會戰死。搞這種救護也可能戰死喔。有時候英國救護車司機也丟了性命。算了，我知道我死不了。這一仗死不了。它和我無關。我覺得不比電影裡的戰爭更危險。不過我祈求上蒼，戰爭快點結束。說不定今年夏天就結束了。也許奧國佬會垮台。他們在別的戰爭裡老是垮台的。這次戰爭怎麼啦?人人都說法國人完蛋了。雷納迪說法軍叛變，軍隊開往巴黎。我問他結果如何，他說，「噢，他們已擋住叛軍了。」

沒有戰爭的時候，我想去奧國。我要到黑森林去。我要到哈茲山脈。哈茲山脈究竟在哪裡?他們正在卡派西亞山區打仗。反正我不想去那邊。那兒也許很不錯。若沒有戰爭，我可以去西班牙。

太陽下山，天氣轉涼了。飯後我要去看凱瑟琳。但願她此刻就在這兒。我真希望陪她共遊米蘭。我要到「海岬」餐廳吃飯，炎熱的傍晚在曼梭尼大道漫步，過個街，轉彎沿著運河走，再陪凱瑟琳到旅館去。

也許她會肯喔。也許她會把我當做死去的愛人，我們由前門進去，茶房脫帽行禮，我站在門警的辦公桌前要房門的鑰匙，她就站在電梯邊，然後我們攜手跨進電梯，電梯走得很慢，每一層樓都嘎啦嘎啦響，然後我們那一層到了，侍者開門靜立，她跨出梯門，我也跨出來，我們沿著大廳走，我把鑰匙插進鎖孔，開門進去，然後拿起電話，叫人送一瓶「卡布里」白酒，用滿是冰塊的銀質冰桶提來，你會聽見冰塊和冰桶的撞擊聲音沿著走廊傳送，侍者敲門，我請他擱在門外。因為我們一定沒穿衣服，天氣太熱了，窗戶大開，燕子飛過屋頂，天黑以後，你走到窗邊，小蝙蝠在屋子四周尋覓，飛近樹梢，我們喝「卡布里」白酒，房門鎖上了，天氣很熱，只蓋一層被單過夜，我們倆就在米蘭炎熱的夏夜裡通宵相愛。情形理當如此。我要快點吃晚餐，然後去看凱瑟琳。

會餐席上，他們喋喋不休，我喝了一點酒，因為今天晚上我若不喝，不和神父談談愛爾蘭大主教的事情，我們就不算袍澤弟兄了。照他說主教似乎是高貴的好人，被人冤枉，我身為美國人也參加了冤枉他的行列，這件事情我聽都沒聽過，只好假裝知情。我既然聽神父解釋冤情的起因——聽說純屬誤會，我若對此事一無所知，未免太失禮了。我認為他們的名稱很優美，他是明尼蘇達人，因此帶來一個可愛的名稱：明尼蘇達的愛爾蘭，威斯康辛的愛爾蘭，密西根的愛爾蘭。「愛爾蘭」一字發音像「小島」，所以很好聽。不，不是這樣。不只是如此。是的，神父。這是實情，神父。也許吧，神父。不，神父。算了，也許是，神父。你比我更清楚，神父。神父善良，卻呆頭呆腦的。軍官們不善良，卻呆頭呆腦。國王善良，也呆頭呆腦，杯中酒不好喝，但是不沉悶。它剝蝕了你牙齒的琺瑯質，把它留在口腔頂上。

洛克說，「神父被人關起來，因為他們發現他持有百分之三的債券。當然是在法國。若在這邊，他們決不會逮捕他。他會一口咬定他對那百分之三的債券毫無所知。貝西爾就發生過這種事情。我在那邊，看到報上的消息，到監獄求見神父。他的債券顯然是偷來的。」

「我不相信有這回事，」雷納迪說。

洛克說，「信不信由你。不過我是說給我們神父聽的。頗能增廣見聞，他會感激的。」

神父微微一笑。他說，「說下去，我在聽呢。」

「當然有些債券未加證實，不過神父持有這百分之三的債券和幾份當地債券的一切相關契約，我忘記是什麼了。總之我去探監，這就是故事的重點，我站在牢房外，假裝告解說，『神父，賜福給我吧，因爲你犯罪了。』」

人人都放聲大笑。

神父問道，「他說什麼？」洛克不理他，繼續對我說明他的笑話。「你看出好笑的地方了吧！」我若沒聽錯意思，這似乎是一個很好笑的笑話。他們又倒了一些酒給我，我說出英國兵被安置在淋浴龍頭下的故事。然後少校說出十一個捷克人和匈牙利班長的故事。我又喝了一點酒，大談馬師發現硬幣的笑話。少校說有一個義大利故事，描寫一位公爵夫人晚上睡不著覺，內容差不多。這時候神父走了，我談起巡迴推銷員早上五點到馬賽，大喝西北風的故事。少校說他聽過一個報告，說我很能喝酒。我否認這一點。他說真有其事，我們可以憑酒神的屍體測驗真假。不是酒神，我說。不是酒神。是的，酒神，他說。我該陪巴喜．菲利普．維辛薩一杯又一杯猛喝。巴喜說不，這不算測驗，因爲他已經比我多喝了一倍。我說這是下流的謊話，管它酒神不酒神，菲利普．維辛薩．巴喜或巴喜．菲利普．維辛薩整個晚上沒碰過一滴酒，而且他到底姓什麼？他也問我到底名叫菲德利哥．亨利還是亨利．菲德利哥？我說讓最好的人贏，不管酒神了，於是少校叫我們用勺杯喝紅酒比賽。喝到一半，我不想再比了。我想起我要去什麼地方。

我說，「巴喜贏了，他比我強。我得走了。」

雷納迪說，「他真的非走不可。他有約會。我全知道。」

「我非走不可。」

巴喜說，「改天再比。改天你覺得強壯些再比。」他拍拍我的肩膀。桌上有蠟燭。軍官都很高興。「晚安，諸位，」我說。

雷納迪陪我走出來。我們站在門外的走道上，他說，「你醉醺醺的，還是別上那兒好。」

「我沒醉，雷納迪。真的。」

「你最好嚼一點咖啡。」

「胡說。」

「我去找一點來，寶貝，你閒踱一會。」他帶回一把炒咖啡豆。

「嚼一嚼，寶貝，上帝與你同在。」

「是酒神，」我說。

「我陪你走過去。」

「我完全正常。」

我們一起穿過小城，我一路嚼食咖啡豆。來到通往英國別墅的車道門口，雷納迪對我說晚安。

我說，「晚安，你爲什麼不進來？」

他搖搖頭。「不，我喜歡更單純的快感。」

「謝謝你的咖啡豆。」

「沒什麼，寶貝。沒什麼。」

我沿著車道往前走。路邊的絲柏輪廓尖銳而清晰。我回頭望，看見雷納迪站著目送我，就向他揮手道別。

我坐在別墅的接待室等凱瑟琳下樓。有人沿著大廳走過來。我起立相迎，來人不是凱瑟琳。是佛格森小姐。

她說，「嘿。凱瑟琳要我轉告你，今天晚上不能和你見面，她覺得很遺憾。」

「我真遺憾。但願她沒有生病。」

「她身體不太舒服。」

「能不能麻煩妳轉告她，說我十分遺憾？」

「好，我會的。」

「妳想明天能不能設法見她一面？」

「是的，我想可以。」

我說，「多謝，晚安。」

我走出門，突然覺得寂寞又空虛。和凱瑟琳見面，我一直等閒視之。我喝醉了，差一點忘記來赴約，但是我見不到她的時候，心裡好寂寞好空虛。

8

第二天下午，我們聽說夜裡河上將發動攻擊，我們得把四輛救護車開到那邊。沒有人知道實情，只是大家都議論紛紛，語氣十分肯定，儼然充滿戰略知識。我坐在第一輛車上，我們穿過人群來到英國醫院，我叫司機停車。其他幾輛車子也停下來。我下車叫他們繼續走，如果我們在柯曼十字路口沒跟上他們，要他們在那邊等。我匆匆跑上車道，在接待室求見巴克萊小姐。

「她現在值班。」

「我能不能和她見一面？」

他們叫一名傳令兵官去看看，她隨他走出來。

「我順道來看妳身體復原沒有。他們說妳現在值班，所以我特地求見。」

她說，「我很好。我想昨天大概是中暑吧。」

「我得走了。」

「我陪你出門一分鐘。」

「妳身體沒有問題吧？」我在外面問她。

「沒問題，達令。你今天晚上來不來？」

「不。現在我到普拉瓦橋頭去表演。」

「表演？」

「我認爲沒有什麼。」

「你會回來吧？」

「明天。」

她解開脖子上的一件飾物，塞進我手裡。她說，「是聖安東尼像。明天晚上來吧。」

「妳不是天主教徒吧？」

「不是。不過他們說聖安東尼像很靈。」

「我會替妳照顧祂。再見。」

她說，「不，別說再見。」

「好吧。」

「乖乖的，當心安全。不，你不能在這兒吻我。不行。」

「好吧。」我回頭望，看她站在台階上。她揮揮手，我吻自己的手背，然後伸出手來。她再次揮手，然後我走出車道，爬上救護車前座，我們便出發了。聖安東尼像包在一小小的白色金屬囊中。我打開封帽，把祂倒在我手上。

「聖安東尼？」司機問道。

「是的。」

「我也有一個。」他的右手離開方向盤，解開一粒軍衣鈕釦，由襯衫底下拉出神像。

「看見了吧！」

我把聖安東尼像放回金屬囊中，將小金鍊揉成一團，整個塞進胸袋裡。

「你不戴起來？」

「不。」

「還是戴起來吧。本來就是供人佩戴的。」

「好吧，」我說。我解開金鍊鉤，套在脖子上鉤好。聖像懸在我的軍服外邊，我解開軍衣喉部的鈕釦，又解開襯衫領的釦子，將祂塞入襯衫底。車子一路開行，我覺得祂在金屬囊中貼著我的胸脯。然後我就把祂拋到九霄雲外。受傷以後，我一直沒找到祂。大概在某一處救傷站被人拿走了。

我們走上橋面，開得很快，不久便看到前面路上其他幾輛車揚起的灰塵。路面彎曲，那三輛車顯得好小好小，輪子掀起塵泥，在樹林間飛散。我們趕上他們，超車而過，轉向一條上坡的大路。你若乘第一輛車，跟救護隊出門相當愉快，我仰靠在座位上，觀賞鄉村的風景。我們在河流這一邊的矮丘上，路面的坡度漸漸升高，北方有積雪未融的高山。我回頭望去，看見三輛車子正在爬坡，中間隔著漫天塵土，我們和一大排載貨的騾子擦肩而過，騾子旁邊的馬夫戴著紅氈帽。他們是狙擊兵。

越過了騾馬大隊，路面上已空空如也。我們爬上一座又一座小山，然後由一座長丘的肩部向河谷俯行。路旁兩邊都有樹，我隔著右邊這排樹木看到了河川，河水清淺而湍急。河面很低，有一片片沙洲和圓石，水道窄窄的，有時候河水像一層薄光罩在滿是礫石的河床上。靠近河岸處，我看到河上的拱石橋，車印在此轉離大道，我們穿過一棟棟石質的農舍，他們的南側石牆和田間矮石牆邊種了不少梨樹。路面沿著河谷綿延好一段距離，然後我們轉個彎，又開始爬坡了。

山路很陡，在板栗林間穿梭，最後終於順著一道山脊直走。我隔著樹林往下看，看到陽光下分隔兩軍的河川。我們走上山脊頂新開的崎嶇軍事道路，我向北眺望兩座山脊，雪線下蒼翠幽黑，其餘的部分在陽光下白得迷人。然後，路面沿山脊上坡，我看見第三座山脊，更高的雪山，白得像粉筆，上面有一道道奇怪的平原深溝，這些山外還有高山，簡直說不清你真正看到了沒有。這些都是奧國的高山，我們美國沒有這種玩意兒。前面路上有處迂迴的右轉彎，我低頭看見路面在樹叢間陡落。這條路上有軍隊、卡車和載送山砲的騾子，我們沿著路邊往下走，看見河面在遠遠的下方，河邊有一排枕木和鐵軌，鐵路由老橋樑過河。對岸河邊的山丘下，就是我們要進攻的那座小城中一些破破爛爛的房子。

我們下山，轉向河邊大道的時候，天都快黑了。

9

路面很擠，兩邊都有玉米桿的幃幔和稻草墊，頂上也鋪了墊子，看起來活像馬戲團或原始村落的入口。我們慢慢在草棚坑道中行車，由以前火車站的舊址駛出來，走上露天的地面。這裡的道路比河岸低，整個凹路邊挖了不少深坑，讓步兵可以躲在裡面。太陽下山了，我們一面行車一面仰視河岸，我看到奧國人的觀測汽球懸在黃昏的對岸山頂。我們在一座磚廠外停車。爐灶和部分深坑改裝成救傷站。那邊有三位我相熟的醫生。我和少校講話，得知攻擊已經開始，我們的救護車載了人以後，要沿著草棚路面開回去，沿著山脊駛上大道。那邊將有一處陣地，有其他的救護車來清理傷兵。他希望路面不要太擁擠，這是單條道路的好戲。路面加蓋了草棚，因爲對岸的奧軍看得一清二楚。這座磚廠有河岸掩護，不怕受到步槍或機關槍的攻擊。河上有一座炸毀的橋樑。轟炸開始以後，他們要再架一條橋，有些軍隊要在河彎處的淺灘渡河。

少校是一個身材矮小的人，留了兩撇上翹的鬍鬚。他曾在利比亞參戰，袖章上有兩條受傷紀念槓。他說事情如果順利，他要讓我得勳章。我說但願事情順利，不過他未免太客氣了。我問他有沒有大防空壕讓司機藏身。他派一名士兵帶我去看。我跟著他走，找到了那處防空壕，蠻舒服的。司機們都很喜歡，我就將他們安置在那兒。少校請我陪他和另外兩名軍官喝酒。我們喝甜酒，氣氛很融洽。外面天色漸漸黑了。我問他們什麼時候發起攻擊，他們說天黑就開始。我回到司機身邊。他們坐在防空壕裡講話，我進來，他們便打住了。我給他們每人一包菸，馬其頓牌的散裝香菸，老是掉菸草，抽菸前得先捻捻尾部。馬奈拉擰亮他的打火機，給大家傳著用。這個打火機外形很像飛雅特汽車的冷卻器。我道出聽來的消息。

「我們下山的時候，怎麼沒看到那個陣地？」巴西尼問我。

「就在我們轉彎處再過去一點。」

「路面將一塌糊塗，」馬奈拉說。

「他們會用砲彈把他們打扁。」

「也許吧。」

「吃的問題呢，中尉？事情開始以後，我們不可能有機會吃東西。」

「我現在去看看，」我說。

「你要我們躲在這兒，還是可以到處逛？」

「最好躲在這兒。」

我回到少校的防空壕，他說野戰廚房馬上送東西來，司機們可以來吃燉菜。他們若沒有帶會餐的餐具，他會借給他們。我說他們大概有。我回去告訴司機，食物一來我就去拿。馬奈拉說：但願轟炸開始前送來。我走出壕溝以前，他們悶聲不響。他們都是機械師，討厭打仗。

我出去看車子，觀察情勢，然後回來，和四名司機坐在防空壕裡。我們坐在地上，背倚著牆抽菸。外面天色幾乎全黑了。防空壕的地面乾爽又暖和，我用雙肩頂著牆壁，腰背倚坐在地上，放鬆筋骨。

「誰去進攻？」古佛齊問道。

「狙擊兵。」

「全是狙擊兵？」

「我想是吧。」

「這邊的軍隊不夠，不能發動真正的攻擊。」

「說不定是聲東擊西，使對方不注意真正攻擊的地點。」

「軍士們知不知道由誰主攻？」

「我想不知道。」

馬奈拉說，「當然不知道。他們知道了就不肯進攻了。」

巴西尼說，「肯，他們肯。狙擊兵都是傻瓜。」

「他們勇敢，軍紀甚佳，」我說。

「他們的胸圍很大，身體健壯。不過他們仍然是傻瓜。」

馬奈拉說，「擲彈的長人個子很高。」這是玩笑話，他們都笑起來。

「中尉，軍士們不肯進攻，每十個人槍斃一個，那時候你在不在場？」

「不。」

「是真的。事後他們把士兵排成一列，每十個人抓一個，由憲兵槍斃他們。」

「憲兵，」巴西尼說著，在地上啐了一口。「但是那些擲彈兵，個子都超過六呎，他們不肯進攻。」

「如果每個人都不肯進攻，戰爭自會結束。」馬奈拉說。

「擲彈兵不是這樣，他們怕死，軍官都來自好家庭。」

「有些軍官是孤家寡人一個。」

「有一個士官槍斃了兩個不肯出戰的軍官。」

「有些軍隊出陣了。」

「每十名槍斃一名的時候，出戰的人沒有奉命排隊。」

巴西尼說，「憲兵槍斃的人，有一位是我們城裡的鄉親，他在擲彈兵裡算是高大伶俐的小夥子，老是待在羅馬，老是和女孩子廝混，老是和憲兵在一起。」他大笑。「現在他們派一名衛士帶著刺刀守在他家門外，誰都不能去看他的父母和姐妹，他父親失去公民權，甚至不能投票，法律不保護他們，人人都可以掠奪他們的財產。」

「要不是怕家屬遭殃，誰也不肯出戰。」

「肯，山地軍團肯，這些歐洲勝利兵肯出戰，有些狙擊兵也肯。」

「狙擊兵也有人逃過，現在他們設法忘記那回事。」

「中尉，你不該讓我們說這種話，軍隊萬歲！」巴西尼以諷刺的口吻說。

我說，「我知道你們說話的口吻，不過只要你們好好開車，言行檢點——」

「——而且說話不要讓別的軍官聽見，」馬奈拉接著說完。

我說，「我相信我們該撐到戰爭結束，單方面停戰，事情不會了結的，我方如果停戰，情況只會更糟糕。」

巴西尼很有禮貌地說，「不會更糟糕，沒有一件事情比打仗更糟糕。」

「戰敗更糟糕。」

巴西尼仍然很有禮貌地說，「我不相信，戰敗是什麼？你重返家園。」

「他們跟在你後面，他們霸佔你的家，他們霸佔你的姐姐妹妹。」

巴西尼說，「我不相信，他們不會對每個人這樣，讓每個人保衛自己的家園，將姐姐妹妹留在家裡。」

「他們會吊死你，他們來，叫你再當兵，不是開救護車，而是加入步兵。」

「他們不會吊死每一個人。」

馬奈拉說，「而且外來的民族不會叫你當兵，頭一仗你就跑光了。」

「捷克人就是一個例子。」

「我想你不知道被征服的滋味，所以你覺得不太糟糕。」

巴西尼說，「中尉，我們知道你肯讓我們說話，聽著，沒有一件事情比戰爭更糟糕，我們救護車隊的人甚至體會不出戰爭的慘境，等大家體會出其中的慘境，他們已不能設法阻止，因爲他們會發瘋，有些人永遠體會不出，有些人懼怕軍官，戰爭就是這些人促成的。」

「我知道戰爭不好，但是我們得打完它。」

「打不完的，戰爭沒有終點。」

「有，有的。」

巴西尼搖搖頭。

「戰爭不靠勝利來贏取，我們攻下聖加布里爾又如何？我們攻下卡索、蒙法孔和特里斯特又如何？到時候我們在哪裡？今天你看到遠處所有的高山沒有？你認爲我們可以全部攻下來嗎？但願奧國人停戰，有一方必須先停戰，我們爲什麼不停戰呢？他們若攻下義大利，他們會疲倦，會走開，畢竟他們有自己的國家，但是，戰爭卻打個不停。」

「你是演說家。」

「我們思考，我們看書，我們不是農民，我們是機械師，但是連農民也有知識，不信賴戰爭，人人都討厭這一仗。」

「有一個階層控制著國家，他們笨頭笨腦，什麼都體會不出來，也永遠無法體會，所以我們才有這場戰爭。」

「而且他們靠戰爭發財。」

巴西尼說，「大多數沒有，他們太笨了，他們無緣無故發動戰爭，完全是愚笨使然。」

馬奈拉說，「我們得閉嘴了，我們說得太多，連中尉都聽不下去。」

巴西尼說，「他喜歡，我們會改造他的想法。」

「但是現在我們閉嘴吧，」馬奈拉說。

「中尉，我們該吃飯了吧？」古佛齊問道。

「我去看看，」我說，高蒂尼站起身，陪我走出來。

「中尉，有沒有事情要我做？我能不能幫忙？」他是四個人中最文靜的一位。

我說，「你若願意，跟我來吧，我們瞧瞧去。」

外面黑漆漆的，探照燈的長光在山頂移動。彼端前線的大探照燈架在軍用卡車上，晚上有時候你在戰線後方的路面上超車，軍用卡車在路外不遠處停下來，一名軍官用燈光照人，夥伴們都嚇壞了。我們穿過磚廠，停在大救傷站，入口外有一個青樹枝構成的小棚頂，暗夜中晚風沙沙吹著陽光曬乾的樹葉，裡面有燈光，少校在一個箱子上接電話，一位上尉醫官說攻擊提前一個小時，他請我喝一杯「干邑」白蘭地，我看看燈光下閃閃發亮的餐台、器具、小臉盆和塞緊的酒罐，高蒂尼站在我後面。少校由電話邊站起來。

他說，「現在開始了，剛才曾再次耽擱。」

我看看外面，外面一片黑漆，奧國探照燈在我們後面的山頭移動，四周靜默了一會，然後我們後面的大砲全部開始轟擊。

「當心，」少校說。

「少校，關於燉湯，」我說，他沒聽見，我又說一遍。

「還沒端上來。」

一枚大砲彈射進來，在磚廠坑外爆炸，又一聲巨響，亂聲中你聽見磚塊和泥土紛紛落下的小噪音。

「有什麼可吃的？」

「我們有奶油醱麵食品，」少校說。

「你給我什麼，我就拿什麼。」

少校和一名傳令兵講話，他往後走，帶回一鐵盆冷通心麵，我遞給高蒂尼。

「你有沒有乳酪？」

少校勉強和傳令兵講話，傳令兵又潛回洞裡，拿出一夸特白乳酪。

「多謝，」我說。

「你最好別出去。」

外面有東西擋在門口。兩名搬伕之一探頭進來。

少校說，「抬進來呀，你們怎麼回事？難道要我們出去抬他？」

兩名擔架兵挾住傷者的腋下和雙腿，把他抬進來。

「扯裂軍衣，」少校說。

他手拿一支尾端有紗布的鉗子，兩名上尉脫下外衣，「走開，」少校對兩名擔架兵說。

「走吧，」我對高蒂尼說。

「你還是等砲擊結束再走，」少校回頭說。

「他們要吃東西，」我說。

「隨你便。」

來到坑外，我們跑過磚廠，一枚砲彈在河岸邊爆炸，接著又來一枚，我們沒聽見，突然感到一股疾風，我們都趴倒在地，隨著閃光、撞擊和煙火味兒，我們聽見彈片的咻咻聲和磚塊落地的沙沙聲，高蒂尼站起來，跑向防空壕，我跟在他後面，手持乳酪，平滑的表面沾滿碎磚粉，防空壕內三名司機貼牆而坐，正在抽菸。

「喏，你們這些愛國志士，」我說。

「車子怎麼樣？」馬奈拉問道。

「還好。」

「他們嚇著你了吧，中尉？」

「媽的，你說對了，」我說。

我拿出小刀，展開來，擦擦刀刃，削去髒兮兮的乳酪表皮，古佛齊把那盆通心麵遞給我。

「先吃吧，中尉。」

我說，「不，放在地上，我們大家一起吃。」

「沒有叉子。」

「去他的，」我用英語說。

我把乳酪切成一片一片，放在通心麵上面。

「坐下來吃吧，」我說，他們坐下來乾等，我將手指伸入通心麵，然後往上提，有一團滑掉了。

「舉高一點，中尉。」

我舉到手臂的高度，麵條總算一根一根垂下來，我放進口裡，用力吸，並且咬斷末尾，用牙齒咀嚼，然後咬一口乳酪，再咀嚼，又喝一口酒，有金屬生鏽的怪味兒，我把飯盒還給巴西尼。

他說，「生鏽了，擱在裡面太久，我放在車上。」

他們一起吃，下巴貼著小鐵盒，腦袋後仰，吸食通心麵末端，我又吃了一口，配上一塊乳酪和一口酒，外面有東西落地，頓時地撼天搖。

「四百二十口徑或者火箭砲，」古佛齊說。

「他們有巨型的史科達砲，我看見彈坑了。」

「口徑三百零五。」

我們繼續吃，有一聲咳嗽——一陣火車引擎開動般的聲響，然後又是天崩地裂的爆炸。

「這不是深防空壕，」巴西尼說。

「剛才是大型的壕溝迫擊砲。」

「是的，長官。」

我吃下最後一截乳酪，嚥下一口酒。在其他聲響中，我聽到一聲咳嗽，然後是啾—啾—啾—啾—，然後有一陣閃光，像鼓風爐的灶門突然推開，一陣吼聲，先發出白光，再轉為紅光，在一陣疾風裡連連不斷。我設法呼吸，但是吐不出氣來，我覺得自己衝出體外，一直向外向外向外，始終在疾風裡打轉。我整個暈過去，覺得自己早就死了，竟以為現在才死，真是一大錯誤。然後我飄呀飄的，不繼續前進，卻覺得自己往後滑。我呼吸，我又回來了，地面裂開，我的腦袋前方有一根碎木條。頭部顛簸搖撼，我聽見有人在哭，我覺得有人尖叫，我想移動身子，但是無法動彈，我聽見對岸和河邊的機關槍和步槍咻咻開火。有一陣很大的巴噠巴噠聲，我看見照明彈發射爆炸，白晃晃在空中飄浮，火箭升空，又聽見炸彈聲，全是一瞬間的事情。然後我聽見身邊有人說，「我的媽呀！噢，我的媽呀！」

我用力扭動身體，終於把雙腿掙開，轉過來摸他，是巴西尼，我一碰他，他就尖聲大叫。他兩腿向著我，我在一明一暗中看見他膝蓋以上血肉模糊。一隻腿斷了，另外一隻由腿筋和褲管支撐著，殘肢歪歪扭扭，彷彿不相連似的。他啃著手臂呻吟道，「噢，我的媽呀！我的媽呀。」然後說，「救命，瑪麗亞。救命，瑪麗亞。噢，耶穌，射死我吧。基督，射死我吧。我的媽呀，我的媽呀，噢，純真可愛的瑪麗亞，射死我吧。停，停，停。噢，耶穌，可愛的瑪麗亞，止住疼痛吧。噢，噢，噢，噢，」然後哽咽道，「我的媽呀媽呀。」然後他悶聲不響，猛咬手臂，斷腿不停地抽動！

我弓著手掌大叫，「傷口！傷口！」我想靠近巴西尼，設法為他止血，但是我無法動彈，我再試一遍，兩腿移動了一點點，我可以用雙臂和雙肘向後挪動，現在巴西尼靜下來了。我坐在他身邊，解開我的軍衣，想扯下襯衫底部。扯不下來，我咬衣邊，弄出一個裂口。這時候我想起他的綁腿，我穿羊毛襪，巴西尼卻打著綁腿。所有司機都打綁腿。但是巴西尼只剩一條腿了。我解開綁腿，正在進行的時候，我看出止血已無必要，因為他死了，我確定他死了。還有三個人要找，我坐直起來，這時候腦袋裡有一樣東西動來動去，活像洋娃娃眼球上的壓載物，在內部敲擊我的眼球後方，我兩腿暖洋洋、濕淋淋的，鞋子裡又暖又濕，我知道自己中彈，連忙彎身把手放在膝蓋上，我的膝蓋不見了，我伸手進去，膝蓋沉入脛骨中，我在襯衫上抹抹手掌，又有一道浮光慢慢射過來，我看看腿部，心裡很害怕。我說，「噢，上帝，讓我離開這兒。」不過我知道另外還有三個人。一共是四名司機，巴西尼死了，那麼還剩三個。有人挾住我的腋下，另外一個人抬起我的雙腿。

我說，「還有三個，有一個死了。」

「我是馬奈拉，我們去找擔架，但是一具都沒有，你好吧，中尉？」

「高蒂尼和古佛齊呢？」

「高蒂尼在陣地包紮傷口，古佛齊扛著你的腿部。抱住我的脖子，中尉，你傷得重不重？」

「在腿部，高蒂尼怎麼樣？」

「他還好，是巨型的壕溝迫擊砲彈。」

「巴西尼死了。」

「是的，他死了。」

一顆砲彈落在不遠的地方，他們都倒在地上，把我甩了下來，馬奈拉說，「對不起，中尉，抱緊我的脖子。」

「怕你又把我甩下來。」

「因爲我們嚇慌了。」

「你們沒受傷？」

「我們都受了一點小傷。」

「高蒂尼能不能開車？」

「我想不行。」

我們到陣地以前，他們又把我甩下一次。

「你們這些雜種，」我說。

馬奈拉說，「對不起，中尉。我們不會再甩下你了。」

陣地外面，我們一大堆人摸黑躺在地上。他們抬傷兵進去，又抬出來。門簾掀開，他們抬人進出的時候，我看見救傷站射出的燈光，死者擱在一邊。醫生的袖子捲到肩膀下，身體像屠夫血淋淋的。擔架不夠，有些傷患大聲嚷嚷，不過大部分很安靜。晚風吹拂救傷站門棚裡的樹葉，天候漸漸轉涼了。擔架兵隨時進來，放下擔架，卸下傷兵又走了。我一到救傷站，馬奈拉就請出一位醫藥士官，他爲我的兩腿裹上繃帶，他說傷口吹進不少泥沙，所以沒有大出血，他們會儘快給我療傷。他回屋裡去了，馬奈拉說高蒂尼不能開車，他的肩膀血肉模糊，腦袋也受了傷，他剛才不覺得難受，不過現在肩膀僵疼。他坐在一道磚壁旁邊，馬奈拉和古佛齊各自抬傷兵走了。他們可以開車。英國人開來三輛救護車，每一輛車上有兩名人手。一位司機走到我身邊，由高蒂尼帶來見我，高蒂尼臉色蒼白，滿是病容，英國人彎下身子。

「你受傷重不重？」他問我，他個子很高，戴著鋼邊眼鏡。

「傷在腿部。」

「但願不嚴重，你要不要抽菸？」

「謝謝。」

「聽說你折損了兩位司機。」

「是的，一個死了，一個就是帶你來的這傢伙。」

「運氣真差，要不要我們接管汽車？」

「我正想求你這件事。」

「我們會好好照顧，開回二〇六別墅，你不是那邊的嗎？」

「是的。」

「那是一個迷人的地方，我在附近見過你，聽說你是美國人。」

「是的。」

「我是英國人。」

「不會吧！」

「是的，英國人，你以為我是義大利人嗎？我們的某一單位有幾個義大利人。」

「你若肯接管汽車，那就好了，」我說。

「我們會非常小心，」他直起身子，「你這名小夥子急著要我來見你。」他拍拍高蒂尼的肩膀，高蒂尼閃了一下，泛出笑容。英國人突然說起流利的義大利話。「現在一切都安排好了，我見了你們的中尉，我們將接管兩輛汽車，現在你不用擔心。」他突然打住，「我得想辦法讓你離開這兒，我去見醫官，我們載你回去。」

他走到救傷站，小心翼翼跨過傷者身邊。我看到厚簾掀起，燈光漏出來，他走進屋內。

「他會照顧你，中尉，」高蒂尼說。

「你好吧，老高？」

「我還好。」他在身邊坐下，過了一會救傷站前面的厚簾掀開了，兩名擔架兵走出來，高個子英國人跟在後面，他帶他們來找我。

「美國中尉在這裡，」他用義大利話說。

我說，「我寧願等，很多人傷勢比我重，我沒什麼關係。」

他說，「來，來，別當血腥英雄，」然後改用義大利話，「小心扛他的雙腿，他雙腿疼得厲害，他是威爾遜總統的婚生子。」他們把我抬起來，扛進療傷室，裡面一切手術台都有手術進行著，瘦小的少校氣沖沖望著我們，他認出是我，揮揮一把鉗子。

「還好吧？」

「還好。」

高個子英國人用義大利話說，「我帶他進來的，美國大使的獨生子，他就待在這兒，等你準備給他療傷，然後我隨第一批傷患載他走。」他彎身看我，「我設法叫副官替你辦文件，樣樣都快多了。」他低頭由門口走出去。現在少校解開鉗子，浸入一個臉盆中，我的眼光跟著他的手勢打轉，現在他上繃帶，然後擔架兵把傷者扛下手術台。

「我來治療美國中尉，」一名上尉說，他們把我扛上手術台，台子又硬又滑，有多種濃烈的氣味、化學氣味和甜甜的血腥味兒。他們脫下我的長褲，上尉醫官開始指揮士官級的副官寫報告，同時動手治療「左右大腿、左右膝及右足的多處表皮傷，右膝和右足的深度重傷，頭皮的劃傷。」——伸手摸摸——（痛不痛？）（基督啊，痛得很！）「頭蓋骨可能破裂，因公受傷，這樣你不會因故意受傷的罪名而受到軍法審判，」他說，「你要不要喝一杯白蘭地？你怎麼會碰上這種事情？你想幹什麼？自殺？請用抗破傷風藥，兩腿劃十字記號，謝謝你，我清洗一下，洗洗乾淨，再包紮，你的血液凝結得好極了。」

副官由文件上抬頭說，「是什麼東西弄傷的？」

上尉醫官說，「你被什麼打中？」

我閉著眼睛說，「一枚壕溝迫擊砲彈。」

上尉弄得我痛入心脾，然後切割紗布——「你能確定嗎？」

他割開我的肉，我儘量安安靜靜躺著，覺得胃部翻騰，「我想沒有錯。」

上尉醫官——（對他發現的一樣東西很感興趣）「敵人壕溝迫擊砲彈的碎片，你如果願意，我再伸進去找一找，不過並非絕對必要，我會把一切畫下來——痛不痛？好，比起待會兒的感覺，算不了什麼，劇痛還沒開始哩，給他拿一杯白蘭地來，驚嚇使痛苦減輕了；不過這沒有關係，如果不感染細菌，你用不著擔心什麼，現在很少感染。你的頭部如何？」

「很嚴重，」我說。

「那還是別喝太多白蘭地吧，你若有裂傷，可別發炎才好。這樣感覺如何？」

我全身冒汗。

「基督啊！」我說。

「我猜你有裂傷沒錯，我替你包紮，腦袋不要亂動。」他給我上繃帶，雙手動作很快，繃帶又緊又牢。「好啦，祝你幸運。法國萬歲。」

「他是美國人，」另外一名上尉說。

上尉醫官說，「我以爲你說他是法國人，他會說法語，我以前認識他，我一直以爲他是法國人。」他喝下半杯法國干邑白蘭地。「帶重傷的進來，再拿一點抗破傷風藥。」上尉向我揮手，他們把我扛起來，往外走的時候，門簾劃過我的面孔。來到外面，士官級的副官跪在我身邊，他柔聲問道，「姓氏？名字？教名？軍階？哪裡生的？什麼兵種？什麼軍團？」等等。「中尉，你頭部受傷，我真遺憾，但願你病情好轉，現在我用英國救護車送你回去。」

我說，「我還好，多謝。」少校所說的劇痛現在開始了，周圍發生的一切都毫無趣味和關連。過了一會，英國救護車開來，他們把我放上擔架，將擔架抬到救護車的高度，然後往裡推，旁邊另有一個擔架，上面躺著一個人，我看得見他的鼻子，油光光從繃帶裡露出來，他的呼吸很沉重，有幾個擔架滑進上面的吊鏈中，高個子英國司機走過來，探頭看看。他說，「我會開得平穩些，但願你覺得舒服。」我覺得引擎發動了，覺得他爬上前座，覺得他放開煞車，拉起離合器，於是我們出發了。我靜靜躺著，任痛苦折磨全身。

救護車沿著路面往上爬，交通擁擠，車子走得很慢，有時候停車，有時候倒車迴轉，最後終於迅速往上爬。我覺得有東西滴下來，起先滴得緩慢又規律，然後化爲一股激流。我對司機狂喊，他停下汽車，由座位後面的小孔回頭張望。

「怎麼啦？」

「躺在我上層擔架的人正在流血呢。」

「我們離山頂不遠了，我一個人沒有辦法把擔架拖出來。」他發動汽車，血流繼續不斷，暗夜中我看不出是上層帆布的哪一個地方流下來的，我設法往旁邊挪，免得鮮血滴在我身上。血水滲到我的襯衫下，濕熱熱黏嗒嗒的。我全身發冷，腿部發疼，所以覺得噁心。過了一會兒，上層擔架的血柱漸漸小了，又開始一滴一滴往下掉，我聽見並感覺上面的帆布動了一下，然後擔架上的人安靜下來了。

英國人回頭叫道，「他怎麼樣?我們快到山頂了。」

「我想他大概死了，」我說。

血滴掉得很慢很慢，彷彿太陽下山後冰柱的融水一滴一滴落下來。路面的坡度漸漸昇高，夜裡車上冷颼颼的，到了山頂的陣地，他們把擔架拖出來，放進另外一個擔架，我們繼續往前開。

10

在野戰醫院的收容室裡，他們說下午有一位客人來看我。天氣很熱，屋裡有許多蒼蠅。我的傳令兵把紙張剪成一條一條，綁在棍子上，做成揮趕蒼蠅的毛刷。我看著蒼蠅停在天花板上。他方一停手，昏昏睡去，蒼蠅就飛下來，我伸手去趕，最後乾脆用手遮住面孔，也呼呼大睡。天氣非常炎熱，我醒來時覺得兩腿發癢。我叫醒傳令兵，他在繃帶上倒了一些礦泉水。床鋪弄濕了，感覺涼涼的。清醒的傷患隔著收容室交談。下午是寧靜的時光。早上他們輪流到每一張床前，由三名男護士和一位醫生把你拎出床鋪，送進醫療室，我們裹傷，工作人員可以鋪床。到療傷室可不是愉快的旅程，我後來才知道，病人躺在床上，照樣可以鋪床。傳令兵倒完礦泉水，床鋪涼爽又可愛，我要他替我抓兩腳的癢處，這時候一名醫生帶雷納迪進來。他走得很快，彎身吻我。我看他戴了手套。

「你好吧？寶貝？你感覺如何？我給你帶來這個——」是一瓶「干邑」白蘭地。傳令兵搬來一張椅子，他坐下來，「好消息。你會得動章。他們想給你銀質動章，不過也許只能弄到青銅製品。」

「為什麼得獎？」

「因為你受重傷。他們說，你若能證明你做了什麼英勇的事蹟，你就能得銀質動章。否則就得青銅製品。告訴我實際的經過。你有沒有什麼英勇的事蹟？」

我說，「沒有，我挨砲彈的時候，我們正在吃乳酪。」

「正經一點。事前事後你一定做過什麼英勇的事蹟。仔細想想看。」

「我沒有。」

「你有沒有揹什麼人？高蒂尼說你揹了好幾個人，但是第一處陣地的少校醫官說不可能。他必須簽署領獎的建議案。」

「我沒有揹人。我不能動彈。」

「那沒有關係，」雷納迪說。

他脫下手套。

「我想我們可以弄到銀質勳章。你不是拒絕比別人先療傷嗎？」

「並不十分堅決。」

「沒有關係。看看你傷得多嚴重。看看你一向要求到最前線的英勇行為。何況手術很成功。」

「他們順利渡河了嗎？」

「順利極了。他們抓了將近一千名俘虜！公告上刊的。你沒看見？」

「沒有。」

「我拿給你看。是一次成功的突擊。」

「一切情況如何？」

「好極了。我們樣樣好極了。人人都為你驕傲。告訴我確切的經過吧。我相信你會得銀質勳章。告訴我吧。一五一十告訴我。」他停下來思索。「說不定你會得到一枚英國勳章。有一個英國人在那邊。我去看他，問他肯不肯推薦你。他應該可以想個辦法。你痛不痛？喝一杯。傳令兵，去拿一個螺旋錐來。噢，你真該看看我切除三米小腸的手藝，現在比以前更高明。該寄到『手術針』雜誌發表。你給我翻譯，我寄給『手術針』雜誌。我一天比一天健康。可憐的寶貝，你感覺如何？那個該死的螺旋錐在哪裡？你真勇敢真安靜，我忘記你身體不舒服了。」他用手套拍拍床沿。

「中尉先生，螺旋錐來了。」

「打開瓶子。拿一個玻璃杯來。喝吧，寶貝。你可憐的腦袋如何了？我看看你的文件。你沒有裂傷。第一個陣地的少校簡直是屠夫嘛。我給你療傷，絕不會叫你發疼。我從來不弄痛人家。我學會怎麼做法。我一天天學著把事情做得更平穩、更成功。你千萬要原諒我多嘴，寶貝。我看你受重傷，心裡很難過。喏，喝下這一杯。不錯喔。花十五里拉買來的。應該不錯。五星的。我離開這兒，就去看那個英國人，他會給你弄一枚英國勳章。」

「勳章不是這樣發的。」

「你真謙虛。我會派連絡軍官去。他可以指揮那個英國人。」

「你見到巴克萊小姐沒有？」

「我會帶她來。我現在去帶她來。」

我說，「別去。告訴我葛瑞齊亞的情形。姑娘們好吧？」

「沒有姑娘。現在已經兩個星期沒換新人。我不再去了。真丟臉。她們不是小姑娘，是老戰友。」

「你根本不去了？」

「我只去看看有沒有新人。我順道去看看。她們都問起你，她們待太久，都變成老朋友了，真丟臉。」

「也許小姑娘不想再上前線了。」

「當然想。她們有不少姑娘。只是管理不善。她們留著供後方躲防空壕的人取樂。」

我說，「可憐的雷納迪，一個人在戰場，沒有新鮮的姑娘。」

雷納迪又給自己倒了一杯「干邑」白蘭地。

「我想對你不會有害，寶貝。你喝吧。」

我喝下白蘭地，覺得全身興起一股暖意。雷納迪又倒了一杯酒。現在他安靜多了。他舉起玻璃杯。「敬你英勇的傷痕。祝你得銀質勳章。寶貝，告訴我，大熱天你一直躺在這兒，情緒不激動嗎？」

「有時候會。」

「我無法想像這樣乾躺是什麼滋味，我會發瘋的。」

「你本來就瘋瘋癲癲。」

「但願你回去。半夜沒有人冶遊歸來，找不到人開玩笑，找不到人借錢，沒有血性弟兄和室友，多麼難過。你爲什麼受傷呢？」

「你可以拿神父開玩笑。」

「那個神父啊。不是我開他的玩笑，是上尉。我喜歡他。你若必須有一名神父，就要那個神父吧。他要來看你，他做了大準備。」

「我喜歡他。」

「噢，我知道。有時候我覺得你和他有點那個。你知道。」

「不，你不知道。」

「知道，我有時候知道。有點像安科納砲兵大隊第一軍團的夥伴。」

「噢，滾你的。」

他站起來，戴上手套。

「噢，我喜歡逗你，寶貝。你有你的神父和英國女朋友，其實你骨子裡和我差不多。」

「不，才不呢。」

「是的，我們一樣。你其實是義大利人。充滿烈火和濃煙，內心一無所有。你只是裝做美國人。我們是兄弟，我們互相愛慕。」

「我不在的時候，乖一點，」我說。

「我去請巴克萊小姐來。沒有我，你和她相處更愉快。你純潔多了，甜蜜多了。」

「噢，滾你的。」

「我去請她。你的可愛又冷靜的女神。英國女神。老天，男人和這種女人在一起，除了崇拜她，還能幹什麼？除此之外，英國女人還有什麼好處？」

「你是一個無知的臭嘴南歐人。」

「什麼？」

「一個無知的義大利佬。」

「義大利佬。你是一個冷面的……義大利佬。」

「你無知、愚蠢。」我知道這句話刺中了他，就乘勝追擊。「沒有知識。沒有經驗，因經驗不足而愚蠢。」

「真的？我要說你那些好女人的故事。你的女神們。搭上一位乖女孩和一位成熟的女性，只有一個差別。跟乖女孩很痛苦。我知道這一點。」他用手套拍打病床。「而且你永遠不知道乖女孩是不是真的喜歡。」

「別生氣。」

「我沒生氣。我告訴你，只是爲你好，寶貝。省卻你的麻煩。」

「這是唯一的差別？」

「是的。但是千百萬像你這樣的傻瓜卻不知道。」

「你告訴我，真好心。」

「你別吵架，寶貝。我太愛你。但是別當傻瓜。」

「不。我會像你一樣精明。」

「別生氣，寶貝。笑吧。喝一杯。我得走了，真的。」

「你是一個老好人。」

「你看著吧。我們的骨子裡都差不多。我們是戰友。向我吻別吧。」

「你醉了。」

「沒有。我只是更多情。」

我覺得他的氣息慢慢向我貼近。「再見。我會很快再來看你。」他的氣息移開了。「你若不願意，我就不吻你。我去請你的英國女朋友。擺擺，寶貝。白蘭地在床下。快點復原吧。」

他走了。

11

神父來的時候，天色已經黑了。他們端湯來，事後撤走碗碟，我躺著觀望一排排的床鋪和窗外晚風中搖曳的樹梢。晚風吹進窗口，天氣漸漸轉涼。現在蒼蠅停在天花板上，停在電線懸掛的燈泡上。唯有晚上抬人進屋或者進行某一樣工作的時候才開燈。黃昏後夜幕來襲，然後久留不去，我自覺像小孩子。宛如當年早早吃過晚餐被人安頓上床的情景。傳令兵在床鋪間穿梭，然後停下腳步。有人跟他一起來。是神父。他站在那邊，個子很小，面色棕黃，顯得十分尷尬。

「你好吧？」他問道。他將幾包東西放在床邊的地板上。

「還好，神父。」

他坐上原先端給雷納迪的那張椅子，窘迫地眺望窗外。我發現他面帶倦容。

他說，「我只能待一分鐘。太晚了。」

「不算太晚。會餐如何？」

他微微一笑。「我仍是大笑柄。」他的語音也顯得很疲倦。「感謝上帝，他們都平平安安。」

他說：「我慶幸你沒有大毛病。但願不太痛苦。」他似乎疲憊不堪，我不習慣看他的倦容。

「現在不會了。」

「會餐上真想念你。」

「但願我在場。我一向喜歡我們之間的談話。」

「我給你帶了幾樣小東西，」他說。他拿起那幾個包裹。「這是蚊帳。這是一瓶苦艾酒。你喜歡苦艾酒吧？這些是英國報紙。」

「請你打開。」

他很高興，動手拆紙包。我將蚊帳拿在手裡。他舉起苦艾酒給我看，然後放在床邊的地板上。我拿起一束英國報紙。我將報紙轉向微光射進來的角度，可以看到標題。是「世界新聞」幾個字。

「其他的都有插圖，」他說。

「看這些報紙是一大樂趣。你從哪裡弄來的？」

「我向麥斯特里訂閱的。」

「你來真好，神父。你不要喝一杯苦艾酒？」

「謝謝你。你留著吧。是送給你的。」

「不，喝一杯嘛。」

「好吧。那我再帶一些給你。」

傳令兵拿來玻璃杯，打開酒瓶。他把軟木塞折斷了，下半截只得推進酒瓶中。我看出神父很失望，但是他說，「沒關係。不妨事。」

「祝你身體健康，神父。」

「祝你康復。」

然後他手持玻璃杯，我們坐著乾瞪眼。有時候我們很談得來，今天晚上卻找不到話說。

「怎麼啦，神父？你似乎很累。」

「我很累，但是我沒有權利如此。」

「是暑氣的關係。」

「不。現在才春天呢。我情緒低落。」

「你有戰爭倦怠症？」

「沒有，不過我討厭戰爭。」

「我也不喜歡，」我說。他搖搖頭，凝視窗外。

「你不在乎。你沒看清楚。請你包涵。我知道你受傷了。」

「這只是意外。」

「縱使受傷，你也看不清楚，這一點我知道。我沒親眼看到什麼，但是我感受到一點點。」

「我受傷的時候，我們就在談這個問題。巴西尼正在說話。」

神父放下玻璃杯。他想起另外一個人。

「我知道他們，因爲我和他們一樣，」他說。

「但是你不同。」

「其實我和他們一樣。」

「軍官們沒看出什麼。」

「有些看出來了。有些很敏感，感覺比我們更嚴重。」

「他們大多與眾不同。」

「不是教育或鈔票的關係。是別的理由，巴西尼這種人就算受過教育，有了錢，也不想當軍官。我也不願意當軍官。」

「你的階級算軍官。我根本就是軍官。」

「我其實不算。你甚至不是義大利人。你是外國人。但是你和軍官比士兵來得接近。」

「有什麼差別！」

「我沒有辦法輕易說出來。有些人會製造戰爭，本國這樣的人很多。另外有些人不會製造戰爭。」

「但是前者叫他們打仗。」

「是的。」

「而我幫助他們。」

「你是外國人。你是愛國志士。」

「不肯製造戰爭的人呢？他們能不能遏止戰爭？」

「我不知道。」

他又眺望窗外。我望著他的面孔。

「他們有沒有辦法遏止！」

「他們沒有組織，擋不住事態，等他們組織起來，他們的領袖又出賣他們。」

「那麼就沒有希望囉？」

「不會沒有希望的。但是有時候我不敢奢望什麼。我始終設法抱著希望，有時候卻辦不到。」

「也許戰爭會結束。」

「但願如此。」

「那你要幹什麼？」

「如果可能，我要回阿布魯齊區。」他棕黃的面孔突然露出喜色。

「你愛阿布魯齊？」

「是的，愛得很深。」

「那你應該去那兒。」

「如果可以，我真要高興死了。我只求住在那邊，愛上帝，並爲祂服務。」

「而且受人景仰，」我說。

「是的，還受人景仰。怎麼不會呢？」

「沒有理由不會。你應該受人景仰。」

「無所謂。不過在我的家鄉，大家都瞭解人能敬愛上帝。不會成爲下流的笑柄。」

「我了解。」他望著我微笑。

「你了解，但是你不愛上帝。」

「不愛。」

「你一點都不愛祂？」他問道。

「夜裡有時候我會怕祂。」

「你應該愛祂。」

「我不太有感情。」

他說，「有，你有。你說的那些長夜的故事。那不是愛。那只是激情和肉慾。你愛一個人，就希望爲他做點事情。你渴望犧牲。你渴望服務。」

「我不愛什麼人。」

「你會的。我知道你會的。到時候你會很快樂。」

「我很快樂。我一向快樂。」

「那是另外一回事。除非你擁有，你不可能知道。」

我說，「好吧，我若得到了，再告訴你，」

「我待太久，話也太多了。」他擔心他真的太多嘴。

「不。別走嘛。愛女人呢?我如果真的愛一個人，滋味是不是如此!」

「我不知道。我沒愛過女人。」

「令堂呢?」

「是的，我一定愛過我母親。」

「你一向愛上帝嗎?」

「從小時候開始。」

我說，「好吧。」我不知道該說什麼好。「你是乖小子，」我說。

他說，「我是小子。你卻叫我神父哩。」

「那是禮貌。」

他泛出笑容。

他說，「我得走了，真的。你不要我幫什麼忙?」他滿懷希望問我。

「不。談談就好了。」

「我代你向會餐的軍官們問好。」

「謝謝你的這許多好禮物。」

「沒什麼。」

「再來看我。」

「好。再見，」他拍拍我的腦袋。

「再見，」我改用方言說。

「再見，」他又說一遍。

屋裡黑漆漆的，坐在床尾的傳令兵站起來，陪他出去。我對他頗有好感，但願他將來有一天能回阿布魯齊區。他在軍官群中生活很不如意，但他報以和藹的態度，然而我想像他在自己家鄉的情景。他曾對我說，卡布拉科達城下的小溪有鱒魚可抓。那邊晚上不准吹長笛，年輕人演奏小夜曲的時候，只有長笛不准吹。我問他理由何在。他說，因爲女孩子晚上聽笛聲不好。在他家鄉，農民都叫他「先生」，他碰見他們，他們就脫帽致敬。他父親天天打獵，在農夫家歇腳用餐。他們一向受人尊敬。外國人去打獵，必須拿出一份從未被捕的證明書。義大利巨岩有野熊出沒，但是離那兒很遠。亞奎拉是一個優雅的城鎮。夏夜很涼，阿布魯齊區的春天是全義大利最美的，但是秋天很迷人，可以在板栗林中間打獵。鳥類都長得很好，因爲牠們吃葡萄度日。他說，你從來不需帶午餐，你肯到農夫家吃飯，他們一向覺得很光榮。想著想著，過一會我就睡著了。

12

房間是長形的，窗戶在右手邊，那頭有一扇門通往療傷室。我這一排床鋪面對窗口，另外一排在窗下，面對牆壁。你若向左躺，可以看到療傷室的房門。那邊另外有一扇門，不時有人進出。如果有人快要死了，他們就在床鋪四周圍上一塊簾子，免得你眼看著人死掉；簾下只露出醫生和男護士的皮鞋和綁腿，最後偶爾會有人竊竊私語。接著，神父走出簾幕後方，然後男護士回到簾背又出來，扛著死者，死者身上蓋了毯子，沿床鋪間的走廊出去，有人折起布簾收走了。

那天早上，管理收容室的少校問我第二天能不能遠行。我說可以。他說他們一大早就把我運出去。他說現在天氣還不太熱，我出門比較舒服。他們把你扛出床鋪，送進療傷室的時候，你眺望窗外，可以看見花園裡的新墳。一名士兵坐在面向花園的門口外，釘製十字架，並漆上花園中死者的姓名、軍階和軍團名稱。他也替收容室跑腿，利用餘暇以奧國空槍彈為我做了一個打火機。醫生們溫文有禮，看來相當能幹。他們一心要把我送去米蘭，那邊的X光設備較佳，而且手術後我可以接受機械療法。我也想去米蘭。事實上，有人想把我們都趕出去，趕得遠遠的，因為攻擊開始以後，一切病床都得派上用場。

我離開野戰醫院的頭一天晚上，雷納迪和我們會餐團的少校來看我。他們說我會被送到米蘭剛成立的美國醫院。有些美國救護單位要派來，這座醫院將照顧他們和一切在義大利服役的美籍人士。有不少「紅十字會」的人。美國對德國宣戰，但是沒有對奧國宣戰。

義大利人相信美國也會對奧國宣戰，而只要美國人來，他們就非常興奮，連「紅十字會」亦然。他們問我，覺得威爾遜總統會不會對奧國宣戰，我說只是時間的問題。我不知道我們反對奧國哪一點，不過既然對德國宣戰，也該對奧國宣戰，這似乎天經地義嘛。他們問我，美國會不會對土耳其宣戰。我說十分可疑。我說，土耳其（火雞）是我們的國鳥，不過這個笑話的翻譯效果奇差，他們都不懂，以爲我說會，我們可能對土耳其宣戰。

保加利亞呢？我們喝了幾杯白蘭地，我說一定會，也對保加利亞和日本宣戰。他們說：日本是英國的盟國呀。你不能信任血腥的英國人。日本人要夏威夷，我說。夏威夷在哪裡？在太平洋。日本人爲什麼要它？我說：他們不是真的要。全是空談。日本人是一個奇妙的小民族，喜歡跳舞和淡酒。少校說：就像法國人。我們要從法國人手中取得尼斯和薩佛亞。雷納迪說：我們要取得科亞嘉和整個亞德里海岸。少校說：義大利將恢復羅馬時代的光榮。我說我不喜歡羅馬。天氣炎熱，跳蚤又多。你不喜歡羅馬？噢，我愛羅馬，羅馬是諸國之母。我們都去羅馬吧。我們今天去羅馬，永遠不回來。少校說：羅馬是美麗的城市。我說：是諸國的父親和母親。雷納迪說：羅馬是陰性的，不可能是父親。那誰是父親？聖靈嗎？不要褻瀆神明。我不是褻瀆神明，我是打聽情報。你醉了，寶貝。誰使我喝醉？少校說：我讓你喝醉的。我讓你喝醉的，因爲我愛你，也因爲美國參戰了。徹底參戰，我說。

雷納迪說：寶貝，你明天走。到羅馬，我說。不，到米蘭。少校說：到米蘭，到水晶宮，到

「海岬」，到坎培瑞，到碧菲名店，到拱廊街。你這幸運的小子。到「大義大利」去。我說，到那邊我要向喬治借錢。雷納迪說：到「史卡拉歌劇院」。你會去「史卡拉」。我說每天晚上都去。少校說：每晚都去，你花不起那麼多錢。票價很貴。我說：我要用我祖父的名義開一張憑票付款的匯票。一張什麼？一張憑票付款的匯票呀。他得付款，否則我就會坐牢。銀行的甘寧漢先生就這麼做。我靠匯票過日子。愛國的孫子爲義大利捨命，祖父能讓他坐牢嗎？雷納迪說：美籍愛國志士萬歲。我說：憑票付款的匯票萬歲。

少校說：我們得安靜一點，人家已經多次要我們安靜了。菲德利哥，你真的明天走？雷納迪說：他去美國醫院，我告訴你，去找美麗的護士，不是野戰醫院留鬍鬚的護士。少校說：是，是，我知道，他去美國醫院。我說：我不介意他們的鬍子，誰若想留鬍子，就讓他留吧。少校先生，你爲什麼不留鬍子？塞不進防毒面具裡邊。可以，可以啦。什麼東西都能塞進防毒面具裡邊。我會吐在防毒面具裡。

雷納迪說：別那麼大聲，寶貝。我們都知道你曾經上前線。噢，好寶貝，你走了我怎麼辦呢？少校說；我們得走了。氣氛愈來愈傷感。聽著，我要給你一個意外的驚喜。你的英國女郎。你知道嗎？你每天晚上到醫院去看的英國女郎？她也要到米蘭去。她和另一位護士要去美國醫院。他們還沒有從美國調護士來。今天我和他們那一部門的主管談過了。他們在前線擺了太多女人。現在調一部分回去。你喜不喜歡，寶貝？那好。是嗎？你到大都市去住，又有你的英國女郎擁抱你。我爲什麼不受傷呢？我說：也許會喲。少校說：我們得走了。我們喝酒吵鬧，打擾菲德利哥。別走嘛。要，我們非走不可。再見。祝你好運。祝你好運。萬事如意。再見。再見。再見。快回來，寶貝。雷納迪吻我。你渾身消毒藥水味兒。再見，寶貝。再見。萬事如意。少校拍拍我的肩膀。他們躡手躡腳走出去。我發現我醉得相當厲害，卻呼呼睡著了。

第二天早上，我們動身前往米蘭，四十八小時後到達。路上很糟糕。我們在麥斯特里這一邊耽誤很久，孩子們走上來偷看。我叫一個小男孩去買一瓶「干邑」白蘭地，但是他回來說，他只能買到「鉗子牌白蘭地」。我叫他去買，買來以後，我把零錢送給他，我和旁邊的旅客喝得爛醉，一路睡到維森薩過了才醒，躺在地板上很不舒服。這不妨事，因爲旁邊那個人以前在地板上病過好多回了。事後我怕自己受不了口渴，在佛薩納外面的圍場呼叫一名火車邊巡行的士兵，他給我弄一杯水來。我叫醒另外一個喝醉的小夥子喬治提，要他喝水。他叫我倒在他肩上，又呼呼睡著了。士兵不肯接受我給他的小錢，拿一個軟橘子給我。我吸一吸，把橘心吐出來，望著踱來踱去的士兵由外面的一輛貨車邊走過，過了一會兒，火車猛跳幾下，終於開動了。

巻二

13

我們大清早來到米蘭，人家把我們卸落在貨運場上。一輛救護車載我到美國醫院。躺在擔架上乘救護車，我弄不清我們經過了市區的哪一部分，但他們扛擔架下車的時候，我看到一座市場和一家開門的酒店，有一位姑娘正向外打掃。居民用水灑街道，滿地清晨的氣息。他們放下擔架，走進屋裡。門房陪他們出來。他留著灰白的鬍鬚，頭戴門房小帽，身上只穿一件襯衫工作。擔架不能進電梯，他們商量要把我抬出擔架，坐電梯上樓，還是扛著擔架走樓梯。我靜靜聽他們討論。最後決定坐電梯。他們把我抬出擔架外。我說，「慢慢來，輕一點。」

電梯很擠，我兩腿彎曲，疼得厲害，「把腿拉直，」我說。

「沒有辦法，中尉先生。空間不夠。」說這句話的擔架員以手臂摟著我，我也環抱他的脖子。他的呼吸噴在我臉上，充滿大蒜和紅酒味兒。

「斯文一點，」另外一個人說。

「狗娘養的才不斯文呢。」

「斯文一點，我說，」扛我腳的人又說一遍。

我看到電梯門關起來，格子窗緊閉，門房按四樓的電鈕。門房顯得很擔心。電梯慢慢往上走。

「重吧？」我問那個有大蒜味的人。

「沒什麼，」他說。他滿臉臭汗，一路哼哼。電梯繼續往上爬，終於停住了。扛腿的人開門往外走。我們來到一處陽台上。有好幾扇銅板的房門。扛腳的人按一個門鈴。我們聽見屋裡的鈴聲。沒有人出來。這時候門房爬上樓梯。

「他們呢？」擔架員問道。

門房說，「我不知道，他們睡樓下。」

「去找個人來。」

門房按鈴，然後敲門，接著開門進屋。他回來的時候，一個戴眼鏡的老太太跟在他後面。她的頭髮蓬鬆欲墜，身穿護士服。

她說，「我聽不懂，我聽不懂義大利話。」

「我會說英語。他們想找個地方把我放下來。」我說。

「房間都還沒準備好。沒料到會有病人。」她整理滿頭髮絲，以近視的眼光打量我。

「隨便找一個房間，讓他們把我放下。」

她說，「我不知道。沒料到會有病人。我不能隨便找個房間安置你。」

我說，「隨便哪個房間都行。」然後用義大利話對門房說，「去找個空房間。」

門房說，「全是空的。你是頭一位病人。」他手拿帽子，看看那位年長的護士。

「看在基督份上，找個房間帶我去。」兩腿彎曲，劇痛始終延續著，我覺得痛感進入骨頭又轉到骨頭外。門房進屋，灰髮婦人跟進去，接著他匆匆出來。「跟我走，」他說。他們扛著我走下長長的甬道，跨進一個百葉窗深閉的房間。有新傢俱的氣息。屋裡擺著一張床和一個裝了鏡子的大衣櫥。他們把我放在床上。

女人說，「我沒有辦法鋪床單。床單都鎖在櫃子裡。」

我沒和她說話。我對門房說，「我口袋裡有錢，在扣住的那個口袋。」門房拿出錢來。兩名擔架員手拿帽子站在床邊。「各給他們五里拉，你自己拿五里拉去。我的文件在另外一個口袋裡。你可以交給護士。」

擔架員行禮道謝。我說，「再見，多謝。」他們再度行禮，走出門外。

我對護士說，「那些文件描述了我的病情，和已經實施的治療法。」

女人拿起文件，隔著眼鏡端詳。有三份文件，折得好好的。她說，「我不知道怎麼辦。我看不懂義大利文。沒有醫生的吩咐，我不能採取任何措施。」她哭出來，把文件放在圍裙口袋裡。「你是不是美國人？」她邊哭邊問。

「是的。請妳把文件放在床頭几上。」

屋裡幽暗而涼爽。我躺在床上，看到房間那一頭的大鏡子，卻看不見鏡裡照些什麼。門房站在床邊。他的面容和藹，人也很客氣。

我對他說，「你可以走了。」我對護士說，「妳也可以走了。妳貴姓？」

「華克太太。」

「華克太太，妳可以走了。我想我要睡一覺。」

屋裡只有我一個人。涼涼的，沒有醫院的藥味。床墊結實又舒服，我躺著一動也不動，簡直很少呼吸，劇痛緩和了，我覺得很高興。過了一會我想喝水，發現床邊一條繩子上的電鈴，就按了幾下，但是沒有人來。我呼呼睡去。

醒來以後，我四處張望。百葉窗有陽光透進來。我看見大衣櫥、空空的牆面和兩張椅子。我兩腿裹著髒繃帶，直挺挺伸在床上，小心不移動雙腿。我口渴，伸手找到電鈴，按按電鈕。我聽見門開了，原來是一個護士。她顯得年輕貌美。

「早安，」我說。

「早安，」她說著走到床邊。「我們找不到醫生。他到科莫湖去了。誰也不知道有病人要來，你到底什麼毛病？」

「我受傷了。雙腿和足踝，腦袋也發疼。」

「你貴姓？」

「亨利，菲德利哥·亨利。」

「我替你清洗。但是醫生沒來之前，我們不能動繃帶。」

「巴克萊小姐在不在這兒？」

「不。這裡沒有人姓巴克萊。」

「我進來的時候，痛哭的那個女人是誰？」

護士啞然失笑。「那是華克太太。她值夜班，睡著了。她沒想到有人來。」

我們一面談，她一面替我寬衣，除了繃帶都解開了，她替我洗浴，動作相當輕柔，清洗很愉快。我頭上有繃帶，但是她把邊緣四周整個清洗一遍。

「你在哪裡受傷的？」

「伊森佐，在普拉瓦北方。」

「那是什麼地方？」
「葛瑞齊亞北面。」
我看出她對這些地名都沒有印象。
「你疼得厲害嗎？」
「不。現在不太厲害了。」
她在我嘴裡放一根溫度計。
「義大利人夾在腋下，」我說。
「別講話。」
她拿出溫度計來看，然後搖搖頭。
「度數多少？」
「你不該知道。」
「告訴我嘛。」
「接近正常溫度。」
「我從來不發燒，我兩腿充滿舊鐵片。」
「你這話什麼意思？」
「充滿壕溝迫擊砲的彈片、舊螺絲釘、彈簧等等。」
她搖頭微笑。
「你腿中如果有異物，引起發炎，你會發燒。」
我說，「好吧，我們看看有什麼結果。」

她走出房間，帶著大清早那個老護士回來。我在床上，她們一起鋪床。我覺得很新鮮，是一項了不起的手續。

「這裡歸誰管？」

「范・坎本小姐。」

「有多少護士？」

「只有我們兩個。」

「不會再添嗎？」

「有幾個快要來了。」

「她們什麼時候到？」

「我不知道。你是病人，問得未免太多了。」

我說，「我沒生病，我是受傷。」

她們鋪好床，我躺在乾淨平滑的床單上，身上也蓋了被單。華克太太走出門，帶回一件睡衣短襖。她們替我穿上，我覺得乾淨又整齊。

「妳們對我真好，」我說。被稱爲戈吉小姐的護士咯咯直笑。「我能不能喝水？」我問道。

「當然。接著你可以吃早餐。」

「我不要早餐，拜託把百葉窗打開，好不好？」

屋裡光線很差，百葉窗拉開以後，陽光燦爛，我眺望陽台，再過去是一座座的屋瓦和煙囪。我凝視屋瓦上空，看到朵朵白雲，天空藍得耀眼。

「妳不知道別的護士什麼時候來？」

「爲什麼？我們照顧得不好？」

「妳們很好。」

「你要不要用夜壺？」

「我試試看。」

她們扶我起來，不過沒有用。事後我躺著，眺望陽台門外的情景。

「醫生什麼時候來？」

「等他回醫院。我們試著打電話到科莫湖去找他了。」

「沒有別的醫生嗎？」

「他是本院的專屬醫生。」

戈吉小姐帶來一壺水和一個玻璃杯。我喝了三杯，她們便離我而去，我眺望窗外一會兒，又睡著了。我吃了一點午餐，下午護士長范・坎本小姐來看我。她不喜歡我，我也不喜歡她。她身材矮小，個性多疑，太稱職了一點。她提出許多問題，似乎覺得我加入義大利軍有些不體面。

「我用餐的時候可不可以喝酒？」我問她。

「有醫生處方才行。」

「他來之前，我不能喝囉？」

「絕對不行。」

「妳想他到頭來總會露面吧？」

「我們打過電話到科莫湖找他。」

她走出門外，戈吉小姐回來了。

「你爲什麼對范・坎本小姐那麼不客氣？」她以嫻熟的技巧替我服務，然後問我說。
「我不是故意的，但是她盛氣凌人。」
「她說你跋扈又無禮。」
「我沒有。不過沒有醫生算什麼醫院？」
「他快要來了。他們打過電話到科莫湖去找他。」
「他在那邊幹什麼？游泳？」
「不。他在那邊有一個診所。」
「他們爲什麼不另請一位醫生？」
「噓！噓！乖一點，他會來的。」

我叫人去找門房，他來了以後，我用義大利話叫他到酒店給我買一瓶「辛薩諾」苦艾酒、一圓罐塔什康所產的紅葡萄酒和晚報。他走了，用報紙包著我要的東西回來，替我拆開，接著我叫他拔出軟木塞，把水果酒和苦艾酒放在床下。她們不來打擾我，我躺在床上，看了一會報紙，前線的新聞啦、陣亡軍官的名單和勳章啦，然後伸手到床下去拿那瓶苦艾酒，直挺挺擱在肚子上，玻璃涼冰冰貼著胃部，我喝了幾口，休息的空檔間酒瓶擱在胃部，弄出一個個圓環。我望著窗外的一排排屋頂上空，天色漸漸黑了。燕子在空中盤旋，我一面看牠們和夜梟在屋頂上飛來飛去，一面喝「辛薩諾」酒。戈吉小姐捧來一個玻璃杯，裡面有一些蛋酒。她進來的時候，我連忙把苦艾酒瓶放到床鋪的另一邊。

她說，「范・坎本小姐加了一點雪利酒在裡邊。你不該對她太失禮。她年紀不輕了，這家醫院對她而言是一大責任。華克太太年紀老了，對她沒有多大的幫助。」

我說，「她是了不起的女人。多謝她。」

「我馬上替你拿晚餐來。」

我說，「沒關係，我不餓。」

她端來托盤，放在床頭几上，我謝謝她，並吃了一點晚餐。這時候外面黑漆漆的，我看見探照燈的強光在空中移動。我觀望了一會兒，就呼呼睡去。

我睡得很熟，只醒來一次，滿身大汗，驚惶不安，然後又睡著了，儘量不繼續剛才的惡夢。天還沒有亮，我早就醒來，聽見公雞喔喔啼，一直沒有再睡去，天色終於慢慢轉亮。我疲憊不堪，一旦天色大亮，反而又睡著了。

14

我醒過來，屋裡滿是燦爛的陽光，我以爲自己回到前線，便在床上舒展四肢。兩腿發疼，我低頭俯視，髒兮兮的繃帶還沒有換走，看這兩條腿就知道我在什麼地方了。我伸手找鈴繩，按按電鈕。聽見大廳嗡嗡響，然後有人穿橡膠鞋沿著大廳走過來。是戈吉小姐，她在燦爛的陽光下顯得老了一點，沒有上回漂亮。

她說，「早安，你晚上睡得好不好？」

我說，「好，謝謝，好極了。我能不能理個髮？」

「我進來看過你，你睡著了，床邊有這個玩意兒。」

她打開衣櫃門，拿起那隻苦艾酒的酒瓶，幾乎全空了。她說，「另外一瓶我也從床下收進櫃子裡。你爲什麼不叫我拿玻璃杯？」

「我想妳大概不准我喝。」

「我會陪你喝一點。」

「妳是好心的姑娘。」

她說，「你一個人喝不好，千萬別這樣。」

「好吧。」

「你的朋友巴克萊小姐來了，」她說。

「真的？」

「是的。我不喜歡她。」

「妳會喜歡她。她做人好極了。」

她搖搖頭。「我相信她很好。你能不能向這邊挪一點，好。我替你梳洗，準備吃早餐。」

她用一塊布、肥皂和溫水替我洗身。她說，「肩膀抬起來。好。」

「我能不能先理髮再吃早餐？」

「我叫門房去請理髮師。」她出去又回來。「他去叫了，」她說著，把手上的布塊浸在水盆裡。

理髮師跟著門房進來。他年約五十歲，留著上翹的鬍鬚。戈吉小姐替我洗完走出去，理髮師在我臉上抹肥皂，為我刮鬍子。他一本正經，不愛說話。

「怎麼回事？你沒聽到什麼新聞嗎？」我問他。

「什麼新聞？」

「隨便什麼新聞都可以。城裡有什麼事情發生？」

他說，「現在是戰時。敵人的耳目無所不在。」我抬頭看他。「請你安靜，臉部不要亂動，」他說著繼續刮鬍子。「我一句話也不說。」

「你怎麼啦？」

「我是義大利人。我不和敵人交談。」

我不追究這句話。他若是瘋子，我愈早脫離剃刀愈安全。我一度想仔細看看他。他說，「當心，剃刀很利。」

剃完後，我付了錢，並給他半里拉的小費。他把硬幣還給我。

「我不拿。我沒有上前線。但我是義大利人。」

「滾你的蛋。」

「告退，」他說著用報紙包好剃刀。他走出門，五枚銅幣擲在床頭几上。我按鈴。戈吉小姐來了。

「拜託妳叫門房來一下，好不好？」

「好吧。」

門房進來。他強忍著笑聲。

「那個理髮匠是不是瘋子？」

「不，先生。他誤會了。他沒聽清楚，以爲我說你是奧國軍官。」

「噢，」我說。

「呵，呵，呵！」門房大笑。「他真好玩。他說你一動，他就會——」他用手指劃了一下喉嚨。

「呵，呵，呵！」他設法忍住狂笑。「我告訴他：你不是奧國人，呵，呵，呵！」

我挖苦說，「他如果割斷我的喉嚨，那才好玩呢。呵，呵，呵！」

「不，先生。不，不會。他好怕奧國人。呵，呵，呵，呵！」

我說，「呵，呵，呵！滾出去！」

他走出門，我聽見他在大廳狂笑不已。接著聽到有人順著長廊走過來。我望望門口。是凱瑟琳．巴克萊。

她跨進屋內，來到床邊。

「嘿，達令，」她說，她顯得清新而年輕，而且美極了。我想我沒見過這麼美的女人。

「嘿，」我說。我一見就愛上她了。五臟六腑在我體內翻騰。她望望門口，看到沒有人，就坐在床邊，低頭吻我。我把她拉過來狂吻，感覺出她心臟的跳動。

我說，「甜心。妳來這邊，不是太好了嗎？」

「那不難。要長期留下，也許就難了。」

我說，「妳非留不可。噢，妳叫人驚嘆。」我爲她痴狂。我簡直不相信她真的在我身邊，緊緊摟著她不放。

她說，「千萬別這樣，你還沒有復原。」

「好了，我好了。來嘛。」

「不。你的體力還不夠強。」

「夠。夠。拜託。」

「你真的愛我？」

「我真的愛妳。我爲妳痴狂。來，拜託。」

「感覺到我們的心跳了吧？」

「我不管心跳的問題。我要妳。我爲妳瘋狂。」

「你真的愛我？」

「別老說這句話。拜託，拜託，凱瑟琳。」

「好吧，不過只來一分鐘。」

我說，「好吧，關上房門。」

「你不能，你不該——」

「來嘛。別講話。拜託來嘛。」

凱瑟琳坐在床邊的一張椅子上。房門向大廳開展。顛狂勁兒過去了，我從來沒有這樣愉快過。

她問我，「現在你相不相信我愛你？」

我說，「噢，妳真可愛。妳非留下不可。他們不能把妳調走。我愛妳愛得發狂。」

「我們得萬分小心。這簡直是發瘋嘛，我們不能這樣。」

「晚上可以。」

「我們得萬分小心，在別人面前，你得當心一點。」

「我會的。」

「你得當心，你真甜，你真心愛我是不是？」

「別再說這句話。妳不知道這句話對我的影響。」

「那我要當心，我不想進一步影響你。現在我得走了，達令，真的。」

「馬上回來。」

「我能來就來。」

「再見。」

「再見，甜心。」

她走出門外。天知道我本來不想愛上她。我不想愛上任何人。但是天知道我已經墜入情網，我躺在米蘭醫院的病床上，腦子裡胡思亂想，最後戈吉小姐走進來。

她說，「醫生就要來了，他從科莫湖打電話來。」

「他什麼時候到？」

「今天下午。」

15

直到下午，沒有另生枝節。醫生是一個安靜瘦小的男人，似乎頗為戰爭而困惱不安。他由我的大腿中取出不少小鋼片，動作顯出敏感而優雅的厭惡。他使用一種名叫某某「雪片」的當地麻醉藥，可凍結組織，止住劇痛，直到探針、外科小刀或鉗子深入凍結部位的下方，我才有痛感。我清晰說明麻醉的區域，過了一會，醫生不再那麼脆弱和敏感了，他說最好照照X光。探針不能令人滿意，他說。

我到瑪琪奧列醫院照X光，執行的醫生性子急，能幹又爽快。病人抬起肩膀，可以透過機器親眼看到某些較大的異物。底片以後再送來。醫生要我在他的皮夾記事簿裡寫下我的姓名、軍籍和感想。他聲明那些異物醜陋、邋遢又殘忍。奧國人真是婊子養的。我殺了多少敵人？我沒殺半個，但是我一心討好他——就說我殺了不少。戈吉小姐陪我去，醫生伸手摟住她，說她比克莉奧派屈拉更美。她問克莉奧派屈拉是誰？克莉奧派屈拉是埃及艷后。是的，她正是。我們乘救護車回小醫院，過了一會，經過一番扛抬，我又登樓回到病床上了。那天下午底片送來，醫生賭咒說那天下午可以弄好，果然不錯。凱瑟琳拿給我看。底片裝在紅封套裡，她抽出來，舉著面對陽光，我們一起看。

「這是你的右腿，」她說完把那張底片放進封套中。「這是你的左腿。」

我說，「都收起來吧。到床上來。」

她說，「不行。我只是拿進來片刻，讓你看一眼。」

她走了，我靜靜躺著。那天下午天氣炎熱，我躺在床上很不舒服。我叫門房去找報紙，買得到的報紙都要。

他還沒回來，三位醫生走進房間。我發現行醫失敗的醫生常喜歡找人作伴，協助會診。一位不能恰當替你割盲腸的醫生，會向你推薦一個不能成功爲你割扁桃腺的醫生。這種庸醫，如今來了三位。

「就是這個年輕人，」手指細白的住院醫生說。

「你好，」高高瘦瘦留鬍子的醫生說。另外一位醫生手持紅封套的X光底片，沒有說什麼。

「解下繃帶？」留鬍子的醫生說。

「當然。護士，請解開繃帶，」住院醫生對戈吉小姐說。戈吉小姐解下繃帶。我低頭看兩腿。在野戰醫院的時候，傷口活像不怎麼新鮮的碎牛肉片。現在長了外皮，膝蓋腫脹發白，腿肚兒凹陷，但是沒有生膿。

住院醫生說，「很乾淨。很乾淨，很細緻。」

「嗯，」留鬍子的醫生說。第三位醫生站在住院醫生後面打量傷口。

「膝蓋請挪一挪，」留鬍子的醫生說。

「挪不動。」

「試試關節？」留鬍子的醫生問道。他的袖章有三顆星加一條直紋。可見他是一級上尉。

「當然，」住院醫生說。他們兩位小心抓住我的右腿，彎曲試驗。

「會痛，」我說。

「是的，是的。再彎一點，醫生。」

「夠了。已經到極限了。」

「部分接合，」一級上尉說。他挺直腰幹。「醫生，我能不能再看看底片？」第三位醫生把一張片子遞給他。「不。左腿，拜託。」

「這是左腿，醫生。」

「你說得對。我由不同的角度看的。」他交還底片。另外一張底片他細看了好一會。「你看到了吧，醫生？」他指指一個異物，呈圓形，在強光下非常清楚。他們研究那張底片好一段時間。

留鬍子的一級上尉說，「我只能確定一件事。這是時間問題。也許要三個月，或者六個月。」

「關節滑液非得再長出來不可。」

「當然。這是時間的問題。拋射體尚未包在囊內以前，我不能大大方方割開膝蓋。」

「我同意你的看法，醫生。」

「要六個月幹什麼？」我問他們。

「要六個月拋射體才能包在囊內，膝蓋開刀才安全。」

「我不相信，」我說。

「年輕人，你想不想保住膝蓋？」

「不，」我說。

「什麼？」

我說，「我希望切除，我可以在上面戴一副鐵鉤。」

「你這話什麼意思？一副鐵鉤？」

「他是開玩笑，」住院醫生說。他斯文地拍拍我的肩膀。「他想保住膝蓋，這個年輕人很勇敢，有人提名他接受銀質的勇氣動章。」

「恭喜，」一級上尉說。他拉拉我的手。「我只能說，爲了安全，你至少要等六個月才動膝蓋手術。你當然可以有別的主張。」

我道，「多謝你。我重視你的主張。」

一級上尉看看手錶。

他說，「我們得走了。祝你康復。」

「祝福你們，也多謝你們，」我說。我和第二位醫生瓦瑞尼特南特·安瑞上尉握手，接著他們三位都走出房間。

「戈吉小姐，」我叫道。她進來了。「拜託妳請住院醫生回來一下。」

他手持軍帽進來，站在床邊，「你要見我？」

「是的。我不能等六個月才開刀。老天，醫生，你有沒有在床上躺過六個月？」

「你不會一直躺在床上。你得先讓傷口曬曬太陽。然後你可以用丁字杖走路。」

「等六個月再動手術？」

「這是安全的辦法。異物得先包在囊中，關節滑液才會再長出來。然後開刀治膝蓋，就安全無虞了。」

「你自己是不是真的認爲我非等那麼久不可？」

「這是安全的辦法。」

「那位一級上尉是誰？」

「他是米蘭一位很出色的外科醫生。」

「他是一級上尉，對不對？」

「是的，但他是出色的外科醫生。」

「我不希望腿傷由一級上尉來胡搞。他如果高明，自會升成少校。醫生，我知道一級上尉是什麼玩意兒。」

「他是出色的外科醫生，我寧可接受他的判斷，不聽信我所認識的其他醫生。」

「別的外科醫生能不能來診斷？」

「你若願意，當然可以。不過我自己寧可接受巴利拉醫生的主張。」

「你能不能另請一位外科醫生來看看？」

「我請瓦倫蒂尼來。」

「他是誰？」

「他是瑪琪奧列醫院的醫生。」

「好。我非常感激。你知道，醫生，我不能在床上躺六個月。」

「你不會在床上乾躺。你要先接受日曬治療，然後可以做輕鬆的運動，等異物包在囊中，我們再開刀。」

「但是我不能等六個月。」

醫生攤開拿帽子的纖細指頭，微微一笑。「你急著回前線？」

「爲什麼不回去?」

他說，「美極了。你是一個高貴的青年。」他俯身細吻我的額頭。「我去請瓦倫蒂尼。別擔心，別激動。乖一點。」

「你要不要喝一杯?」我問他。

「不，謝謝你。我從來不喝酒。」

「只喝一杯。」我按鈴叫門房拿玻璃杯。

「不。不，謝謝你。他們在等我呢。」

「再見，」我說。

「再見。」

過了兩個鐘頭，瓦倫蒂尼醫生走進房間。他來去匆匆，鬍子尖端都直立起來。他官拜少校，臉色曬得黑黑的，經常滿面笑容。

他問我，「你怎麼弄的，這個爛東西?我看看底片。嗯。嗯。這就對了。你看起來壯得像一頭山羊。那位漂亮的姑娘是誰?她是不是你的女朋友?我想是。這不是一場血淋淋的戰爭嗎?這邊感覺如何?你是乖孩子。我會讓你比現在更健康。這邊痛不痛?一定很痛。他們真愛折磨人，這些醫生。到目前爲止，他們替你做了些什麼?那位姑娘不會說義大利話?她應該學學。好一位可愛的姑娘。我可以教她。我自己都想當此地的病人了。不，不過我會免費替你們接生。她懂不懂這句話?她會讓你變成乖小子。她這麼好看的金髮女郎。好。沒關係。好一位可愛的姑娘。問她肯不肯陪我吃飯。不，我不會搶走你的心上人。謝謝你。多謝，小姐，這樣就行了。」

「我要查的就是這些。」他拍拍我的肩膀，「不用上繃帶了。」

「要不要喝一杯，瓦倫蒂尼醫生？」

「喝一杯？當然。我要喝十杯。在哪裡？」

「在衣櫥內。巴克萊小姐去拿酒瓶。」

「乾杯。敬你，小姐。好一位可愛的姑娘。我給你帶更好的干邑白蘭地來。」他抹抹鬍鬚。

「你想什麼時候可以開刀？」

「明天早上。不能提前。你的胃腸必須淨空。你的身子得清洗乾淨。我到樓下見護士長，吩咐幾件事情。再見。明天早上見。我會給你帶更好的干邑白蘭地來。你在這邊很舒服。再見。明天見。好好睡一覺。我會早一點來看你。」他在門口揮別，鬍鬚直翹，棕色的面孔笑瞇瞇的。他袖章上的方框有一顆星星，因爲他是少校。

16

那天晚上，一隻蝙蝠從敞開的陽台門飛進房間，我們由那扇門觀賞一排排屋頂上空的夜色。我們屋裡黑漆漆的，只有城鎮上空射進來的幽光，蝙蝠一點都不害怕，在屋裡搜尋，彷彿置身戶外。我們躺著看牠，我想牠沒看到我們，因爲我們一動也不動。牠飛出去以後，我們看到一盞探照燈，眼睜睜望著光柱在空中移動又消失，天色又全黑了。夜風吹來，我們聽見隔壁屋頂上的防空砲人員正在談話。天氣涼爽，他們都披了斗篷。夜裡我擔心有人會上樓，不過凱瑟琳說他們都睡了。我們一度睡去，我醒來看她不在，不過我聽到她沿著大廳走過來，門開了，她回到床上，說一切沒有問題，她下樓看過，她們睡得正香。她曾站在范．坎本小姐的房門外，聽見她熟睡的呼吸聲。她帶來一些脆餅乾，我們邊吃邊喝了一點苦艾酒。我們肚子很餓，但是她說早上我得把胃裡的東西全部洗出來。早晨天亮時分我再次睡著，醒來發現她又走了。她回來的時候精神抖擻，風姿迷人，坐在我床上。太陽高高升起，我嘴裡含著溫度計，我們聞到屋頂上的露珠味兒，接著聞到隔壁屋頂上砲兵的咖啡濃香。

凱瑟琳說，「但願我們能去散步。我們若有輪椅，我就推著你走。」

「我怎麼爬上輪椅？」

「我們辦得到。」

「我們可以到公園，在戶外吃早餐。」我望著敞開的房門外。

她說，「我們真正要做的事情，是替你準備迎接那位瓦倫蒂尼醫生。」

「我覺得他很棒。」

「我不像你這麼喜歡他。不過我想他很高明。」

「回床上來，凱瑟琳，拜託。」我說。

「不行。我們不是度過迷人的一夜了嗎？」

「妳今天晚上能不能值夜班？」

「大概會。但是你不會要我。」

「會，我會的。」

「不，你不會。你沒動過手術。你不知道是什麼滋味。」

「我一定沒問題。」

「你會不舒服，我對你將毫無意義。」

「那妳現在回床上來。」

她說，「不，達令，我得做圖表，替你準備妥當。」

「妳不是真心愛我，否則妳會回來。」

「你真是傻小子。」她吻我。「圖表沒問題。你的體溫一向正常。你的體溫真可愛。」

「妳樣樣都可愛。」

「噢，不。你的體溫真可愛，我以你的溫度為榮。」

「說不定我們的兒孫體溫都很好。」

「我們的兒孫的體溫說不定很惡劣。」

「為我準備接受瓦倫蒂尼醫生的手術，妳需要做哪些事情？」

「不多。卻相當不愉快。」

「但願妳不必做這些事情。」

「我不必做。但是我不想讓別人碰你。我很傻。她們一碰你，我就生氣。」

「連佛格森小姐也不例外？」

「尤其是佛格森和戈吉，還有另外一個姓什麼來著？」

「華克？」

「對。現在他們這邊護士太多了。必須再來幾個病人，否則他們會把我調走。現在他們有四名護士。」

「也許會有一些病人。他們需要這麼多護士。這家醫院規模不小。」

「但願來一些病人。他們若把我調到別的地方，我怎麼辦？除非多來幾個病人，不然他們會調我走。」

「那我也走。」

「別說傻話。你還不能走。不過你要快些復原，達令，我們到外面走走。」

「然後呢？」

「也許戰爭會結束。不可能永遠打下去呀。」

我說，「我會復原。瓦倫蒂尼會替我治好。」

「瞧他那兩撇鬍鬚，他應該辦得到。還有，達令，你上過乙醚後，想些別的事情——別想我們的事。因爲人上了麻藥，會變得很多嘴。」

「我該想什麼？」

「什麼都行。就是別想我們的事情。想想你的同胞。甚至別的女孩子。」

「不。」

「那就祈禱吧。必能造成了不起的印象。」

「也許我不說話。」

「這倒是實情。往往有人不說話。」

「我不會開口。」

「別吹牛，達令。請你不要吹牛。你很甜蜜，用不著自誇。」

「我一句話也不說。」

「現在你又吹牛了，達令。你知道你用不著自誇。他們叫你深呼吸的時候，你只要祈禱或背詩，或者唸些別的。那樣你一定很可愛，我將以你爲榮。反正我以你爲榮。你的體溫那麼可愛，你睡覺摟著枕頭，以爲是我，真像小男孩似的。說不定以爲是別的女孩子？某一位漂亮的義大利姑娘？」

「是妳。」

「當然是我。噢，我愛你，瓦倫蒂尼會給你裝一條好腿。我慶幸不必看手術進行。」

「妳今天晚上值夜班。」

「是的。但你不會放在心上。」

「妳等著瞧。」

「喏，達令。現在你裡裡外外都清洗乾淨了。告訴我，你愛過多少人？」

「一個都沒有。」

「連我也不愛？」

「愛，愛妳。」

「另外真的愛過多少人？」

「沒有。」

「你陪過多少人——怎麼說？——過夜？」

「沒有。」

「你對我撒謊。」

「是的。」

「沒關係。繼續向我撒謊吧。我就要你這麼做。她們漂亮嗎？」

「我從來不陪女人過夜。」

「對。她們是不是很迷人？」

「我一概不知道。」

「你是我的。這是真話，你從來不屬於別人。就算有，我也不在乎。我不怕她們。不過別跟我談她們的事情。男人陪女孩子過夜，她什麼時候說出價碼？」

「我不知道。」

「當然。她會不會自稱愛他？告訴我嘛。我想知道這一點。」

「會。如果男人要她說她就會說。」

「男人會不會自稱愛她？告訴我，拜託。這很重要。」

「他如果想說，就會說。」

「但是你沒說過？真的？」

「沒有。」

「不是真話。告訴我實話吧？」

「沒有，」我撒謊說。

她說，「你不會，我知道你不會。噢，我愛你，達令。」

外面的太陽高掛在屋頂上空，我看到艷陽中的教堂尖頂。我體內體外都乾乾淨淨，等醫生光臨。

凱瑟琳說，「就這樣？男人要她說的話，她全照說？」

「不見得老是如此。」

「但是我會。我會照你的希望說話，照你的希望做事，你就永遠不要別的女孩子，對不對？」

「對。」

她以幸福的眼光注視我。「我做你喜歡的事情，說你喜歡的話，那我就完全成功了，對不對？」

「現在你準備就緒，你希望我做什麼？」

「回到床上來。」

「好吧，我來。」

「噢，達令，達令，達令，」我說。

她說，「你看，我事事依你。」

「妳真可愛。」

「我怕我還不夠高明。」

「妳很可愛。」

「你要什麼，我也要什麼。不再有我自己了。只有你要的一切。」

「甜心。」

「我很好。我不是挺好嗎？你不要別的女孩子了吧？」

「不要。」

「你看？我多好。我樣樣依你。」

17

手術後醒來，我並沒有死掉。你不會死。他們只是害你窒息罷了。不像垂死的感覺，只是化學窒息，讓你不覺得痛苦，然後你宛如大醉一番。不過，嘔吐的時候，除了膽汁一無所有，事後也不好受。我看到床尾的沙包，壓在鑄模裡伸出的管子上。過了一會我看見戈吉小姐，她說，「現在怎麼樣？」

「好一點了，」我說。

「他為你的膝蓋動了高明的手術。」

「手術花了多少時間？」

「兩個半鐘頭。」

「我有沒有說傻話？」

「什麼都沒說。別講話。靜靜休息。」

我很不舒服，凱瑟琳說得對。誰值夜班都無所謂了。

現在醫院另外有三個病人，一位喬治亞州來的「紅十字會」瘦小子患了瘧疾；一位紐約來的漂亮小子，身材也很瘦，患了瘧疾和黃疸；還有一個斯文的小夥子，曾想扯開混合榴霰彈和強烈子彈的雷管做紀念。那是奧國人在山區使用的一種榴霰彈，頭部有雷管，一碰就爆炸。

護士都很喜歡凱瑟琳，因為她肯天天值夜班。瘧疾患者有不少工作要她忙碌，那個扭開雷管的青年是我們的朋友，除非必要，晚上從來不按鈴。在工作的空檔時，我們歡聚在一起。我深深愛她，她也愛我。我白天睡覺，醒來就寫字條，由佛格森小姐傳送。佛格森小姐是好姑娘。我對她一無所知，只聽說她有一位兄弟在五十二師服役，另一位兄弟在米索不達米亞，她對凱瑟琳挺不錯的。

「佛姬，妳肯不肯參加我們的婚禮？」有一次我問她。

「你們永遠不會結婚。」

「我們會。」

「不，不會。」

「為什麼？」

「你們還沒結婚，就會吵架。」

「我們從來不吵架。」

「時間還沒到哩。」

「我們不吵架。」

「那你們會死掉。吵架或死亡。大家都如此。人們不結婚。」

我伸手去拉她的纖手。她說，「別拉我，我沒有哭。也許你們兩個能平安無事。不過你當心別害她惹上麻煩。你害她惹上麻煩，我就宰了你。」

「我不會害她惹上麻煩。」

「那就當心一點。我希望你們平安無事。你們過得很快活。」

「我們過得棒極了。」

「那就別吵架，別害她惹上麻煩。」

「我不會。」

「你務必當心。我不喜歡她懷上所謂的戰地寶寶。」

「妳是好心的姑娘，佛姬。」

「我不是。別拍我的馬屁。你的腿感覺如何？」

「很好。」

「你的腦袋呢？」她用手指摸摸我的腦門。宛如睡著的腳，感覺很遲鈍。「從來不難受。」

「這樣的大疤能叫你發狂。你從來不難受？」

「不。」

「你真是幸運的年輕人。你的情書寫好沒有。我要下樓了。」

「在這邊，」我說。

「你應該叫她暫停一段日子別值夜班。她已精疲力盡。」

「好吧！我會的。」

「我要值夜班，她不肯。別人都慶幸她代值。你還是讓她休息一下。」

「好吧。」

「范．坎本小姐提到你早上呼呼大睡的情形。」

「她是個大嘴巴。」

「你如果讓她隔一段日子別值夜班，可能好一點。」

「我希望她如此。」

「你不希望。不過你若肯叫她休息，我對你將肅然起敬。」

「我會叫她。」

「我不相信。」她拿起字條出去。我按鈴，過了一會戈吉小姐走進屋。

「怎麼啦？」

「我只是想和妳談談。妳不覺得巴克萊小姐該停一陣子別值夜班嗎？她顯得好累好累。爲什麼通宵苦熬？」

戈吉小姐看看我。

她說，「我是你的朋友。你用不著跟我說這種話。」

「妳這話什麼意思？」

「別傻了。這是你唯一的吩咐？」

「妳要不要喝一杯苦艾酒？」

「好。然後我得走了。」她由衣櫃裡拿出酒瓶，又拿來一個玻璃杯。

我說，「玻璃杯妳拿著。我用酒瓶喝。」

「敬你，」戈吉說。

「我早上遲遲不醒，范，坎本小姐說些什麼？」

「她只是嘮叨。她說你是我們的特權病人。」

「去她的。」

戈吉小姐說，「她並不壞。她只是年紀大了，胡思亂想。她一向不喜歡你。」

「嗯。」

「噢，我喜歡。我是你的朋友。別忘了。」

「妳真他媽太好了。」

「不！我知道你覺得誰好，不過我是你的朋友。你的腿感覺如何？」

「很好。」

「我去拿一些冷礦泉水來，倒在傷口上。鑄模下一定會發癢。外面熱烘烘的。」

「妳真是太好了。」

「很癢嗎？」

「不。還好。」

「我來弄好這些沙包。」她彎下身子。「我是你的朋友。」

「我知道。」

「不，你不知道。但是有一天你會知道的。」

凱瑟琳停了三天晚上沒值夜班，然後她又回來了。我們真像久別重逢的愛侶。

18

那年夏天我們過得很愜意。等我能外出了，我們便到公園裡坐馬車。我記得那輛馬車的樣子，馬兒走得很慢，前面是車夫戴著亮漆高禮帽的背影，凱瑟琳坐在我身邊。如果我們兩手相碰，只要我的手掌邊接觸到她，我們就興奮不已。後來我拄著丁字杖到處走，我們到「碧菲」飯店或者「大義大利」飯店去用餐，坐在拱廊街的室外餐桌畔。侍者進進出出，那邊人來人往，桌布上有加罩的蠟燭，等我們斷定自己最喜歡「大義大利」餐廳，帶頭的侍者喬治便給我們留一張餐台。他是好侍者，我們隨他點菜，自己則儘管看人，看黃昏的拱廊大街，或者彼此對望。我們喝桶裡冰凍的卡布里乾白酒；我們也嚐過許多其他的水果酒、「福蕾莎」、「巴貝拉乾紅酒」和甜白酒。因爲打仗，他們沒有酒保，我問起「福蕾莎」之類的水果酒，喬治便露出慚愧的笑容。

「想想看，一個國家居然爲了某一種酒有草莓味兒，就加以釀造。」

凱瑟琳說，「有何不可?聽來很棒嘛。」

喬治說，「小姐，妳想喝就嚐嚐看。不過我去拿一小瓶馬高出品的紅葡萄酒給中尉喝。」

「我也嚐嚐，喬治。」

「先生，我不敢推薦你喝。連草莓味兒都不像。」

凱瑟琳說，「說不定。若像草莓，一定很棒。」

喬治說，「我去拿。小姐喝夠了，我就拿走。」

「福蕾莎」不算好酒。他說得對，連草莓味兒都不像。我們仍舊喝「卡布里」白酒。有一天晚上我缺錢用，喬治借我一百里拉。他說，「沒關係，中尉。我知道那種滋味。我知道男人手頭拮据的情景。你或小姐需要用錢就請開口，我經常有錢。」

飯後我們穿過拱廊街，行經別的飯館和鋼捲門深垂的店鋪，在專賣三明治的小攤上歇腳；他們賣的是火腿萵苣三明治和鯷魚三明治，用小小的棕色麵包捲做成，長度只及手指。適宜在半夜肚子餓的時候吃。

我們爬上拱廊街教堂前面的一輛敞篷馬車，駛回醫院。到了醫院門口，門房出來幫忙拿丁字杖。我付了車資，我們乘電梯上樓。凱瑟琳在護士住的那一層樓走下電梯，我繼續坐上去，然後拄著丁字杖回房間；有時候脫衣上床，有時候坐在屋外的陽台，把腿擱在另外一張椅子上，望著屋頂上的燕子，默默等待凱瑟琳。

她上樓的時候，彷彿遠別歸來。我拄著丁字杖陪她走過大廳拿臉盆，在門外等她，或者陪她進去；這要看他們是不是我們的朋友而定。等她辦完一切該辦的事情，我們便坐在我房間外面的陽台上。然後我上床，等大家都睡著了，她確定沒有人會叫她，她才進來。我愛拉下她的滿頭金絲，她坐在床上一動也不動。有時候我解她的頭髮，她突然俯身吻我，我常取出髮夾，放在床單上，頭髮就鬆開了，我望著她靜止不動，再取下最後兩根髮夾，頭髮便完全披下來，她垂下額頭，我們倆都淹在髮絲裡，活像住進帳篷或者站在瀑布後方。

她的頭髮美極了，有時候我躺著，利用門口射進來的光線看她盤纏頭髮，那一頭金絲夜裡甚至會發亮，彷彿天亮前的水光。她有迷人的面孔和身材，還有迷人的光滑肌膚。我們躺在一塊兒，我常用指尖輕觸她的臉蛋、她的額頭、她的下眼窩、她的下巴和喉嚨說，「光滑得像琴鍵，」她用手指撫摸我的下巴，「光滑得像砂紙，在琴鍵上硬繃繃的。」

「很粗？」

「不，達令。我只是取笑你。」

晚上真迷人，我們只要能接觸對方，就覺得快樂。除了重大的時刻，我們還有許多調情的小方法，我們不在同一個房間的時候，便設法將念頭注入對方的腦袋。有時候好像有效，不過我們也許本來就想著同一件事情。

我們彼此說，她來醫院那天我們就結婚了，我們計算大喜的日子已經過了幾個月。我想真的舉行婚禮，但是凱瑟琳說：我們結婚，他們會把她調走，只要我們進行正規的儀式，他們就會看牢她，不讓我們在一塊兒。我們得照義大利法律結婚，繁文縟節好可怕。我要真正成婚，因爲我一想起來，就擔心她懷孕。但是我們假裝婚事已成，無憂無慮，我想我其實喜歡未婚狀態。記得有一天晚上我們談起這個問題，凱瑟琳說，「不過，達令，他們會把我調走。」

「也許不會。」

「會。他們會送我回家鄉，那我們要到戰後才能團圓。」

「我可以告假出來。」

「你不可能請假到蘇格蘭再回來。何況，我不想離開你。現在結婚有什麼好處？我們其實等於已經結婚了。我不可能比現在更像妻子。」

「我只是為妳著想。」

「不再有我個人。你我合而為一。別杜撰一個分開的我。」

「我以為女孩子一向想結婚。」

「是啊。不過，達令，我已經結婚。我嫁給你了。我不是好太太嗎？」

「妳是迷人的太太。」

「達令，你知道，我曾有過等待結婚的經驗。」

「我不要聽。」

「你知道我只愛你一個人。你不該介意別人愛我。」

「我介意。」

「你樣樣都得到了，不該吃死人的醋。」

「不，但是我不想聽。」

「可憐的達令。我知道你陪過各種各樣的女孩子，我都覺得無所謂。」

「我們能不能想個辦法秘密結婚？萬一我出事，或者妳有了小孩，也有個保障。」

「除了透過教堂或政府，沒有辦法結婚。我們已經秘密結婚了。你知道，達令，我如果信教，婚禮對我就等於一切。但是我不信教。」

「妳送我聖安東尼的塑像。」

「那是求好運。人家給我的。」

「那麼妳一點都不擔憂？」

「只怕調離你身邊。你是我的信仰。你是我的一切。」

「好吧。不過妳說哪一天結婚，我就哪一天娶妳。」

「達令，別用那種口氣，彷彿你得讓我變成正經的女人。我是非常正派的女子。只要你快樂，以某一件事為榮，你不可能為此而慚愧。你不快樂嗎？」

「妳不會拋棄我，愛上別人吧？」

「不，達令。我不會拋棄你，愛上別人。我猜我們會有各種可怕的遭遇。但是你用不著擔心這一點。」

「我不擔心。但是我非常愛你，而妳以前愛過別人。」

「他怎麼樣了？」

「他死了。」

「是的，他若沒有死，我不會和你相識。我不是不忠，達令。我有很多缺點，但是我非常忠心。你會嫌我太忠心哩。」

「我很快就得回前線去。」

「你沒走之前，我們不去想它。你看我很快樂，達令，我們過了一段迷人的日子。我很久很久不覺得快樂了，我碰見你的時候，也許幾近瘋狂。也許我瘋瘋癲癲的。但是現在我們很幸福，彼此相愛。我們儘情享受快樂吧。你覺得快樂，不是嗎？我做過什麼你不喜歡的事情沒有？我能不能想辦法討你歡心？你要不要我把頭髮披下來？你想不想撫弄？」

「要，到床上來。」

「好。我先去看看病人。」

19

夏天就這樣過去了，我不記得日期，只覺得天氣炎熱，報上有不少我方勝利的新聞。我身體非常好，兩腿復原很快，剛開始用丁字杖不久，便改用一根手杖了。接著我開始到瑪琪奧列醫院接受彎腿治療、機械治療、照強光鏡、按摩和沐浴。我下午去那邊，然後泡泡咖啡館，喝酒看報。我不在城裡閒逛，倒想由咖啡廳回醫院老巢。我一心想見凱瑟琳。其餘的時間我樂於隨便排遣。我大抵早晨睡覺，下午有時候去看賽馬，然後去做機械治療。有時候我順道去「英美俱樂部」，坐在窗前的深皮墊大椅中看雜誌。

我撇下丁字杖以後，他們不讓我們一起出門，因爲女護士沒有別人作陪，跟一個看起來不需要照顧的病人一起外出，未免不成體統，所以下午我們很少在一起。如果佛格森小姐作陪，有時候我們可以出去吃飯。范・坎本小姐已經接受我們身爲好朋友的現狀，因爲凱瑟琳爲她分擔了不少工作。她認爲凱瑟琳出身於高尙人家，對她頗有好感。范・坎本小姐十分仰慕好出身，她自己的家世頗不平凡。醫院又很忙，佔據了她全部的心思。

時值炎夏，我在米蘭認識不少人，但是下午一過我就急著趕回醫院。前線的軍人已進駐卡索，他們由普拉瓦攻下庫克，正要攻佔班西薩高原。西部前線似乎不太成功。戰爭看樣子還要繼續好一段時間。現在美國已參戰了，不過我想得花一年的時間才能運一批軍隊過來，載去前線打仗。明年將是壞年頭，但也說不定是好年頭。義大利人正損耗爲數可觀的兵力。我不懂仗怎麼能打下去。就算他們攻下整個班西薩和聖加布里爾山，奧國人還是有許多高山。我見過了，所有最高的山都在那一頭。在卡索他們要往前攻，但是海邊有沼澤和濕地。如果拿破崙在世，他會在平原上痛宰奧國人。他不會在深山裡和他們打仗。他會讓他們下來，在佛隆納附近制服敵人。但是西部的前線誰也沒有打贏。也許戰爭不再有勝負了。也許要永遠打下去。也許又是一場「百年戰爭」。我將報紙放回書報架，走出俱樂部。

我小心翼翼跨下台階，沿曼梭民大道走去。在「大旅社」外面碰見老梅耶斯夫婦跨出一輛馬車。他們剛看過賽馬回來。她身穿黑緞衣，胸部奇大。他則又矮又老，留一副白鬍鬚，拿一根拐杖結結實實往前走。

「你好？你好？」她和我握手。「嘿，」梅耶斯說。

「賽馬如何？」

「很好。牠們真可愛。我押了三匹贏馬。」

「你成績如何？」我問梅耶斯。

「還好。我押了一匹贏馬。」

梅耶斯太太說，「我從來不知道他成績如何。他都不告訴我。」

「我還好，」梅耶斯說。他正擺出誠懇的態度。「你該出來走走。」他說話的時候，你會覺得他不是在看你，或者把你當做別人了。

「我會的，」我說。

梅耶斯太太說，「我要到醫院來看你們。我有幾樣東西要送給我的孩子。你們都是我的孩子。你們真是我親愛的孩子。」

「他們都樂於看到妳。」

「那些親愛的孩子。你也一樣。你是我的兒子之一。」

「我得回去了，」我說。

「代我問候所有的人，親愛的孩子。我有一大堆東西要送來。我有一些上好的馬沙拉濃酒和蛋糕。」

我說，「再見。他們看到妳，真要高興死了。」

梅耶斯說，「再見。你到拱廊街來走走。你知道我的餐桌在什麼地方。我們每天下午都在那兒。」我繼續沿街直走。我要到「海岬」買一樣東西，帶給凱瑟琳。到了「海岬」內部，我買了一盒巧克力，女店員包好以後，我走到酒吧間。那邊有兩位英國人和幾位飛行員。我獨自喝一份「馬丁尼」，會了鈔，到外面櫃台拿起那盒巧克力，往醫院的方向走。走到「史卡拉」歌劇院附近的街上，小酒吧外面有幾個我認識的人——一位副領事，兩名學聲樂的傢伙，還有在義大利陸軍服役的舊金山籍義大利人艾托爾．莫雷蒂。我陪他喝了一杯。有一位歌手名叫拉夫．西門子，他用「安利可．德．克里多」的藝名演唱。我不知道他唱得好不好，但是他始終瀕臨快要出事的階段。他很胖，口鼻四周活像店裡擺舊的商品，彷彿得了花粉熱的毛病。他由「匹森薩」歌劇院演唱回來。他唱的是普西尼的歌劇「托斯卡」，美妙極了。

「當然啦，你沒聽過我演唱，」他說。

「你什麼時候在這邊唱？」

「秋天我要在史卡拉歌劇院演出。」

艾托爾說，「我打賭觀眾會對你扔板凳。你有沒有聽人說起觀眾在莫登娜向他扔板凳的情形？」

「這是天殺的謊言。」

艾托爾說，「他們向他扔板凳。我在場。我自己扔了六張板凳。」

「你是舊金山來的義大利人。」

艾托爾說，「他發不出義大利字音。走到哪兒，觀眾都向他扔板凳。」

另外一名次中音說，「『匹森薩』是義大利北部最難演唱的歌劇院。相信我，那是相當棘手的小歌劇院。」這位次中音名叫伊嘉・桑德斯，他用「伊鐸杜・喬凡尼」的藝名演唱。

艾托爾說，「我真想到那邊看觀眾向你扔板凳。你不會唱義大利文。」

伊嘉・桑德斯說，「他是瘋子。只會說扔板凳的怪話。」

艾托爾說，「你們倆演唱的時候，觀眾只會扔板凳。然後你們到美國，大談史卡拉歌劇院的得意成果。他們不會讓你到『史卡拉』演唱。」

西門子說，「我要在『史卡拉』演唱，我十月去唱『托斯卡』。」

艾托爾對副領事說，「麥克，到時候我們去吧？他們需要人保護。」

副領事說，「也許美國軍隊會去保護他們。你要不要再來一杯，西門子？你要一杯吧，桑德斯！」

「好，」桑德斯說。

艾托爾對我說，「聽說你會得銀質勳章。得獎表彰文書是哪一種？」

「我不知道。我不知道我會得獎。」

「你會得獎。噢，老天，這一來『海岬』的姑娘們會覺得你很棒。她們都以爲你獨自殺死兩百個奧國人，或者俘擄了整壕溝的敵軍。相信我，我曾爲勳章下過功夫。」

「你得過多少枚，艾托爾？」副領事問道。

西門子說，「他什麼都得過。戰爭就是爲他這樣的年輕人而打的。」

艾托爾說，「我得過兩次銅章和二次銀質勳章。不過表彰文件只有一次通過。」

「另外幾次怎麼啦？」西門子問他。

艾托爾說，「戰事不成功。戰事不成功，他們就停發所有的勳章。」

「你受過幾次傷，艾托爾？」

「三次重傷。我有三條受傷紀念槓，看到沒有？」他拉拉袖子。受傷紀念槓是一塊黑袖章繡上幾條平行的銀線，縫在袖子離肩膀八吋以下的地方。

艾托爾對我說，「你也有一條。相信我，有這玩意兒真不錯。我寧願要這些槓子，不要勳章。相信我，小子，等你有了三條槓，你就非比尋常了。你受一次傷，住院三個月，只有一條。」

「艾托爾，你傷在什麼地方？」副領事問他。

艾托爾拉起衣袖。「喏，」他露出深而平滑的紅色刀疤。「還有腿部。因爲我打了綁腿，不能掀給你看；另一處在足踝。我腳上有一塊廢骨，現在還刺痛呢，我每天早上取出一些小碎片，經常發疼。」

「你被什麼東西打中？」西門子問他。

「手榴彈。馬鈴薯搗碎機那一型。只炸掉我的半面腳盤。你知道那種馬鈴薯搗碎機吧？」他轉向我說。

「當然。」

艾托爾說，「我看見那婊子養的扔過來。把我炸倒，我以爲死定了，沒想到那種天殺的馬鈴薯搗碎機裡面沒有炸藥。我用步槍打死那婊子養的。我老是扛一管步槍，他們看不出我是軍官。」

「他表情如何？」西門子問他。

艾托爾說，「那是他唯一的手榴彈。我不知道他爲什麼要扔。我猜他老想扔一枚。說不定他從來沒見過真正的戰事。我射死了那婊子養的。」

「你射殺他的時候，他表情如何？」西門子問他。

艾托爾說，「媽的，我怎麼知道。我射他的肚子，我怕射腦袋瞄不準。」

「你當軍官多久了，艾托爾？」我問他。

「兩年。我將升任上尉。你當中尉多久了？」

「一連三年。」

艾托爾說，「你不能當上尉，因爲你的義大利文不夠好。你會講，但是閱讀和寫作能力不夠。你得受過教育才能當上尉。你爲什麼不加入美軍？」

「也許會吧。」

「祈求上蒼，但願我能加入。噢，麥克，上尉拿多少薪俸？」

「我不清楚。我想大概兩百五十美金左右吧。」

「耶穌基督啊，我要是拿兩百五十美金，能派上多大的用場。菲德利哥，你還是趕快投效美軍吧。看看能不能把我弄進去。」

「好。」

「我可以用義大利話指揮一連軍隊。改用英語指揮，也不難學嘛。」

「你會當將軍，」西門子說。

「不，我的知識不足以當將軍。將軍得知道天殺的許多事情。你們這些人以為戰爭沒有什麼。你們沒腦筋，當二級班長都不夠資格。」

「謝天謝地，我用不著當班長，」西門子說。

「他們若把你們這些懶鬼都趕在一塊兒，也許你會當班長喔。噢，老天，我希望你們兩個在我那一隊。還有麥克。麥克，我讓你當我的傳令兵。」

麥克說，「艾托爾，你是了不起的青年。不過我擔心你是軍國主義者。」

「戰爭結束以前，我會升成上校，」艾托爾說。

「如果你沒有被殺的話。」

「我不會被殺。」他用大拇指和食指摸摸領口的星星。「看到我的動作了吧？有人談到被殺的事情，我們總是摸摸星星標幟。」

「我們走吧，西門子，」桑德斯站起來說。

我說，「再見，我也得走了。」酒吧間的大鐘指著六點差一刻。「再見，艾托爾。」

艾托爾說，「再見，菲德利哥。你會得銀質勳章，真好。」

「我不知道會得獎。」

「你一定會得到，菲德利哥，我聽說你能順利得獎。」

我說，「好啦，再見。別惹麻煩，艾托爾。」

「別為我擔心。我不胡思亂想，我不到處亂逛。我不暴飲暴食，也不亂追妓女。我知道怎麼樣對自己最有益處。」

我說，「再見，很高興你要升上尉了。」

「我不必等人提升。我要靠戰功當上尉。你知道。三顆星加上橫劍，上頭附一個皇冠。那就是我。」

「祝你幸運。」

「祝你幸運。你什麼時候回前線？」

「快了。」

「好，我們到那邊碰頭。」

「再見。」

「再見。小心別上當。」

我走一條後街，可由捷徑趕回醫院老窩。艾托爾今年二十三歲。他由舊金山的一位叔叔撫養長大，宣戰的時候，他正回杜林探望父母。他有一個妹妹，和他同時送到美國去投奔叔叔，今年將由師範學校畢業。他是正統的英雄，碰到誰，誰就被他煩得要死。凱瑟琳受不了他。

她說，「我們也有英雄。不過達令，他們通常安靜多了。」

「我不介意。」

「要不是他那麼自大，又一再惹我心煩，我也不會介意的。」

「我也心煩。」

「你這麼說，真甜蜜，達令。不過你用不著如此。你可以想像他在前線的風光，你知道他很能幹，不過他正是我不喜歡的那一類男孩子。」

「我知道。」

「你知道真是太好了，我設法喜歡他，不過他真是一個可怕的青年。」

「他今天下午說他要升上尉了。」

凱瑟琳說，「我很高興。他該覺得滿意吧？」

「妳不希望我的軍階更輝煌？」

「不，達令。只要你的軍階能使我們進好一點的飯店就行了。」

「我的軍階正好符合這個要求。」

「你的軍階好極了。我不要你升官。那樣也許會沖昏你的腦袋。噢，達令，我真高興你不自滿。就算你自大自誇，我也會嫁給你，不過能有一個不自大的丈夫，實在很放心。」

我們在陽台上輕聲交談。月亮應該升空了，不過城市上方有霧，月亮沒有出來，過了一會下起毛毛雨，我們走進屋。外面的濃霧化爲雨滴，不久便下起大雨來，我們聽見屋頂上叮叮咚咚的雨聲。我起床站在門口，看陽台有沒有漏水，結果沒有，我就任房門敞開著。

「你還碰見什麼人？」凱瑟琳問道。

「梅耶斯夫婦。」

「他們是怪人。」

「他在國內本該坐牢。他們讓他出來自生自滅。」

「結果他在米蘭混得很快樂。」

「快不快樂我不敢說。」

「比起牢獄之災，我想夠快樂了。」

「她要帶幾樣東西來。」

「她常常帶來上好的禮物。你是不是她親愛的孩子？」

「我是其中之一。」

凱瑟琳說，「你們都是她親愛的孩子。她喜歡男孩。聽那雨聲。」

「下得很大。」

「你會永遠愛我吧？」

「會。」

「下雨也沒有差別？」

「沒有。」

「那就好。因爲我怕雨。」

「爲什麼？」我昏昏欲睡，外面雨下個不停。

「我不知道，達令。我一向怕雨。」

「我喜歡雨。」

「我喜歡雨中散步。但是雨對愛情很殘酷。」

「我會永遠愛妳。」

「下雨，下雪，下雹，我都愛你——還有什麼？」

「我不知道。我猜我愛睏了。」

「去睡吧，達令，無論如何，我都愛你。」

「妳不是真的怕雨？」

「和你在一起就不怕。」

「妳爲什麼怕雨？」

「我說不上來。」

「告訴我嘛。」

「別逼我說。」

「告訴我嘛。」

「不。」

「告訴我。」

「好吧。我怕雨，因爲有時候我看見自己在雨中死亡。」

「不。」

「有時候我看見你死在雨中。」

「這倒有可能。」

「不，不會，達令。因爲我可以讓你安全無恙。我知道我可以。但是誰也沒有辦法自救。」

「拜託別說了。今天晚上我不要妳滿腦子蘇格蘭念頭，瘋瘋癲癲的。我們相聚的日子不多了。」

「不，我就是一腦子蘇格蘭念頭，瘋瘋癲癲。但是我不再說了。全是胡扯。」

「是的，全是胡扯。」

「全是胡扯。胡扯罷了。我不怕雨。我不怕雨。噢，噢，上帝，但願我不怕。」她哭了。我安慰地，她止住啼聲。但是外面雨還在下。

20

有一天下午，我們去看賽馬。佛格森小姐也去了，同行的還有那位眼睛被榴霰彈雷管炸傷的年輕人克羅威爾．羅吉斯。午餐後，小姐們更衣準備出門，克羅威爾和我坐在他房間的病床上，閱讀賽馬報紙所刊的馬兒表演紀錄和預言。克羅威爾的頭部裹著繃帶，他不太關心賽馬，只是經常看賽馬報刊，熟悉所有的馬兒，打發時間。他說那些馬很差，不過我們就只有這些馬兒。老梅耶斯喜歡他，提供他情報。梅耶斯幾乎每場都贏，但是不喜歡將情報告訴別人，怕多人押了賞格會降低。此地賽馬極不老實。各地犯規趕出跑馬場的人都到義大利跑馬。梅耶斯的消息常很正確，但是我討厭問他，有時候他根本不回答，而且他告訴你時總顯出一付傷心的樣子，但他畢竟覺得有義務告訴我們；他比較不討厭告訴克羅威爾。克羅威爾的眼睛受傷，有一隻傷得厲害，梅耶斯的眼睛有毛病，所以他喜歡克羅威爾。梅耶斯從來不告訴太太他押哪幾匹馬，她有時贏有時輸，不過輸的時候多，嘴巴老是說個不停。

我們四個人乘一輛敞篷馬車到聖西羅。天氣清爽宜人，我們由公園穿出去，沿著電車道出城，那邊的道路灰濛濛的。沿途有鐵圍牆的大別墅、未修整的大花園、流水溝，和葉子沾滿塵埃的青菜園。我們眺望平原那一端，看見農舍、肥沃的綠野和灌溉渠道，以及北面的高山。很多馬車駛入跑馬場，因爲我們穿軍服，守門員不收入場券就放我們進場。我們下車，買了說明書，橫過內野，然後穿過光滑的厚跑道，走向練馬的圍場。大看台陳舊不堪，是木製品，賭馬棚在看台底下，一整排貼近馬廄。內野的圍牆邊有一群士兵。練馬的圍場擠了好多人，他們正在大看台後方樹下的一個場子裡遛馬。我們看到認識的人，便爲佛格森小姐和凱瑟琳找到椅子，坐下來觀察馬匹。

牠們一一繞著圈子，頭部下垂，由馬夫牽著。有一匹紫黑色的馬，克羅威爾一口咬定是染色的。我們觀察牠，覺得很有可能。上鞍套的鈴聲快響了牠才出來。我們照馬夫手臂上的號碼，在節目單上查閱牠的資料，名單上是一匹名叫傑帕拉的黑色駿馬。出賽的都是沒有贏過一千里拉大賽的馬兒。凱瑟琳確信牠的顏色被人染過了。佛格森說她看不出來。我覺得牠看來很可疑。最後我們一致同意該賭這匹馬，合押了一百里拉。勝負單上顯示，牠的報償率是三十五比一。克羅威爾去買彩票，我們看馬師再騎馬繞一圈，然後由樹下走出跑道，慢慢往開賽的轉彎口奔去。

我們爬上大看台，觀賞賽馬。當時聖西羅沒有伸縮柵欄，發號員把馬匹排成一列，牠們在跑道上顯得很小很小，接著他長鞭一揮，牠們就起跑了。牠們經過我們前面，黑馬領先，到了轉彎處牠和其他馬兒的距離漸漸拉遠。我用望遠鏡看牠們跑過遠遠的那一端，馬師拚命拉牠回來，但是抓不住牠，牠們由這邊彎口跑進長道時，黑馬領先同伴十五個馬身。牠繼續往前跑，在終點那頭轉彎。

凱瑟琳說，「太棒了，我們會拿到三千多里拉。牠一定是了不起的好馬。」

克羅威爾說，「希望他們付帳以前，牠的顏色不要流失。」

凱瑟琳說，「牠真是可愛的好馬。不知道梅耶斯先生是不是賭牠贏。」

「你有沒有押贏馬？」我向梅耶斯大叫。他點點頭。

梅耶斯太太說，「我沒有。你們這些孩子賭哪一匹？」

「傑帕拉。」

「真的？牠的報酬率是三十五比一！」

「我們喜歡牠的顏色。」

「我不喜歡。我覺得牠看起來瘦巴巴的。他們叫我別押牠。」

「牠的報酬率不高，」梅耶斯說。

「報價單標明三十五倍，」我說。

「牠的報酬率不高。最後一分鐘，他們在牠身上押了很多錢。」

「誰？」

「坎普頓和那些小夥子。你看好了。牠的報酬率不到兩倍。」

凱瑟琳說，「那我們得不到三千里拉囉。我不喜歡這種騙人的賽馬！」

「我們會拿到兩百里拉。」

「那沒什麼。對我們沒有什麼用處。我以為我們會得到三千里拉。」

「真不老實，真噁心，」佛格森小姐說。

凱瑟琳說，「當然，如果不欺騙觀眾，我們根本不會在牠身上押賭金。但是我真希望有三千里拉。」

「我們下去喝一杯，看看報酬率多少，」克羅威爾說。我們來到他們貼號碼、按鈴付帳的地方，他們貼出傑帕拉勝利後的報酬是十八點五里拉。由此看來，牠的報酬率甚至不如一張十里拉的勝券。

我們到大看台下的酒吧，各叫了一份威士忌蘇打。途中碰見兩位相熟的義大利人和副領事麥克亞當斯，我們回到小姐身邊的時候，他們一起跟上來。義大利人禮貌周到，麥克亞當斯和凱瑟琳交談，我們又下去押賭注。梅耶斯先生站在「共賭」（全部賭金扣除一成手續費，餘款由押中贏馬的人平分）亭子附近。

「問他押什麼，」我對克羅威爾說。

「你押什麼，梅耶斯先生？」克羅威爾問他。梅耶斯拿出節目單，用鉛筆指指第五號。

「我也押這一匹，你介不介意？」克羅威爾問他。

「押吧。押吧，不過別告訴我太太是我通報的。」

「你要不要喝一杯？」我問道。

「不，謝謝。我從來不喝酒。」

我們押一百里拉，賭五號贏，又押一百里拉賭牠跑第二，然後分別再喝一杯威士忌蘇打。我心情甚佳，我們又碰見幾個義大利人，他們各陪我們喝一杯，就回到小姐們身邊。這些義大利人也很有禮貌，不亞於剛才遇見的兩個人。好一段時間大家都不能坐下。我把賭票交給凱瑟琳。

「是什麼馬？」

「我不知道。梅耶斯先生選的。」

「你連名字都不知道？」

「不。妳可以在節目單上找嘛。我想是五號。」

「你的信心真感人，」她說。五號贏了，但是報酬率等於零。梅耶斯先生很生氣。

他說，「你得押兩百里拉的賭注，才賺二十里拉。十二里拉換十里拉。划不來。我太太輸了二十里拉。」

「我陪你下去，」凱瑟琳對我說。義大利人都站起來。我們下樓到練馬場。

「你喜歡嗎？」凱瑟琳問我。

「是的。我猜我喜歡。」

她說，「我想還不錯。不過，達令，見到這麼多人，我受不了。」

「我們沒見到多少人。」

「沒有。不過梅耶斯夫婦和那個帶太太、女兒來的銀行界人士——」

「我的匯票由他兌成現款，」我說。

「是的，但是他如果不兌現，自有別人兌給你。最後那四個小夥子簡直可怕。」

「我們待在這兒，由圍牆上看賽馬。」

「那一定很迷人。達令。我們賭一匹我們沒有聽過，梅耶斯先生也不會下注的馬兒。」

「好吧。」

我們押了一匹名叫「為我輕盈」的馬，牠在五匹馬中跑了個第四。我們倚在圍牆上看馬兒跑過，通過時馬蹄滴答滴答響，又眺望遠處的高山、樹木及田野那一頭的米蘭市。

「我覺得清爽多了，」凱瑟琳說。眾馬正要回來，行經柵門，全身汗水淋漓，馬師們要牠們安靜，騎到樹蔭處下馬。

「你要不要喝一杯？我們可以在這裡邊喝邊看。」

「我去拿，」我說。

「侍者會送來，」凱瑟琳說。她抬抬手，侍者由馬廄旁的「寶塔」酒吧走出來。我們坐在一張圓型的鐵桌畔。

「只有我們，你不覺得更愜意？」

「是的，」我說。

「他們都在，我覺得好寂寞喲。」

「這邊棒極了，」我說。

「是的。真是漂亮的跑道。」

「不錯。」

「別讓我攪壞了你的興致。你想回去，我隨時奉陪。」

我說，「不，我們留在這邊喝酒。然後下去，站在小水窪的地方看跳欄賽馬。」

「你對我太好了，」她說。

我們獨處了一段時光，又樂得見見別人。我們玩得很愉快。

21

九月裡，涼夜開始來襲，接著白天也日漸涼爽，公園的樹葉慢慢轉黃，我們知道夏天過去了。前線的戰況很差，聖加布里爾久攻不下。班西薩高原的戰事結束了，到了九月中，聖加布里爾的戰鬥也即將收場。那兒硬是攻不下來。艾托爾已回前線。馬兒轉到羅馬，賽馬會不再舉行。克羅威爾也上羅馬去了，他等著回美國。城內有兩次反戰暴動，杜林也發生嚴重的暴亂。俱樂部的一位英國少校告訴我，義大利在班西薩高原和聖加布里爾損失了十五萬人。他說在卡索也損失了四萬人。我們喝一杯酒，他滔滔不絕講話。他說今年這邊的戰事已經結束了，義大利人貪多嚼不爛。法蘭德斯的攻擊一天天轉壞。他們若像今年秋天這樣打法，盟軍明年就會焦頭爛額了。他說雙方都焦頭爛額，不過只要我們不知道，就沒有關係。我們雖焦頭爛額，當今的要務就是千萬別看出來。最慢知道自己焦頭爛額的國家會打贏這一仗。我們又喝了一杯。我是不是某人的參謀之一？不。他是。俱樂部只有我們兩個人，坐在一張皮質大沙發上。他的長靴擦得雪亮，是深色的皮靴。漂亮的靴子。他說，簡直荒唐，他們只想到師團和人力。他們都在搶各師的兵力，得到了，卻只會殺死他們，他們都很奸詐。

他說，德國佬勝利了。老天，他們才是軍人。匈牙利佬也是好兵，但他們也焦頭爛額。我們都焦頭爛額。我問起俄國。他說俄國佬已經焦頭爛額了。我馬上會看出他們焦頭爛額。還有奧國佬也焦頭爛額了，但他們若得到一些匈牙利師團支援，仍可以撐下去。據他看今年秋天他們會不會進攻？當然會。義大利佬焦頭爛額。匈牙利佬會從義大利北邊的特蘭蒂諾區進攻，在維森薩截斷鐵路，然後義大利佬置身何地？他們一九一六年試過了，我說。德國佬沒有。我說有。但是他們可能不會照他說的方法去做。太簡單了，他們會試試複雜的辦法，然後堂而皇之焦頭爛額。我得走了，我說。我得回醫院。他說，「再見，」然後改用快活的口吻，「萬事如意！」他的世局悲觀論和個人的愉快作風真是一大矛盾。

我順路到理髮店刮鬍子，再回醫院老家。我的腿傷早就復原了。三天前做過檢查。還要接受三種療法，瑪琪奧列醫院的治療才結束。我在偏僻的街道練習不跛而行。拱廊街道上有一個老頭子在爲人剪側影。我止步看他。兩位小姐正在擺姿勢，他把兩個人的側影剪在一塊兒，動作迅速，眼睛望著她們，腦袋側向一邊。小姐們咯咯偷笑。他將剪影拿給我看，才糊在白紙上遞給小姐們。

他說，「她們真美。你好嗎，中尉？」

小姐們望著剪影像，嬌笑而去。她們是漂亮的姑娘。其中一位在醫院對面的酒店做事。

「還好。」我說。

「把帽子脫掉。」

「不。戴著剪。」

老人說，「這樣不好看。」他突然面露喜色，「不過比較有軍人的威風。」

他用黑紙剪出人形，然後把兩張厚紙分開，貼在一張卡片上遞給我。

「多少錢？」

他擺擺手。「沒關係。我是剪來給你的。」

我拿幾枚道幣。「拜託。好玩嘛。」

「不。我是剪著玩的。送給你的女朋友吧。」

「多謝，改天再見。」

「再見。」

我繼續走回醫院。那邊有幾封信，一封官方的，另外幾封是別的信函。我可以放三星期的休養假，然後就回前線。我一讀再讀。好吧，就這樣了。十月四日治療結束，休養假開始。三星期二十一天。那就是十月二十五日。我對他們說我要出去，然後到醫院不遠處的一家飯館去吃晚餐，在餐桌上閱讀來信和「晚間快報」。有一封信是我祖父寄來的，內容包括親屬消息，愛國的鼓勵，一張兩百美元的匯票和幾張剪報；有一封枯燥無味，是會餐團的神父寄來的；一封發自一個我認識的人，他在法軍當飛行員，和一群狂人廝混，寫信談這件事情；一封是雷納迪的短箴，問我要在米蘭窩多久，各方面的情況如何？他要我給他帶留聲機唱片，還附了一張單子。我喝一小瓶塔什康出品的紅葡萄酒佐餐，然後又喝了一杯咖啡和一杯干邑白蘭地，看完報紙，把來函收進口袋，報紙和小費一併留在桌上，便走出店門。

回到醫院的房間，我換上睡衣和睡袍，拉下陽台門的遮簾，坐在床上看波士頓報紙，那是梅耶斯太太留給醫院小夥子的報紙堆中找出來的。「芝加哥白襪隊」拿到美洲棒球聯賽的錦標，「紐約巨人隊」得到國家聯賽的冠軍。當時貝比·魯斯是波士頓隊的一名投手。報紙枯燥無味，新聞都屬地方性質，而且陳腐不堪，戰爭新聞也是老套。美國新聞全是訓練營的報導。幸虧我不在訓練營。

唯一可讀的是棒球消息，偏偏我對棒球一點興趣都沒有。許多報紙擱在一塊兒，不可能興致勃勃去讀它。日期不太準，但是我看了好一會兒，卻不知道美國有沒有真的參戰，會不會停辦大職業棒球聯賽。也許不會。米蘭還賽馬哩，戰況不可能弄得更糟。法國的賽馬停掉了。我們押的馬傑帕拉就是法國來的。凱瑟琳要到九點才值班。她值班露面時，我聽到她順著地板走過來，一度看她穿過大廳。她先到各病房，最後才進我房間。

她說，「我來遲了，達令。有很多事情要做，你好吧？」

我說出文件和休養假的事情。

她說，「真好。你要去哪裡？」

「哪兒都不去。我要留在這邊。」

「那未免太傻了。你選一個地方，我也跟去。」

「妳怎麼辦得到？」

「我不曉得。但是我會的。」

「妳真了不起。」

「不。不見得。但若你一無所有，不怕損失，生命便不難安排了。」

「妳是指什麼？」

「沒什麼。我只是想，以前的大障礙顯得多麼微不足道。」

「我想大概很難安排。」

「不，不會，達令。必要時我離職好了。但是不至於如此。」

「我們去哪裡？」

「我不在乎。你想去哪裡都行。我們到處都沒有熟人。」

「妳不在乎我們去哪裡？」

「不。任何地方我都喜歡。」

她顯得沮喪又緊張。

「怎麼回事，凱瑟琳？」

「沒什麼。沒什麼大事。」

「有，一定有。」

「不，沒有什麼。真的沒什麼。」

「我知道有。告訴我嘛，達令。妳可以告訴我。」

「算不了什麼。」

「告訴我嘛。」

「我不想說。我怕害你愁苦和擔心。」

「不，不會的。」

「真的？我不擔心，但是我怕你擔心。」

「妳如果不擔心，我也不至於。」

「我不想說。」

「說嘛。」

「非說不可？」

「是的。」

「我懷孕了，達令。快三個月了。你不擔心吧？請你千萬別擔心。你不能憂慮。」

「好吧。」

「沒關係吧？」

「當然。」

「我想盡辦法。我採取各種預防措施，結果還是一樣。」

「我不擔憂。」

「我無可奈何，達令，而且我不擔憂。你千萬別擔憂，或者心情沮喪。」

「我只是擔心妳。」

「這就是啦。你千萬別這樣。隨時有人懷孕。人人都生過孩子。這是自然的現象。」

「妳真了不起。」

「不，不見得。但是你別放在心上，達令。我儘量不給你添麻煩。我知道自己惹過麻煩。但是後來我不是一直很好嗎？你從來不知道吧？」

「不。」

「事情就是這個樣子。你別擔心就好了。我看得出你憂心忡忡。停。快停。達令。你不想喝一杯嗎？我知道你喝了酒一向很快活。」

「不。我覺得快活。妳真了不起。」

「不，不見得。不過你若選一個地方度假，我會安排一起走。十月應該很迷人。我們會玩得很愜意，達令，等你到了前線，我要每天寫信給你。」

「妳會到什麼地方？」

「我還不知道。不過是一個很好的地方。我將安排一切。」

我們都安靜了一會，沒有說話。凱瑟琳坐在床上，我望著她，但是彼此不接觸，我們遠遠隔開，宛如有人進房，大家忸怩不安的情景。她伸手來拉我的手。

「你沒有生氣吧，達令？」

「沒有。」

「你不覺得被困住了？」

「也許有一點。卻不是妳困住了我。」

「我不是說我。你別傻里傻氣。我就是說困住了。」

「生物學上，人始終覺得受困。」

她的思緒飄得老遠，一動也不動，手也沒有拿開。

「『始終』並不是漂亮的字眼。」

「我很抱歉。」

「沒關係。不過你知道，我從來沒懷過小孩，我甚至沒愛過任何人。我設法依從你的願望，你卻大談『始終』的問題。」

「我可以把舌頭割掉。」我說。

「噢，達令！」她由冥想中回到現實。「我的話你千萬別介意。」我們又在一起了，忸怩感消逝無蹤。「我們其實是一體的，不該故意誤解。」

「我們不會。」

「但是有人會。他們愛對方，卻故意誤解，然後吵架，突然間他們不再是一體了。」

「我們不會吵架。」

「我們不能吵。因爲我們只是兩個人，世界上其他的人都站在另一邊。我們若發生糾紛，我們就完了，他們就戰勝了我們。」

我說，「他們不會戰勝我們。因爲妳太勇敢了。勇者從來不出事。」

「他們當然會死。」

「卻只死一回。」

「我不知道。誰說的？」

「懦夫死一千回，勇者卻只死一次？」

「對。誰說的？」

「我不知道。」

她說，「他說不定是一個懦夫。他對懦夫很了解，對勇者卻一無所知。勇者若聰明，說不定會死兩千次。他只是嘴上不說罷了。」

「我不知道。很難看透勇者的想法。」

「是的。他們就維持那個樣子。」

「妳是這方面的權威。」

「你說得對，達令。我當之無愧。」

「妳真勇敢。」

她說，「不，但是我想當勇者。」

我說，「我不想。我知道自己立身何處。我出外很久了，所以知道。我像一個打擊過兩百三十次卻自知不行的棒球手。」

「什麼叫做打擊過兩百次的棒球手？相當感人嘛。」

「不。這代表棒球界的劣等打擊手。」

「卻還是打擊手呀。」她激我說。

我說，「我們倆大概都狂傲。但是妳很勇敢。」

「不。但我希望如此。」

我說，「我們都勇敢。我喝酒以後，勇氣十足。」

「我們是一流的人物，」凱瑟琳說。她走到衣櫥前面，給我拿那瓶「干邑」白蘭地和一個玻璃杯。

「喝一杯，達令。你太好了。」她說。

「我並不真想喝。」

「喝一杯嘛。」

「好吧！」我在水杯裡倒了三分之一的「干邑」，一口飲乾。

她說，「好棒。我知道白蘭地是英雄喝的，不過你不該太奢侈。」

「戰後我們要住哪裡？」

她說，「說不定住養老院。三年來我幼稚兮兮企盼戰爭在聖誕節收場。但是現在我希望我們的兒子當上中尉指揮官。」

「說不定他會當將軍喔。」

「如果是百年戰爭，他就有時間嘗試這兩種軍職。」

「妳不想喝一杯？」

「不。達令，你喝酒覺得快樂，我卻頭昏眼花。」

「妳沒喝過白蘭地？」

「沒有，達令。我是一個非常守舊的妻子。」

我伸手到地下拿酒瓶，又倒了一杯。

凱瑟琳說，「我還是去看看你的同胞吧。你可以看報紙等我回來。」

「你非去不可？」

「要嘛現在去，要嘛待會兒再去。」

「好吧。現在去。」

「我待會兒就回來。」

「我好好看完報紙，」我說。

22

那天晚上天氣轉涼，第二天更下起雨來。我由瑪琪奧列醫院回老窩，雨下得很大，進屋時渾身都濕透了。回到房間，陽台上大雨傾盆，風勢也不小，雨滴打在玻璃板上。我換過衣服，喝了一點白蘭地，但覺得並不好喝。晚上身體不舒服，次日早餐後覺得噁心。

住院醫生說，「毫無疑問，看看他的眼白，小姐。」

戈吉小姐看一看。他們要我照鏡子。眼白變成黃色，是黃疸病。我已經染上兩星期了。由於這個原因，我們沒有一起去度假。我們本來計畫到瑪琪奧列湖邊的巴蘭薩。秋天樹葉轉黃或轉紅，那邊風景不錯。你可以散步，也可以在湖裡釣鱒魚。一定比史特麗莎好玩，因爲巴蘭薩遊客較少。米蘭到史特麗莎很方便，那邊總會碰到熟人。巴蘭薩有一間優雅的別墅，你可以划船到漁民居住的小島，最大的島上有一家餐廳。但是我們沒去成。

有一天，我因黃疸躺在床上，范．坎本小姐走進屋，打開衣櫥門，看到裡面的空酒瓶。我曾叫門房拿走一堆，我想她一定看到了，所以上來找碴。大多是苦艾酒瓶、馬撒拉白葡萄酒瓶、卡布里白酒瓶、空的塔什康紅葡萄酒細頸瓶和幾個「干邑」白蘭地的瓶子。門房拿走了大型的酒罐，例如苦艾酒和茅草覆蓋的塔什康紅葡萄酒細頸瓶，白蘭地的瓶子留待最後才收。范．坎本小姐發現的是白蘭地酒瓶和一個形狀像熊的蒔蘿甜酒罐。形狀像熊的酒罐尤其惹她發火。她拿起來，大熊蹲坐著，腳掌高舉，玻璃腦袋上有一個軟木塞，底部有幾個黏乎乎的結晶。我不禁笑出來。

我說，「是蒔蘿甜酒。最好的蒔蘿甜酒都用這種熊形的酒罐盛裝。是俄國來的。」

「那些都是白蘭地酒瓶，對不對？」范．坎本小姐問道。

我說，「有些我看不見。不過大概是吧。」

「這個勾當進行多久了？」

我說，「是我自己買，自己帶來的。經常有義大利軍官來看我，我得準備白蘭地招待他們。」

「你自己沒喝？」她問道。

「我自己也喝。」

她說，「白蘭地。十一個白蘭地空瓶，還有那瓶大熊酒。」

「蒔蘿甜酒。」

「我得叫人來拿走。你的空酒瓶都在這兒？」

「目前是如此。」

「我還同情你得了黃疸病哩。同情你真是多餘。」

「謝謝妳。」

「你不想回前線，這不能怪你。不過我認爲你該想些聰明的辦法，不該靠酒精中毒來引發黃疸病。」

「靠什麼？」

「靠酒精中毒。你明明聽到了。」

我一言不發。

「除非你想出別的辦法，等你黃疸病康復，你大概就得回前線了。我不相信你故意引發黃疸，還有資格得到休養假。」

「妳不相信？」

「我不相信。」

「妳得過黃疸病沒有，范．坎本小姐？」

「沒有，但是我見多了。」

「妳發現病人喜不喜歡？」

「我猜總比上前線好。」

我說，「范．坎本小姐，妳見過男人自己踢私處，想弄成殘廢嗎？」

范．坎本小姐不理會這個問題。她得相應不理，或者走出房間。但她還不打算走，因爲她早就討厭我了，現在要找我算帳。

「我見過很多人故意受傷，免得上前線。」

「我要問的不是這個。我也見過故意受傷的人。我問妳有沒有見過男人自己踢私處，想弄成殘廢。因爲這種感覺和黃疸病最接近，我相信很少女人經歷過那種感覺。所以我問妳患過黃疸病沒有，范．坎本小姐，因爲——」話猶未了，范．坎本小姐走出房間。過了一會，戈吉小姐走進來。

「你對范．坎本小姐說了些什麼？她氣得要命。」

「我們在比較感覺。我正想說她沒有生小孩的經驗——」

戈吉小姐說，「你是傻瓜，她恨不得剝你的頭皮。」

我說，「她已經剝掉我的頭皮了。她取消了我的休養假，說不定還要讓我受軍法審判。她真夠卑鄙。」

戈吉小姐說，「她一向不喜歡你。到底爲了什麼事嘛？」

「她說我喝酒喝成黃疸病，免得回前線。」

戈吉小姐說，「啐！我會發誓你一口都沒喝。人人都會發誓你沒喝半口。」

「她發現了酒瓶。」

「我告訴過你一百遍，把酒瓶清乾淨。現在酒瓶呢？」

「你有沒有手提箱？」

「沒有。放在那個帆布背包裡吧。」

戈吉小姐把酒瓶放進帆布背包。「我交給門房，」她說。她往門口走去。

「等一下，我來拿這些酒瓶，」范．坎本小姐說。她將門房帶來了。她說，「拜託。我做報告的時候，要拿給醫生看。」

她沿著大廳走了。門房拿著背包。他知道裡面是什麼。

我的休養假取消了，此外倒沒出什麼事情。

23

回前線那天晚上，我叫門房到車站去，等火車從杜林開來，替我佔一個位子。火車半夜開。車廂在杜林連結，晚上十點半左右到站，停在車站裡等時間到了才出發。火車進站時，你得在那邊找位子。門房帶了一個朋友去。一位當過裁縫，離營度假的機槍手。他相信兩個人合作，能佔到一個座位。我拿錢給他們買月台票，託他們代扛行李，包括一個大帆布背包和兩個軍用袋。

五點左右，我在醫院和大家道別，然後走出門外。門房把我的行李抬進他的住處，我說我在半夜前一段時間趕到車站。他太太叫我「老爺」，號啕大哭。她揉揉眼睛，跟我握手，又哭起來。我拍拍她的背部，她忍不住又哭了。她爲我做些修補的活兒，是一位個子矮胖、面容愉快的白髮老婦人。她一哭，整張臉顯得四分五裂。我走到轉角，那邊有一家酒店，我在店裡等人，眺望窗外的景色。外面又黑又冷，霧濛濛的。我付了咖啡和「鉗子牌」白蘭地的賬單，由窗口閒看燈下走過的行人。我看到凱瑟琳，敲敲窗戶，她抬頭看我，露出笑容，我出去迎接她。她身披暗藍色的斗篷，頭戴軟氈帽。我們並肩往前走，沿著人行道由一家家酒店門前走過，然後橫越菜市廣場，沿街逛過去，由拱道走向大教堂方場，那邊有電車道，再過去就是大教堂，在霧裡白晃晃、濕淋淋的。我們橫過電車道。左邊是一排櫥窗點著燈的店鋪，以及拱廊街的入口。方場有霧，我們走近大教堂正面，建築顯得龐大無比，石頭都含著濕氣。

「要不要進去？」

「不，」凱瑟琳說。我們往前走。有一個士兵和他的女朋友站在前面石頭扶壁的陰影中，我們由他們身邊走過。他們緊貼著石牆，他的斗篷披在她身上。

「他們跟我們一樣。」我說。

「沒有人像我們，」凱瑟琳說。她的語意並不快活。

「但願他們有地方可去。」

「這樣對他們也沒什麼好處。」

「我不知道。人人都該有地方可去。」

「他們有大教堂啊，」凱瑟琳說。現在我們行經大教堂。兩人穿過方場另一端，回頭看看教堂的宏姿，在霧裡顯得很好看。我們站在皮貨店門前。櫥窗裡有馬靴、帆布背包和滑雪靴。每一件物品都分開展示；帆布背包在中央，馬靴在一邊，滑雪靴在另一側。皮革暗黝黝、滑光光，活像舊馬靴似的。電燈在黑亮的皮革面投下劇烈的強光。

「我們要去滑一次雪。」

「再過兩個月，慕蘭就有滑雪活動了。」凱瑟琳說。

「我們到那邊去。」

「好吧。」她說。我們走過其他的櫥窗，轉到一條偏僻的街道。

「我沒走過這條路。」

「我去醫院就走這條路。」我說。街道很窄，我們一直走右邊。夜霧中有不少人通行。街上店鋪林立，所有櫥窗都開著燈。我們由一座櫥窗凝視一堆乳酪。我在一間甲冑店的門口停下來。

「進來一下。我要買一支槍。」

「哪一種槍？」

「手槍。」我們走進去，我解開皮帶，連同空槍套放在櫃台上。櫥台後面有兩個女人，她們拿出好幾把手槍。

「得和這副套子相合。」我打開槍套說。那是一個灰皮槍套，我輾轉買來，在城裡佩戴。

「他們有沒有好手槍？」凱瑟琳說。

「大抵差不多。我能不能試試這一把？」我問那個女人。

她說，「現在我沒有試靶的場所。不過這是好槍。你不會失誤。」

我咔嗟扳了一下，把機械裝置往回拉。彈簧相當強，但是運轉很流利。我仔細端詳，又咔嗟扳了一下。

那個女人說，「是用過的。原先屬於一位神射手軍官。」

「是妳賣給他的？」

「是的。」

「妳怎麼買回來的？」

「由他的傳令兵手上買回來。」

我說，「也許你會找到我的傳令兵。這支多少錢？」

「五十里拉。很便宜。」

「好吧。我要兩個備用彈夾和一盒子彈。」

她由櫃台下取出貨品。

她問道，「你需不需要用劍？我有幾把用過的劍，很便宜。」

「我要上前線。」我說。

「噢，是的，那你不需要劍。」她說。

我付了子彈和手槍的價錢，把彈倉裝滿，推回原位，手槍放進空槍套中，備用彈夾也裝滿子彈，然後塞進槍套的皮孔裡，又扣好我的皮帶。手槍在皮帶上沉甸甸的。但是我想，有一把正規的手槍比較好。你隨時可以買子彈。

我說，「現在我們全副武裝。這是我必須記得辦的事情。到醫院途中，有人將我那把槍拿走了。」

「希望是好手槍。」凱瑟琳說。

「還有什麼東西要買？」女店東問道。

「我想沒有了。」

「這把手槍有牽索呢。」她說。

「我看到啦。」她想推銷別的貨物。

「你不需要一支哨子？」

「我想不需要。」

女店東道聲再見，我們跨出店門，踏上人行道。凱瑟琳望望櫥窗。女店東看著外面，向我們鞠躬。

「那些嵌在木料中的小鏡子是做什麼用的？」

「吸引鳥類。他們在田野間轉動鏡子，雲雀看到了，紛紛飛出來，義大利人就用槍打牠們。」

凱瑟琳說，「他們是機巧的民族。你們在美國不射雲雀吧，達令？」

「不特意射牠們。」

我們過街，沿著另一邊往前逛。

凱瑟琳說，「現在我覺得好一點。出門的時候，我心情很惡劣。」

「我們在一起的時候，心情總是很好。」

「我們會永遠在一起。」

「是的，不過我半夜就要走了。」

「別想它，達令。」

我們沿街走去。夜霧使燈光發黃。

「你不累？」凱瑟琳問道。

「妳呢？」

「我還好。散步很有趣。」

「但是我們別走太遠。」

「嗯。」

我們轉向一條沒有燈光的小街道，默默逛街。我停下來吻凱瑟琳。吻她的時候，覺得她的手擱在我肩上。她剛才把我的斗篷拉去圍著她，所以斗篷罩著兩個人的身子。我們站在街上，背對一扇高牆。

「我們找個地方去。」我說。

「好。」凱瑟琳說。我們沿著街道繼續走，終於來到運河邊一條寬度較大的市街。對面是一扇磚牆和許多建築物。順著街道過去，我看到一輛電車在過橋。

「我們可以在橋上叫車，」我說。我們站在夜霧漫天的橋上等馬車。好幾輛電車載滿歸人駛過去。接著來了一輛馬車，上面卻有人。夜霧轉成夜雨。

「我們可以步行或者搭電車。」凱瑟琳說。

我說：「總會有車來。他們都經過這裡。」

「來了一輛。」她說。

車夫止住馬兒，放低計程表上的金屬標記。馬車頂拉上了，車夫的外衣上有幾粒水珠。他的亮漆禮帽濕淋淋發出閃光。我們一起靠在座位上，車頂把裡面遮得黑漆漆的。

「你叫他駛到哪兒？」

「到車站。車站對面有一家旅館，我們可以到那邊去。」

「我們可以像平常一樣？不帶行李也成？」

「是的。」我說。

下雨天由偏僻的小街到車站，路程蠻遠的。

凱瑟琳問道，「我們不吃飯？我怕肚子餓。」

「我們在房間裡吃。」

「我沒有衣服穿。連睡袍都沒有。」

「我們買一件。」我說著，叫住車夫。

「轉到曼梭尼大道，然後沿那條路走。」他點點頭，在下一個路口向左彎。到了大街上，凱瑟琳留心各店鋪。

「這裡有一家。」她說。我叫車夫暫停，凱瑟琳下車，穿過人行道，走進店裡。我坐在馬車上等她。外面下雨，我聞見街道淋濕和馬兒在雨裡冒汗的氣息。她帶一個包裹上車，我們繼續行駛。

她說，「我很奢侈，達令。不過這是上好的睡袍。」

到了旅館門外，我叫凱瑟琳在車上等，我進去談談。房間很多。於是我出門來到馬車畔，付過車資，凱瑟琳和我一起走進旅館。小侍僮代提那包東西。經理鞠躬送我們到電梯門口。到處是紅絲絨和銅質的設備。經理跟我們跨進電梯。

「先生和小姐在房間裡用餐？」

「是的。能不能叫人把菜單送上來？」我說。

「你們想要特別的大餐吧。要野味還是蛋白牛奶酥？」

電梯經過三層樓，每次都咔啦一聲，然後咔啦咔啦停下來。

「你們有什麼野味？」

「我可以弄到雉雞或山鷸。」

「山鷸好了，」我說。我們順著長廊走。地毯陳舊不堪。一路有許多房門。經理打開其中一扇。

「到啦。這個房間很迷人。」

小侍僮將包裹放在房間中央的桌子上。經理拉開窗簾。

「外面霧濛濛的。」他說。屋裡的傢俱全是紅絲絨製品。有多面鏡子、兩張椅子和一張緞面床罩的大床。一扇門通往浴室。

「我會把菜單送上來。」經理說。他鞠躬退下。

我走到窗口往外看，然後拉拉繩索，把厚厚的紅絲絨窗簾闔上了。凱瑟琳坐在床上觀賞雕磨的玻璃蠟燭架。她已脫下帽子，滿頭金絲在燈下閃閃發亮。她照一面鏡子，雙手撫頭，我在另外三面鏡子裡看到她。她似乎悶悶不樂，任由斗篷滑落在床上。

「怎麼啦，達令？」

「我以前從來不覺得自己像娼婦。」她說。我走向窗口，拉開窗簾往外看。我沒想到會是這個情景。

「妳不是娼婦。」

「我知道，達令。不過自覺像娼婦，心裡總是不舒服。」她的聲音乾澀又乏味。

「這是我們能住的最佳旅館。」我說。我望著窗外，方場對面就是火車站的燈光。街上有馬車通行，我還看見公園裡的樹木。旅館的電燈照亮了濕濕的人行道。我暗想：噢，混蛋，我們現在非吵架不可嗎？

「過來，拜託，」凱瑟琳說。乏味的語氣一掃而空。「過來，拜託。我又是乖女孩啦。」我看看大床那邊。她滿面笑容。

我走過去，坐在她身邊吻她。

「妳是我的乖女孩。」

「我當然是你的。」她說。

吃過飯，我們心情好轉，然後覺得很幸福，過了不久這個房間就像我們的家了。醫院病房曾經是我們的家，同樣的，這個房間也是我們的家。

吃飯的時候，凱瑟琳肩上披著我的軍衣。我們餓壞了，飯菜不錯，我們喝了一瓶卡布里白酒和一瓶「聖伊斯特菲」。大部分是我喝的，凱瑟琳也喝了一點，使她心情甚佳。我們晚餐吃山鷸肉、洋芋蛋白牛奶酥和栗子濃湯，以沙拉和義大利泡沫乳蛋糕當甜食。

凱瑟琳說，「這是好房間。迷人的房間。我們在米蘭的時候，應該長期住這裡。」

「這房間很滑稽。不過挺好的。」

凱瑟琳說，「失德的行爲真美妙。陷身的人似乎有良好的審美眼光。紅絲絨真優美。正合需要。鏡子也十分迷人。」

「妳是可愛的姑娘。」

「我不知道住在這種房間，早晨走動是什麼滋味。不過真是金碧輝煌的房間。」我又倒了一杯「聖伊斯特菲」酒。

凱瑟琳說，「但願我們能做一件真正罪惡的行爲。我們的一切行爲都顯得好天真好單純。我不相信我們錯了。」

「妳是不尋常的好女孩子。」

「我只覺肚子餓。我餓得要命。」

「妳是美妙又單純的少女。」我說。

「我是單純的女性。除了你，沒有人明瞭這一點。」

「我剛認識妳的時候，一天下午都在想我們怎麼到『開佛旅館』幽會，那情景將是如何。」

「你真厚臉皮。這不是開佛旅館吧？」

「不。那邊不會接納我們。」

「他們以後總會接納我們。不過達令，我們的差別就在這裡。我從來不想東想西。」

「根本沒想過？」

「想過一點。」她說。

「噢，妳是可愛的姑娘。」

我又倒了一杯酒。

「我是非常單純的女孩子。」凱瑟琳說。

「起先我不覺得。我以爲妳瘋瘋癲癲。」

「我是有一點瘋瘋癲癲。但是我瘋得不複雜。我沒把你弄糊塗吧，達令？」

我說，「酒真偉大。叫人忘記一切不愉快的事情。」

凱瑟琳說，「酒確實可愛。卻害我爸爸得了嚴重的痛風。」

「妳父親還在？」

凱瑟琳說，「是的，他得了痛風。你甚至不必和他見面。你父親不在了？」

我說，「不。有繼父。」

「我會不會喜歡他？」

「妳甚至不必和他見面。」

凱瑟琳說，「我們的日子真快樂。我對別的事情都不感興趣了。嫁給你，我真幸福。」

侍應生來收東西。過了一會，我們默不作聲，聽見雨水淅瀝淅瀝落下來。外面街上一輛汽車猛按喇叭。

「我背後老聽到
時間的飛車奔近了。」

我吟誦這首詩。

凱瑟琳說，「這首詩我知道。是馬威爾寫的。但是內容描寫一個不肯跟男人生活的少女。」

我的腦袋清晰而冷靜，我得面對現實。

「妳要在什麼地方生產？」

「我不知道。儘量找個好地方。」

「妳怎麼安排？」

「儘量好好安排。別發愁，達令。戰爭結束以前，我們說不定會有好幾個娃娃。」

「出發的時間快到了。」

「我知道。你願意的話，現在就走。」

「不。」

「那就別發愁，達令。你一直好好的，現在你卻擔心了。」

「我沒有。妳多久寫一封信？」

「每天寫。他們看不看你的信？」

「他們的英文不夠好，不妨事。」

「我會寫得很難懂。」凱瑟琳說。

「可也別太難懂喔。」

「我只寫得略微難懂。」

「我們恐怕得動身了。」

「好吧，達令。」

「我討厭離開優美的家園。」

「我也一樣。」

「但是我們非走不可。」

「好吧。但是我們從來不在家裡久住。」

「以後會的。」

「等你回來，我要替你安置一個很好的家。」

「也許我馬上就回來。」

「也許你的足踝會受點小傷。」

「或者耳朵。」

「不。我希望你的耳朵保持原狀。」

「就不珍惜我的腳？」

「你的腳已經受過傷啦。」

「我們得走了，達令。真的。」

「好吧。你先走。」

24

我們不坐電梯，走樓梯下去。樓梯上的地毯陳舊不堪。餐點送上樓的時候，我付過餐費，端飯來的那個侍應生坐在門邊的一張椅子上。他跳起來鞠躬，我隨他走進一間偏室，付了住店的帳單。經理記得我是他朋友，不肯先收錢，但是他退下以後，卻記得叫侍應生守在門口，免得我不付帳就開溜。我想這種事情曾發生過；甚至連他的朋友也不例外。戰時所謂的朋友太多了。

我要侍者替我們叫一輛馬車，他從我手中接過凱瑟琳的包裹，撐一把傘出去。隔著窗戶我們看他冒雨過街。我們站在偏室裡，眺望窗外。

「妳覺得如何，凱瑟琳？」

「愛睏。」

「我覺得空虛，肚子餓。」

「有沒有東西吃？」

「有，在我的軍用袋裡。」

我看到馬車駛過來。停下，馬頭垂在雨絲裡，侍應生跨下車，張開雨傘往旅社這邊走。我們在門口和他會合，躲在傘下由濕步道走向路欄處的馬車。路旁的陰溝水流個不停。

「多謝。一路順風。」他說。車夫拉起韁繩，馬兒出發了。侍應生撐著傘，回頭向旅館走去。我們沿著大街奔馳，向左拐彎，然後向右迴轉到車站前面。燈下站著兩名軍事警察，站立的地點剛好避開雨絲。燈光照在他們的帽子上。向著火車站的燈光，雨絲顯得清澈透明。一名腳夫由車站的躲雨處走出來，雙肩在雨中挺起。

我說，「不。多謝，我不需要你幫忙。」

他退回拱道的屋簷下。我轉向凱瑟琳。她的面孔掩沒在車篷的陰影中。

「我們還是告別吧。」

「我不能進去？」

「不。再見，凱瑟琳。」

「你叫他駛到醫院好不好？」

「好。」

我把地址告訴車夫。他點點頭。

我說，「再見，好好照顧自己和腹中的小凱瑟琳。」

「再見，達令。」

「再見。」我說。我下車，跨進雨絲裡，馬車開動了。凱瑟琳探身出來，我藉著燈光看見她的面孔。她微笑揮手。馬車順著街道駛過去，凱瑟琳指指拱道。我望一望，除了兩名憲兵和拱道，並沒有什麼，我知道她的意思是叫我進去躲雨。我走進去，眼睜睜看著馬車拐過街角。然後我穿過車站，由通道走去搭車。

門房在月台上找我。我跟他上了擁擠的火車，由人群中穿行中間的走道，通過一扇房門，跨進一間擠滿了人的隔室，那名機槍手坐在角落裡。我的帆布背包和軍用包都擱在他頭頂的行李架上。走道上站了許多人，我們進來的時候，隔室裡的人都盯著我們。火車上位子不夠，人人都充滿敵意。機槍手站起來讓我坐。有人拍拍我的肩膀。我回頭一看，是一名高高瘦瘦的砲兵上尉，下巴有一道紅疤痕。他在走道上隔著玻璃望了一望，然後踏進來。

「你說什麼？」我問道。我已回頭面對著他。他個子比我高，面孔在帽邊的陰影下顯得十分消瘦，疤痕剛留下不久，看來頗有光澤。隔室裡的人都望著我。

他說，「你不能這樣。你不能叫士兵替你佔位子。」

「我已經佔啦。」

他吞吞口水，我看到他的喉核一鼓一沉的。機槍手站在位子前面。其他的人隔著玻璃向裡瞧。隔室裡沒有人講話。

「你沒有權利這樣。我比你先來兩個鐘頭。」

「你要什麼？」

「這個位子。」

「我也要。」

我盯著他的面孔，察覺隔室所有的人都和我作對。我不怪他們。他有理。但是我需要這個位子。仍然沒有人說話。

我暗想：噢，混蛋。

「坐吧，上尉先生。」我說。機槍手讓出一條路來，高個子上尉坐下了。他看看我，他的表情顯得很難過。但是他佔到位子啦。「把我的東西拿下來。」我對機槍手說。我們走出隔室，站在走道上。火車很擠，我知道座位是沒有指望了。我分別給門房和機槍手十里拉。他們順著走道和車外的月台向窗框裡尋覓，但是沒有位子。

「到了布里斯夏，也許有人下車。」門房說。

「布里斯夏上車的人更多。」機槍手說。我跟他們說再見，握握手，他們轉身離去。他們的心情都不好。火車開了以後，我們站在走道上。出發時，我望著車站和車場的燈光。還在下雨，不久窗戶全濕了，再也看不到窗外的情形。後來我在走道地板上睡覺；先把放鈔票和文件的皮夾塞進襯衫和長褲裡，正好夾在短褲的褲管內。我睡了一整夜，布里斯夏和佛隆納有人上車，我兩度醒來，但是馬上又睡著了。我頭枕著一個軍用包，雙臂摟著另外一個，我可以摸到整個裝備，他們若不踩到我，自可從我身上跨過去。走道上一路橫七豎八躺了許多人。還有人抓住車桿而立，或者靠在門邊。火車一直很擁擠。

卷三

25

秋天裡，樹枝光禿禿的，道路滿是爛泥。我從烏蒂娜乘軍用卡車前往葛瑞齊亞。我們一路超越別的軍用卡車，我眺望鄉村的景色。桑樹光溜溜，原野一片枯黃。路上有一行行枯樹掉下來的濕黃葉，男人在路上做工，將路旁樹木間一堆堆碎石鋪在車轍裡，然後用力砸牢。我們看見小城上空罩著一層濃霧，遮住了遠山。過河時，我發現水位高漲。山區有雨。我們穿過工廠、住宅和別墅進城，原來又有許多房屋中彈了。我們來到一條窄街上，超越一輛英國紅十字救護車。司機戴一頂小帽，面孔又瘦又黑。我不認識他。我在屯駐軍官家前面的大方場下車，司機把我的帆布背包遞了下來，我扛在肩上，又揹上兩個軍用包，往我們駐軍的別墅走去。毫無返家的心情。

我順著濕濕的礫石車道往前走，望著樹影間的別墅。窗戶緊閉，門卻開著。我進屋，發現少校坐在空房間的一個茶几畔，牆上有地圖和打字的圖表。

他說，「嘿，你好吧？」他比以前蒼老些，也冷淡些。

我說，「我很好，戰況如何？」

他說，「都結束了。解下背囊，坐吧。」我把背包和兩個軍用袋擱在地板上，帽子放在背囊頂，由牆邊搬來另外一張椅子，倚著書桌而坐。

少校說，「今年夏天很慘。你現在復原了？」

「是的。」

「你有沒有得獎？」

「有。順利得到。多謝你。」

「我看看。」

我掀開斗篷，讓他看那兩條綬帶。

「用盒子裝著的勳章，你拿到沒有？」

「沒有。只有文件。」

「盒子以後會發下來。那個比較費時間。」

「你要我做什麼？」

「救護車都派走了。北面的卡伯瑞托有六輛。你知道卡伯瑞托吧？」

「知道，」我說。我記得那是山谷中一個有鐘塔的白色小城。小巧乾淨，廣場中有一個可愛的噴泉。

「工作由那邊進行。現在很多人生病。戰鬥結束了。」

「其他的呢？」

「有兩輛在山上。四輛還在班西薩高原。另外兩個救護小隊跟第三軍駐在卡索。」

「你希望我幹什麼？」

「你願意的話，可以去接管班西薩高原的四輛車。吉諾上去一段日子了。你沒上去過吧？」

「沒有。」

「情況很慘，我們損失了三輛車。」

「我聽說了。」

「是的，雷納迪和你通信。」

「雷納迪呢？」

「他在此地的醫院裡。他忍受了一個夏天和秋天。」

「我相信。」

少校說，「很慘，你不會相信慘到什麼程度。我常想，你那時候受傷，真幸運。」

「我知道自己好運。」

少校說，「明年更慘。也許他們現在會進攻。聽說他們要攻來，但是我無法相信。太遲了。你看到河水了吧？」

「是的。水位已經高漲了。」

「雨季來臨，我不相信他們現在會進攻。眼看就要下雪。你的同胞呢？除了你，會不會有別的美國人參戰？」

「他們正在訓練一支千萬人的大軍吧。」

「但願我們能得到一點支援。不過法國人會全部獨佔援軍。我們這邊一個也得不到。好吧。今天晚上你住在這兒，明天隨小車出去，調吉諾回來。我會派一個認得路的人跟你去。吉諾自會一五一十向你交代清楚。他們還不時砲轟，但是一切都過去了。你一定想看看班西薩高原。」

「我樂於去看看。少校先生，我很高興又回到你身邊。」

他泛出笑容。「你這麼說，實在太好了。我對這場戰爭非常厭倦。我如果離開，我不相信我會回來。」

「這麼糟糕？」

「是的。還不止這麼糟糕呢。洗個澡，去找你的朋友雷納迪吧。」

我踏出門外，拎著行李上樓。雷納迪不在房間裡，但是他的東西還在，我坐在床上解綁腿，脫下右腳的鞋子，然後躺在床上。我累壞了，而且右腳發疼。只脫一隻鞋躺在床上似乎很蠢，所以我坐起身，解另外一隻鞋的鞋帶，把鞋子甩在地下，然後又躺回厚毯上。窗扉緊閉，屋裡不通風，但是我很累，懶得起來開窗。我看見我的東西都放在室內的一角。外面天色漸漸黑了。我躺在床上一面想凱瑟琳，一面等雷納迪。除了晚上臨睡時分，我要儘量不想凱瑟琳。但是現在我累了，又沒事做，所以靜臥想她。我想她的時候，雷納迪走進來。他還是老樣子。也許略微消瘦了些。

「噢，寶貝，」他說。我在床上坐起身。他走過來坐下，伸手環住我。「乖乖的老寶貝。」他用力打我的背部，我抓住他的兩隻手膀子。

他說，「老寶貝，我看看你的膝蓋。」

「我得脫掉短褲。」

「脫掉嘛，寶貝。我們這邊全是老朋友。我要看看他們的成績。」我站起身，脫下短褲，把膝部護套拉下來。雷納迪坐在地板上，前前後後輕彎我的膝蓋。他撫摸那道疤痕；兩隻大拇指一起擱在膝蓋骨上面，用手指輕輕搖撼。

「你只有這個關節？」

「是的。」

「調你回來真罪過。他們應該做出完整的關節。」

「比以前好多了。那時候僵如木板。」

雷納迪進一步彎我的膝關節。我望著他的雙手。他有一雙外科醫生的好手。我看看他的腦門，頭髮光光亮亮，分得很平整。他將我的膝蓋彎得太過分了。

「哎唷！」我說。

「你該接受進一步的機械治療。」

「比以前好多了。」

「我知道，寶貝。這我比你更清楚。」他站起來，坐在床上。「膝蓋本身的手術做得不錯。」膝蓋的事情談完了。「說說各方面的見聞吧。」

我說，「沒什麼好說的。我過著平靜的生活。」

他說，「你的舉動活像有婦之夫。你怎麼啦？」

我說，「沒什麼。你怎麼啦？」

雷納迪說，「這場戰爭簡直要害死我。搞得我十分鬱悶。」他兩手交疊在膝蓋上。

「噢，」我說。

「怎麼？我甚至不能具有人性的衝動？」

「不。我看你過得挺不錯。說給我聽聽。」

「整個夏天和秋天我都在動手術。我一直忙個不停。誰的工作我都幹。棘手的他們全留給我。老天，寶貝，我快要變成可愛的外科醫生了。」

「這還差不多。」

「我從來不思考。不，憑上帝發誓，我不思考。我只管動手術。」

「這就對了。」

「不過寶貝，現在全過去啦。現在我不動手術，心情壞透了。這是一場恐怖的戰爭，寶貝。你相信我。現在你鼓舞了我的精神。你有沒有帶來留聲機唱片？」

「有。」

唱片用紙包著，放在我帆布背包內的一個硬紙盒裡。

「你自己心情不好嗎，寶貝？」

「我心情像地獄。」

雷納迪說，「這場戰爭真的好恐怖。來吧。我們倆大醉一場，圖個爽快。然後我們去風流風流，心情自會好轉。」

我說，「我剛患過黃疸，不能喝酒。」

「噢，寶貝，你回到我身邊竟是這副模樣。重傷回來，肝又有毛病，我說過這場戰爭不是好事。我們究竟爲什麼要打？」

「我們喝一杯。我不喝醉，但是我們喝一杯。」

雷納迪走到房間對面的洗臉台，拿來兩個玻璃杯和一瓶白蘭地。

他說，「是奧國白蘭地。七星牌。他們在聖加布里山擄獲的。」

「你當時在不在上面？」

「不。我哪兒也沒去。我一直在這邊動手術。看，寶貝，這是你的老漱口玻璃杯。我一直保存，看到了就想起你。」

「提醒你刷牙。」

「不。我也有自用的玻璃杯。我保存這個，隨時想起你早晨一心要刷掉羅撒別墅的記憶，嘴裡一邊賭咒一邊吃阿斯匹靈，又咒罵那些婊子。每次我看到這個玻璃杯，就想起你試圖用牙齒洗淨良心的那副德性。」他走到床邊。「吻我一次，說你不是認真的。」

「我沒吻過你。你是一隻大猩猩。」

「我知道，你是優雅的盎格魯撒克遜青年。我知道。你是懺悔的青年，我知道。我要等著看盎格魯撒克遜人用牙刷刷掉嫖妓的罪行。」

「在杯裡倒些白蘭地吧。」

我們碰杯喝酒。雷納迪譏笑我。

「我要把你灌醉，挖出你的肝，換進一個健康的義大利肝臟，使你再當男子漢。」

我拿著玻璃杯，再裝一點白蘭地。現在外面天黑了。我手拿那杯白蘭地。走過去開窗。雨停了。外面轉冷，樹叢中有霧氣瀰漫。

雷納迪說，「白蘭地可別扔出窗外。你不能喝，就給我。」

「去你的，」我說。我很高興再看到雷納迪。兩年來他老是取笑我，我一向喜歡他。我們相知極深。

「你結婚啦？」他由床上問我。我正站在窗畔的牆邊。

「還沒有。」

「戀愛了？」

「是的。」

「和那位英國姑娘？」

「是的。」

「可憐的寶貝，她對你好不好？」

「當然。」

「我是說，實際上對你好不好？」

「閉嘴。」

「好吧。你知道我是非常細密的人。她有沒有——？」

我說，「雷納迪，拜託你閉嘴。你若想當我的朋友，就閉上嘴巴。」

「我不想當你的朋友，寶貝。我本來就是你的朋友嘛。」

「那就閉嘴。」

「好吧。」

我走到床邊，和雷納迪並坐。他正手持玻璃杯，眼睛望著地板。

「你明白怎麼回事了吧，雷納迪？」

「噢，是的。我一輩子老碰見神聖的事情。但是很少在你身上碰到。我想你一定也有了。」他看看地板。

「你沒有？」

「沒有。」

「一次都沒有？」

「沒有。」

「我可以這樣談你母親和妹妹？」

「也談你妹妹，」雷納迪立刻說。我們都笑了。

「老超人，」我說。

「也許我吃醋吧，」雷納迪說。

「不！你不會。」

「我不是指那個。我是指另一方面。你有沒有已婚的朋友？」

「有，」我說。

雷納迪說，「我沒有。他們相愛，就不和我交往了。」

「爲什麼？」

「他們不喜歡我。」

「爲什麼？」

「我是蛇。理性之蛇。」

「你搞錯了。在聖經關於亞當夏娃的故事中，蘋果才代表理性。」

「不，是蛇代表理性。」他更高興了。

「你不思考那麼深的時候，比較討人喜歡。」我說。

他說，「我愛你，寶貝。我變成偉大的義大利思想家，你就拿針扎我。但是我知道許多不能開口的事情。我的知識比你多。」

「是。確實如此。」

「但是你會過得比我快樂。就算滿心懊悔，你也會過得比我快樂。」

「我不以爲然。」

「噢，真的。這是實情。我已經到了只有工作時間才覺得快樂的地步了。」他又望著地板。

「你會克服這種心境。」

「不。我只喜歡酒色二物；其中一樣對我的工作不好，另外一樣半個鐘頭或十五分鐘就結束了。有時候還不到這個時間。」

「有時候遠不到這個時間。」

「也許我稍有改進，寶貝。你不知道。不過只有酒色二物和我的工作可以寄託精神。」

「你會得到別的東西。」

「不。我們得不到什麼。我們生來就擁有一切，我們卻不知情。我們得不到什麼新的東西。我們初生時完整無缺。你應該慶幸不是拉丁人。」

「如今世上沒有『拉丁』這個東西。是『拉丁』思想作怪。你以自己的缺陷爲榮。」雷納迪抬眼笑出聲。

「我們打住吧，寶貝。想這麼多，我都累了。」他進屋的時候就一臉倦容，「吃飯時間快到了。真高興你回來。你是我最好的朋友和我的袍澤弟兄。」

「袍澤弟兄什麼時候吃飯？」我問他。

「馬上吃。我們爲你的肝臟再乾一杯。」

「像聖保羅。」

「你說得不對。聖保羅說的是酒和胃的典故。爲你的胃腸喝一點酒吧。」

我說，「不管你瓶中裝什麼，不管你提出什麼理由，我都喝。」

「敬你的女朋友，」雷納迪說。他伸出酒杯。

「好。」

「我不說她一句髒話。」

「別強迫自己。」

他把白蘭地一飲而盡。他說，「我純真無邪，我像你，寶貝。我也去找一個英國女朋友，但是她配我顯得太高了些。高個子姑娘適合當姐妹，」他引用名言說。

「你有可愛純真的心眼，」我說。

「對呀，所以他們才叫我純潔的雷納迪。」

「猥褻的雷納迪。」

「走吧，寶貝，趁我的心智還算純潔，我們下去吃飯。」

我洗澡，梳頭，一起走下樓梯。雷納迪有點醉意。我們用餐的那一個房間，餐點尚未完全準備好。

「我去拿那瓶酒，」雷納迪說。他上樓去了。我坐在餐桌前，他帶回酒瓶，爲我們各倒了半杯白蘭地。

「太多了，」我說著舉起玻璃杯，看看桌上的檯燈。

「肚子空空的，不嫌多。這是奇妙的東西，把胃腸整個燒光。對你最糟糕不過了。」

「好吧。」

雷納迪說，「一天天自我毀滅。搞壞胃腸，弄得手發抖。正適合外科醫生。」

「你建議人家喝？」

「真心誠意。我不喝別的。喝吧，寶貝，等著生病。」

我喝了半杯。大廳裡我聽見傳令兵叫道，「湯！湯準備好了！」

少校走進來，向我們點頭坐下。他在餐桌畔顯得十分矮小。

「就只有我們幾個？」他問道。傳令兵放下湯碗，他舀了一盤。

雷納迪說，「只有我們幾個。除非神父來。他若知道菲德利哥在，他會趕來。」

「他上哪兒去了？」我問道。

「他在三〇七營房，」少校說。他忙著喝湯。他擦擦嘴巴，仔細揩拭那一抹上翹的髭子。「我想他會來。我打電話過去，留話說你在這兒。」

「我懷念會餐團的吵鬧聲，」我說。

「是的，很安靜，」少校說。

「我會吵吵鬧鬧，」雷納迪說。

「喝點酒吧，亨利，」少校說。他替我倒滿了一杯。細通心麵來了，我們都忙著吃起來。快要吃完時，神父正好進來。他還是老樣子，個子瘦小，皮膚呈赤褐色，看起來結結實實。我站起來，兩個人握手。他把手搭在我肩上。

「我一聽到消息，馬上趕來，」他說。

少校說，「坐吧，你來晚了。」

「晚安，神父，」雷納迪用英文字眼說。這句話是從那位愛欺侮神父、會講一點英語的上尉那兒學來的。「晚安，雷納迪，」神父說。傳令兵端湯給他，但是他說要先吃細通心麵。

「你好吧？」他同我說。

我說，「好。你這邊情況如何？」

雷納迪說，「喝點酒，神父。為了你的胃腸，喝點酒吧。那是聖保羅說的，你知道。」

「是的，我知道，」神父彬彬有禮說。雷納迪替他倒滿一杯。

雷納迪說，「那個聖保羅。他是惹下一切麻煩的人。」神父望著我微笑。我看得出他現在對這種欺侮已無動於衷了。

雷納迪說，「那個聖保羅，他是個遊蕩者和追逐者，等到他自己不熱中了，他就說這樣不好。他自己鬧完了，卻訂規則來約束我們這些仍然熱中的人。對不對，菲德利哥？」

少校泛出笑容。現在我們正在吃燉肉。

「天黑以後，我從來不討論聖徒，」我說。神父由燉菜盤上抬頭對我微微一笑。

雷納迪說，「喏，看他，倒向神父那邊了。那些愛逗神父的老朋友哪裡去了？卡凡庫蒂呢？布倫蒂呢？西薩爾呢？我非獨立欺侮神父不可？」

「他是好神父，」少校說。

雷納迪說，「他是好神父。究竟還是神父呀。我想讓會餐團恢復往日的情景。我要讓菲德利哥高興。去你的，神父！」

我看見少校盯著他，發覺他喝醉了。他的瘦臉很蒼白。髮線在白白的額角相映下，顯得很黑很黑。

神父說，「沒關係，雷納迪，沒關係。」

雷納迪說，「去你的。去他的整個混帳勾當。」他倚坐在餐椅上。

「他緊張過度，累了，」少校對我說。他吃完燉肉，用一片麵包沾抹肉汁。

雷納迪對桌子說，「我不咒人。去他的整個勾當。」他以挑釁的態度環視桌邊的人，眼神單調，臉色發白。

我說，「好吧，去他的整個天殺的勾當。」

雷納迪說，「不，不，你不能這麼做。你不能這麼做。我說你不能這麼做。你枯燥，你空虛，沒有別的。我告訴你沒有別的。一樣天殺的東西都沒有。我停止工作的時候，我知道。」

神父搖搖頭。傳令兵把燉肉碟拿走。

雷納迪轉向神父，「你吃肉幹什麼？你不知道今天是星期五嗎？」

「今天是星期四，」神父說。

「撒謊。是星期五。你正在吃聖體。那是上帝的肉。我知道。是奧國死人。你吃的就是。」

「白肉是軍官的，」我接完這個老笑話。

雷納迪大笑。他倒滿一杯酒。

他說，「別管我。我只是有點瘋瘋癲癲。」

「你該度個假，」神父說。

少校向他搖搖頭。雷納迪看看神父。

「你認為我該度假？」

少校向神父搖搖頭。雷納迪盯著神父。

神父說，「隨便你。你不想就不要好了。」

雷納迪說，「去你的。他們想甩掉我。每天晚上他們都想甩掉我。我頑抗到最後。我有梅毒又怎麼樣。人人都有。全世界都有。」他採取演說的姿態繼續說，「起先是一個小疙瘩。然後我們發現肩膀之間有腫瘍。我們寄望於水銀。」

「或者六〇六號梅毒特效藥，」少校靜靜插嘴說。

「水銀產品，」雷納迪說，現在他的舉動得意洋洋。他說，「我知道有一樣東西比那種貨色好兩倍。乖乖的老神父，你永遠不會得這種病。寶貝會得。這是工業災禍。這是單純的工業災禍。」

傳令兵端來甜點和咖啡。甜點是加了濃醬的一種黑麵包布丁。檯燈正在冒煙；黑煙密密飄進煙囪裡。

「拿兩根蠟燭來，把檯燈搬走，」少校說。傳令兵拿來兩支已經點亮插在茶碟裡的蠟燭，取下檯燈吹熄。現在雷納迪安靜下來。他似乎沒有問題。我們談話，喝完啡咖都轉往大廳。

雷納迪說，「你想和神父談。我得進城了。晚安，神父。」

「晚安，雷納迪，」神父說。

「待會見，菲德利哥，」雷納迪說。

我說，「好，早點回來。」他扮了一個鬼臉，走出門外，少校站在我們身邊。他說，「他很累，工作過勞。他自認爲有梅毒。我不相信，不過也可能有。他正自行治療。晚安。你天亮前就走，亨利？」

「是的。」

他說，「那麼再見，祝你好運。培杜齊會叫醒你，然後陪你去。」

「再見，少校先生。」

「再見。他們談起奧國人要攻過來，但是我不相信。但願不會。反正不會是這邊。吉諾會一五一十告訴你。現在電話的功能蠻好的。」

「我會按時打電話。」

「拜託。晚安。別讓雷納迪喝那麼多白蘭地。」

「我試試看。」

「晚安，神父。」

「晚安，少校先生。」

他走進他的辦公室。

26

我走到門口往外看。雨停了，但是有霧。

「我們要不要上樓？」我問神父。

「我只能待一會兒。」

「上來吧。」

我們爬樓梯，走進我的房間。我躺在雷納迪床上。神父坐在傳令兵爲我搭的吊床。屋裡黑漆漆的。

他說，「噢，你真的好嗎？」

「我還好。今天晚上很累。」

「我也累，但是沒有原因。」

「戰況如何？」

「我想馬上要結束了。我不知道原因，但是我有這種感覺。」

「你怎麼會有這種感覺？」

「你知道你們少校如何？變得溫婉了？現在很多人這樣。」

「我自己的心情便是如此，」我說。

「今年夏天好恐怖，」神父說。他的自信比我離營時強固多了。「你不可能相信那種慘狀。除非你到過那邊，知道是什麼情景。今年夏天很多人體會到戰爭的真相。連我以為不可能體會的軍官，現在也體會到了。」

「會有什麼結果？」我用手撫摸毯子。

「我不知道，但是我想不會繼續打很久。」

「結果將如何？」

「他們會停戰。」

「誰！」

「雙方。」

「但願如此，」我說。

「你不相信？」

「我不相信雙方會同時停戰。」

「我想不會。這個期望未免太高了。但是我看到了人們的轉變，我認為不可能打下去。」

「今年夏天誰打贏？」

「誰都沒贏。」

我說，「奧國佬贏了。他們使得我軍攻不下聖加布里爾。他們贏了。他們不會停戰。」

「他們的心情若和我們一樣，他們說不定會停喔。他們也經歷了同樣的慘境。」

「沒有人打贏還停戰的。」

「你真叫我洩氣。」

「我只能說出內心的想法。」

「那麼你覺得會一直打下去囉？不會有改變？」

「我不知道。我只覺得奧國佬打勝仗不會停手。我們敗了才變成基督徒。」

「奧國佬也是基督徒——只有波斯尼亞人例外。」

「我不是指表面上的基督徒。我是說像我們的主。」

他一語不發。

「因為打敗，現在我們都溫和多了。如果彼得當時在客西馬尼花園裡救了我主耶穌，祂會是什麼樣子？」

「祂還是一樣。」

「我不以為然，」我說。

他說，「你真叫我洩氣。我信神，而且祈禱局面改觀。我覺得時間快到了。」

我說，「局面也許會改觀。但是只發生在我們身上。他們的心境若和我們相同，那就好了。但是他們打了勝仗，他們是另外一種心情。」

「很多士兵向來有這種心情，不是因為打敗仗。」

「他們一開始就打了敗仗。他們被調離農莊，編入軍隊，就有挫敗的感覺。農民有智慧，其理在此，因為他一開始就打了敗仗。讓他掌權，看他多精明。」

他沒有說話，他正在思考。

我說，「現在我自己很沮喪。所以我從來不想這些事情。我從來不思考，但是我一開口講話，不必思考就能說出心裡的發現。」

「我曾抱著某種希望。」

「希望打敗？」

「不，更進一步。」

「沒有什麼更進一步了。除非打贏，那樣也許更糟糕。」

「我早就希望打贏了。」

「我也是。」

「現在我不敢說。」

「不是贏，就是輸。」

「我不再信仰勝利了。」

「我有同感，但是我也不信仰失敗。雖然那樣也許還好些。」

「你信仰什麼？」

「睡眠，」我說。他站起身。

「我待這麼久，真抱歉。但是我真喜歡和你談話。」

「又能談談真好。我說的關於睡眠的那些話，其實沒有特別的意思。」

我們站起來，摸黑握手。

「現在我住三〇七營房，」他說。

「明天我一早就要出差到陣地去。」

「等你回來再見。」

「到時候我們一起散步暢談，」我陪他到門口。

他說，「不要下樓。你回來真好，雖然對你不是好事。」他把手搭在我肩上。

我說，「我覺得還好。晚安！」

「晚安。再見！」

「再見！」我說，我睏得要死。

27

雷納迪回來的時候我醒了，但是他沒有說話，我又墜入夢鄉。早晨天還沒亮我就更衣出門。臨走的時候雷納迪沒有醒。

我以前沒到過班西薩高原，如今爬上奧國佬待過的斜坡，遠在我受傷的河邊陣地那一頭，感覺很奇特。那邊有一條陡峻的新路和不少卡車。再過去路面轉為平坦，我看到霧中的樹林和陡丘。有些樹林因迅速攻下，沒有被打得面目全非。下面一段路沒有丘陵掩護，兩邊和頂上都加蓋了草蓆。道路終點是一個蒙難的村莊。戰線在那一頭。附近砲兵很多。房屋嚴重損毀，可是村務的組織完善，到處有路牌。我們找到吉諾，他端咖啡給我們喝，後來我跟著他走，見過各種身分的人，也參觀了陣地要塞。吉諾說英國救護車在班西薩再過去的拉汶工作。他很佩服英國人。他說砲轟還很厲害，但是受傷的人不多。現在雨季開始，會有很多人生病。據猜測奧國佬會進攻，但是他不相信。我們也該進攻，但是沒有新軍調來，所以他認為也不太可能。此地食物不足，他樂於到葛瑞齊亞吃一頓全餐。我吃到什麼樣的晚餐？我說給他聽，他說那太好了。他對「甜點」尤其念念不忘。我沒有細說，只說是「甜點」，他大概沒想到是麵包布丁，以為必是更精美的甜食。

他問我知不知道他要去哪裡？我說不知道，但是知道有些救護車派駐在卡伯瑞托。他希望能上去。那是一處優美的小地方，他喜歡那一頭的高山。他是個親切的小伙子，好像人人都喜歡他。他說真正可怕的是聖加布里爾和洛姆那一端惡化的戰局。他說奧國佬在前面我們頭頂處的特諾瓦山脊的樹林裡，藏有大量的砲兵，晚上猛轟路面。有一種海軍砲筒搞得他神經緊張。彈道平直，我一定認得出來。他說，你一聽見砲聲，尖吼幾乎立刻傳來。他們通常發射兩砲，一次緊跟著又來一次，爆炸的碎片碩大無比。他拿一片給我看，是呎來長的光滑鋸齒形金屬片。很像鋼錫的合金。

吉諾說，「我想這砲彈的效力不強。不過嚇死我了。聽聲音彷彿直接衝著你而來。先是轟隆一聲，然後是尖鳴和爆炸。嚇得半死，就算不受傷又有什麼用呢？」

他說現在我們對面的戰線有克羅西亞人，還有一些馬扎兒人。我們的軍隊仍處於攻擊的態勢。但萬一奧國佬進攻，我們沒有電話線可通，沒有地方可退。沿著台地聳出來的矮山有不少攻擊的好位置，但是防衛就一籌莫展了。我對班西薩高原的印象如何？

我心目中以爲更平坦，更像高台。沒想到這麼支離破碎。

吉諾說，「次高地平原，但是沒有平地。」

我們回到他住的地窖。我說，我認爲頂端漸平而又有個小深淵的山脊，比連綿的小山容易防守。我說攻山並不比平地攻擊艱難。他說，「那要看什麼山。你瞧聖加布里爾。」

我說，「是的，不過他們是在平坦的頂端遭到困難。他們輕輕鬆鬆就攻上了坡頂。」

「不見得輕鬆，」他說。

我說，「真的。不過這是特例，那兒與其說是一座山，不如說是一座堡壘。奧軍多年來都在加強防禦工事。」我的意思是，就戰術而言，在一場拉鋸戰中，綿亙的群山找不到一條防守線，因爲太容易迂迴進攻了。你應該有一點機動性，山區卻不好展開機動。還有，人在坡下打槍往往射過頭，打不準。如果側翼遭到迂迴包抄，最佳的兵力總是留在最高的山上。我不相信山區的戰事可以決定勝負。我說我仔細想過。你搶下一座山，他們搶下另外一座山，但若行動真正開始，人人都得走下山區。

「你的國界如果是山區，你有什麼辦法？」他問道。

「我還沒研究過，」我說。我們倆都笑了。我說，「不過古時候奧國佬都是在佛隆納附近的四角形要塞遭到敗績。對方讓他們下山，到了平原再痛宰他們。」

吉諾說，「是的，不過那些全是法國人，你在別人的國家打仗，自可清晰地研究軍事問題。」

我表示同意，「是的。若是自己的國家，就不能運用得如此科學。」

「俄國人用過，誘陷了拿破崙。」

「是的，不過他們有廣大的鄉區，你在義大利若想退兵誘陷拿破崙，你會發現你已退到義大利東南角的布蘭蒂西港。」

吉諾說，「恐怖的地方。你去過沒有？」

「只路過，沒有停留。」

吉諾說，「我是愛國志士，但是我不可能愛布蘭蒂西或塔蘭托港。」

「你愛班西薩高原嗎？」我問他。

他說，「土地是神聖的。不過我希望多長些洋芋。你知道我們來的時候，發現奧國佬種的洋芋。」

「食物真的不足？」

「我自己從來不夠吃，不過我是大肚漢，卻也沒餓死。會餐算中等。前線的軍團吃得不錯，後援部隊就沒有那麼豐富了。不知道哪裡出毛病。食物應該很充足。」

「卑鄙小人拿到別的地方去賣掉了。」

「是的，他們讓前線的大軍儘量吃飽，後方部隊卻相當匱乏。他們把奧軍所有的洋芋和樹林裡的板栗都吃光了。上級該讓他們吃好一點。我們是大肚漢。我相信食物很充足。軍人缺糧最糟糕。你有沒有注意到食物會影響思考的路線？」

我說，「是的。糧食不能贏取勝利，卻可以害人打敗。」

「我們不談打敗的事情。談失敗已經談夠了。今年夏天所費的工夫不會完全白費。」

我一言不發。但凡聽到「神聖」、「光榮」、「犧牲」等字眼和「白費」一辭，我總覺得尷尬。我們早就聽見這些話，有時候站在雨中，什麼都聽不清楚，只有吼出的字句傳來；也曾看到新宣言貼在其他佈告上，文中就有這些字眼，而我從來沒真正見過神聖的事情，所謂光榮的事蹟毫不光榮，所謂犧牲則像芝加哥的屠宰場白白掩埋牲畜肉一樣暴殄天物。很多話你聽了受不了，到頭來只有地名的尊嚴仍在。某些數字也一樣，而你能說的有意義的話，便只剩某些日期以及和地名相關的年月日了。「光采」、「榮譽」、「勇氣」或「聖人」等抽象的字眼，擺在具體的村名、路號、河名、軍團號碼和日期旁邊，顯得十分猥褻。吉諾是愛國志士，所以他說的話有時候造成我們的隔閡，但他畢竟是個親切的小伙子，我諒解他身爲愛國志士的言行。他天生愛國。我們分手後，他跟培杜齊開車回葛瑞齊亞。

暴風雨下了一整天。風助雨勢，到處都是積水和爛泥。破房子牆上的膠泥顯得灰沉沉、濕答答的。下午雨停了，從我們的二號陣地，我看到空乏潮濕的鄉村秋景，山頂有烏雲，遮掩路面的草薦滴滴答答在淌水。太陽露個面才下山，照著山脊那一邊的禿枝樹林。山脊樹林中有不少奧軍的槍砲，但是只有幾支開了火。我望著戰線附近一間破房子上空突起的霰榴彈弧形煙——軟綿綿的輕煙，中央有一道黃白色的閃光。先看到閃光，聽見碎裂聲，然後看到煙球吹散，在風裡漸漸稀薄。房屋的瓦礫堆和陣地所在處那間破房子旁邊的路上，有不少霰榴彈鐵球，但是那天下午他們並未轟擊陣地。我們載了兩車人，沿著濕草薦掩蔽的道路往前開，落日餘暉由草薦間的縫隙射進來。我們還沒駛出山脊的露天道路，太陽就下山了。我們沿著露天道路往前走，轉入曠野，再開進四方形有草薦掩護的拱道，天上又下起雨來。

晚上風勢加強，凌晨三點大雨傾盆，來了一陣砲轟，克羅西亞人翻過山間草地，穿過一小塊一小塊樹林，攻入前線。他們摸黑在大雨裡作戰，我方第二線人馬嚇慌了，連忙反攻，把他們趕回去。砲擊猛烈，雨中發射了不少火箭訊號，戰線上一路都是機槍和步槍的火花。他們沒有再來，安靜多了，風雨中我們聽見遙遠的北方有大轟炸的聲音。

傷者紛紛來到陣地，有些由擔架抬來，有些走路來，有些由人扛在背上越野而來。他們渾身濕透，而且都嚇得半死。擔架上的傷兵由陣地地窖出來時，我們裝載了兩車，我關上第二輛救護車的車門，仔細閂好，覺得打在臉上的雨絲變成了雪花。暴雨裡雪花來得又大又快。

天亮時分，暴風仍然吹著，雪倒停了。落在濕地上已經融化，現在又下起雨來。天剛亮又有一場攻擊，但是無功而退。我們整天預料會有一場攻擊，結果太陽下山才開始。砲擊起於南面長長的林木山脊下方，奧軍的槍砲都集中在那兒。天色漸漸黑了。槍砲由村背的田間開火，遠射的砲彈聽來很舒服。

聽說對方在南面進行的攻擊並不成功。他們那天晚上沒有出擊，但是據說他們已攻破北面防線。晚上有人傳說我們準備撤軍了。是陣地的上尉告訴我的。他則由旅部聽來。過了一會，他接完電話，說這是謊言。旅部接到命令，班西薩防線無論如何應該據守。我問起對方突破的事情，他說他在旅部聽到奧軍已攻破卡伯瑞托附近的二十七特種兵團。北方整天大戰不休。

「如果那些婊子養的讓敵人攻破防線，我們就頭大了，」他說。

「發起攻擊的是德軍，」一位醫官說。「德軍」一辭可真夠嚇人的。我們不想和德軍有瓜葛。

醫官說，「有十五師德軍，他們已攻破防線，我們的退路會被截斷。」

「旅部說這條防線必須堅守。他們說敵軍並未嚴重突破，我們由瑪琪奧列崗橫越山區守住一條線。」

「他們從哪裡聽來的？」

「由師部。」

「我們要撤退的說法就是由師部傳出來的。」

我說，「我們在特種兵團指揮下工作。但是我在此地聽命於你。當然你叫我走我就走。不過命令得聽對呀。」

「命令是叫我們留在這兒。你把此地的傷兵運到救傷站。」

我說，「有時候我們也從救傷站載人到野戰醫院。告訴我，我沒見過撤退的情形——如果撤退，傷兵怎麼撤得光？」

「他們不撤光。儘量載，其他的只好撇下不管。」

「我車上要載什麼？」

「醫院裝備。」

「好吧，」我說。

第二天晚上撤退開始了。我們聽說德軍和奧軍攻破了北面防線，正要沿著各山谷開向西維達爾和烏蒂娜。撤退井然有序，氣氛濕冷又陰沉。晚上我們沿著擁擠的路面往前駛，超越了冒雨行軍的軍隊、槍砲、馬拉車、騾子、迫擊砲卡車，大家都要撤離前線。情勢不比進軍混亂嘛。

那天晚上，我們幫忙設在高原上受損較輕村落裡的野戰醫院搬運傷兵和器材，把傷者載到河床中的普拉瓦。第二天整天冒雨拖運，把普拉瓦的醫院和救傷站撤走。雨下個不停，班西薩的軍隊在十月的濕雨中走下高原，橫渡那年春天曾經打過幾場大勝仗的河川。我們第二天中午抵達葛瑞齊亞。雨停了，小鎮幾乎化爲空城。我們走在街道上，他們正把軍中妓院的姑娘們裝進一輛卡車。一共有七位姑娘，她們戴著帽子，穿著外套，手提小皮箱。有兩個哭了。其他的幾位，有一個向我們微笑，伸出舌頭上上下下亂擺。她的嘴唇厚重而豐滿，眼珠子呈黑色。

我停下救護車，走過去和鴇母講話。她說軍中妓院的姑娘那天一大早就走了。她們要去哪裡？她說到康格里亞諾。卡車出發了。厚嘴唇的姑娘伸出舌頭。鴇母揮揮手。那兩個姑娘還在哭。其他幾位興致勃勃在看城內的風景。我回到車上。

波尼洛說，「我們應該陪她們走。路上一定很不錯。」

「我們這路上一定很不錯。」我說。

「我們這路上一定像地獄。」

我說，「我就是這個意思。」我們走上別墅的車道。

「那些胖傢伙爬上車的時候，真希望我在場。」

「你覺得她們會跟來？」

「一定會。第二軍人人都認識那些鴇母。」

我們來到別墅外面。

波尼洛說，「他們叫她媽媽桑。女孩子是新來的，不過人人都認識她。她們一定是撤退前剛剛帶上來的。」

「她們有得樂了。」

「我就說她們有得樂了。我真想白幹她們一場。反正那家妓院收費太高。政府騙我們的錢。」

我說，「把車子開出去，叫機師檢查檢查。換油檢查掣動器。加滿汽油，然後去睡一會兒。」

「是的，中尉先生。」

別墅空無一人。雷納迪隨醫院撤走了。少校帶著醫院的職員坐參謀車走。窗戶上有一張給我的通知，叫我用救護車載滿大廳堆放的物資，前往波頓文。機師已經撤走。我回到車庫。這時候。兩輛車開進來，司機跨下車。又開始下雨了。

皮亞尼說，「我好睏，由普拉瓦開來這兒，我睡著三次。我們怎麼辦，中尉先生？」

「我們換油，把車子擦擦亮，汽油裝滿，然後駛到前面，載運他們留下的零碎物品。」

「然後就出發？」

「不，我們睡三個鐘頭。」

波尼洛說，「基督啊，我真高興睡一覺。我開車都沒辦法清醒不睡著。」

「你的車子如何，艾莫？」我問道。

「還好。」

「給我一套航空裝，我幫你弄油。」

艾莫說，「不要這樣，中尉。做起來很輕鬆。你去收拾你的東西。」

我說，「我的東西都收拾好了。我去搬他們留給我們的物資。車子弄好，就開到前面來。」

他們把汽車開到別墅前面，我們裝載了門廳堆放的醫院設備。全部裝好了，三輛車沿著車道在雨中的樹下排成一列。我們走進屋裡。

「到廚房生個火，把你們的東西烘乾，」我說。

皮亞尼說，「我不在乎衣服乾不乾，我要睡覺。」

「我去睡少校的床，」波尼洛說。

「我不在乎睡哪裡，」皮亞尼說。

「這裡有兩張床。」我打開房門。

「我從來不知道那個房間裡有什麼，」波尼洛說。

「那是『老魚臉』的房間，」皮亞尼說。

我說，「你們倆睡那兒。我會叫醒你們。」

「中尉，萬一你睡過了頭，奧軍自會來叫醒我們，」波尼洛說。

我說，「我不睡。艾莫呢？」

「他到廚房去了。」

「睡吧，」我說。

皮亞尼說，「我要睡。我整天坐著打瞌睡。整個腦門都往眼皮上墜。」

波尼洛說，「把靴子脫掉。那是『老魚臉』的床。」

「『老魚臉』在我眼中算不了什麼。」皮亞尼躺在床上，泥濘的長靴直挺挺往外伸，頭枕著手臂。我轉往廚房。艾莫在火爐中升了火，還放了一壺水。

他說，「我想要做一點奶油醱酵點心。我們醒來會肚子餓。」

「你不睏嗎？艾莫？」

「不太睏。等水開了，我就不管它。火會慢慢熄掉。」

我說，「你還是睡一會吧，我們可以吃乳酪和罐頭牛肉。」

他說，「這個比較好。熱食對那兩個無政府主義者有益。你去睡，中尉。」

「少校的房間有一張床。」

「你睡那邊。」

「不，我要上樓到我的老房間。你要不要喝點酒，艾莫？」

「我們走的時候再喝，中尉。現在喝對我沒有好處。」

「再過三個鐘頭你如果醒了，我沒有叫你，你就來叫我好嗎？」

「我沒有錶，中尉。」

「少校房間的牆壁上有一個鐘。」

「好吧。」

於是我穿過餐廳和大廳，由大理石樓梯來到我和雷納迪共住的房間。外面下雨。我走到窗口往外看，天色漸漸轉黑，我看到三輛汽車在樹下排成一列。樹葉在雨中淌水。天氣冷，雨滴凝在樹枝上。我到雷納迪床上躺著，終於睡著了。

出發前我們先在廚房吃東西。艾莫弄了一盆洋蔥加罐頭碎肉的通心麵。我們圍几而坐，喝了兩瓶他們留在別墅地窖的存酒。外面黑漆漆的，雨還下個不停。皮亞尼坐在桌畔，睡意很濃。

波尼洛說，「我喜歡撤退，不喜歡前進。撤退時我們喝巴貝拉乾紅酒。」

「我們現在就喝啦。明天也許要喝雨水，」艾莫說。

「明天我們就到烏蒂娜了。我們會喝香檳。懶鬼都住那兒。醒一醒，皮亞尼。明天我們到烏蒂娜喝香檳！」

「我醒著呀，」皮亞尼說。他裝滿一盤碎肉通心麵。「艾莫，你找不到蕃茄醬嗎？」

「根本沒有，」艾莫說。

「我們到烏蒂娜喝香檳，」波尼洛說。他倒滿一杯清純的巴貝拉乾紅酒。

「你吃飽沒有，中尉？」艾莫問我。

「我吃了很多。把酒瓶遞給我。」

「我爲大家各拿了一瓶，放在車上，」艾莫說。

「你有沒有睡覺？」

「我不需要多少睡眠。我睡了一會。」

「明天我們睡國王的龍床，」波尼洛說。他心情很好。

「我要陪皇后睡，」波尼洛說。他特意看看我對這個笑話的反應。

我說，「閉嘴，你喝了一點酒，就滑稽得可笑。」外面大雨傾盆。我看看手錶。九點半。

「該走啦，」我說著站起來。

「中尉，你要跟誰同車？」波尼洛說。

「跟艾莫。然後你跟來。皮亞尼殿後。我們走柯曼那條路。」

「我真怕睡著，」皮亞尼說。

「好吧。我跟你同車。然後波尼洛。艾莫殿後。」

皮亞尼說，「這是最好的辦法。因爲我好睏。」

「我開車，你睡一會兒。」

「不。只要我知道睡著了有人叫我，我就可以開。」

「我會叫你。把燈火熄掉，艾莫。」

波尼洛說，「你最好別管它，這個地方我們用不著了。」

我說，「我房間裡有一個帶鎖的小皮箱。幫忙拿下來好不好，皮亞尼？」

皮亞尼說，「我們去拿。來吧，波尼洛。」他跟波尼洛走進大廳。我聽見他們上樓梯的聲響。

「這是一個好地方，」艾莫說。他把兩瓶酒和半塊乳酪放進行軍糧袋裡。「再也找不到這麼好的地方了。他們要撤到哪裡，中尉？」

「聽說要過塔格麗雅門都河。醫院和扇形戰線總部設在波頓文。」

「有一個城鎮比波頓文好。」

我說，「波頓文我不清楚。我只路過那兒。」

「不是什麼好地方，」艾莫說。

28

我們駛出城區，小城在暗夜和大雨中空蕩蕩的，只有一列列軍隊和槍砲穿過正街。卡車也不少，有些馬拉車走別的街道，在正街聚合。我們經過製革廠駛向正街的時候，軍隊、卡車、馬拉車和槍砲排成廣大而遲緩的行列。大家在雨中緩慢而規律地往前移，我們那輛車的冷卻器差一點碰到前面卡車的尾板，他們車上的貨物堆得老高，上面加罩了帆布。這時候卡車停下來。整列車隊都受阻了。卡車再度發動，我們前進一點，又停了。我下車往前走，在卡車和貨車之間濕淋淋的馬頸下穿梭。障礙在更前方。我離開路面，踩一塊踏板橫過陰溝，順著陰溝對岸的田野前進。我脫隊在野地行走，隔著樹木看見受阻的人車。步行了一哩左右。那列車馬一動也不動，在受阻車輛的那一邊，步行的軍隊倒通行無阻。我回到車陣中。障礙說不定遠在烏蒂娜那一頭哩。皮亞尼在車上睡著了。我爬上車，坐在他旁邊的座位上，也睡著了。

幾個鐘頭後，我聽見前面的卡車嘎吱嘎吱發動排檔。我叫醒皮亞尼，便出發了，走了幾碼，又停下來，然後再度前進。雨還下個不停。

夜裡大隊人車又進退不得，沒有再開動。我下車到後面去看艾莫和波尼洛。波尼洛車上載了兩個機械士官。我走過去，他們的態度很不自然。

波尼洛說，「他們留在後面破壞一座橋，事後找不到自己的單位，所以我載他們一程。」

「請中尉恩准。」

「照准，」我說。

波尼洛說，「中尉是美國人。誰他都肯載。」

一位士官露出笑容。另一位問波尼洛我是北美還是南美籍的義大利人。

「他不是義大利人。他是北美籍的英國人。」

兩位士官彬彬有禮，卻不相信這句話。我離開他們，回到艾莫車上。他車上載了兩位少女，自己倚在角落裡抽菸。

「好小子，」我說。他笑了。

他說，「跟她們談談吧，中尉。我聽不懂她們的話！」他把手擱在少女大腿上，和和氣氣地捏了她一把。少女用披肩裹緊身子，把他的手推開。他說，「嘿，快把名字告訴中尉，說說妳們在這裡幹什麼。」

「姐妹？」我指指另一位少女說。

她點頭微笑。

「好吧，」我說著拍拍她的膝蓋。我碰她的時候，覺得她身子僵僵的。那位妹妹沒有抬頭。她看起來大約比姐姐小一歲，艾莫把手擱在另一位姑娘腿上，她伸手推開。他卻嘲笑她。

他指指自己，「好人。」又指指我，「好人。妳們別擔心。」少女兇巴巴看著他。兩姐妹像驚弓之鳥。

艾莫說，「她若不喜歡我，爲什麼要搭我的便車？我向她們作手勢，她們立刻上車。」他轉向少女。他說，「別擔心。沒有危險——」卻故意用了一兩個髒字，說成了「沒有地方——」，我看她只聽得懂那些髒字。她望著他，一臉驚惶，用力拉緊披肩。艾莫說，「車子坐滿了，沒有——危險。沒有地方——」每次他說那些髒字眼，少女就更不自然。接著她僵僵硬硬坐著看他，不禁哭了起來。我看到她嘴唇掀動，眼淚滴下飽滿的面頰。她妹妹不抬頭，抓住她的手，兩個人一起坐著。剛才兇巴巴的姐姐改爲啜泣。

艾莫說，「我大概嚇著她了。我無意嚇她。」

他拿出他的行軍糧食，切下兩片乳酪。「喏，別哭了。」他說。

姐姐搖搖頭，還在哭，妹妹接過乳酪吃起來。過了一會，妹妹把第二塊乳酪遞給姐姐，兩個人一起吃。姐姐還微微啜泣。

「她過一會就沒事了，」艾莫說。

他突然想起一件事。「處女？」他問隔壁的女孩子。她猛點頭。「也是處女？」他指指妹妹。兩位少女都點頭，姐姐用方言說了一句話。

艾莫說，「安心，安心。」

兩位少女似乎精神一振。

她們坐在一起，艾莫仰靠在角落內，我撇下他們，回頭來搭皮亞尼的車。車馬一動也不動，但是軍隊繼續由旁邊超過去。雨勢還很大，我想車隊受阻有些是由汽車金屬線淋濕引起的。更可能是馬或人睡著了。不過，就算人人清醒，都市交通照樣會阻塞。交通是馬匹和自動化車輛的組合體。他們彼此幫不上忙。農民的馬拉車也沒有多大的幫助。

艾莫載的是兩位可人兒。撤軍容不下兩位處女。說不定她們信教很虔誠哩。如果不是戰時，我們可能都在床上睡覺。在床上我全身直躺。眠床和硬板。身子僵得像床上的木板。現在凱瑟琳睡在床上，底下鋪了床單，身上也蓋著被單。她向哪一邊側躺？也許她沒有睡著。也許她躺著想我。吹呀，吹呀西風。噢，它吹了，下的不是毛毛雨，而是傾盆大雨哩。下了一整夜。你知道雨下個不停。看哪。基督啊，願我的愛人在我懷中，我又回到床上。我的愛人凱瑟琳。但願我甜密的愛人凱瑟琳從天而降。把她吹回我身邊。好啦，我們都陷在困局中。人人有份，小雨不能加以紓解。我高聲說，「晚安，凱瑟琳，希望妳睡得香甜。達令，如果太不舒服，就翻到另一側吧。我給妳拿些冷水來。再過一會就天亮了，那就不會這麼難受啦。他害妳不舒服，我真抱歉。想辦法睡吧，甜心。」

我一直熟睡呀，她說。你睡覺老說夢話。你沒事吧？

妳真的在嗎？

當然，我在這兒，我不會走。這對我們沒有什麼差別。

妳真可愛，真甜。妳不會半夜溜走吧？

當然不會走。我，永遠在這兒。你找我，我隨時來。

忽聽皮亞尼說，「——他們又開動了。」

「我迷迷糊糊，」我說。我看看手錶。是凌晨三點。我伸手到座位後面拿一瓶巴貝拉乾紅酒。

「你剛才高聲講話，」皮亞尼說。

「我做了一個英語發音的夢，」我說。

雨勢轉小，我們向前開。天亮前我們又受阻了，天亮時分我們正在一塊微微突起的地方，我看見撤軍的道路遠遠向前伸展，除了中間滲出滲入的步兵，一切都停止不動。我們又開始往前移，但是由晨光看車速，我知道我們若想抵達烏蒂娜，非找一路駛出大道，橫過鄉區不可。

夜裡有很多農民從鄉間道路加入大隊軍馬的行列，行列裡有幾輛載了家用物品的貨車；草蓆間伸出一面鏡子，雞鴨綁在車上。我們前面的貨車上有一架縫衣機在淋雨。他們保存了最值錢的東西。有些車上，女人縮成一團，怕雨淋濕，其他的人在車邊步行，儘量不隔得太遠，現在行列中還有家犬，篷車前進時，躲在車下跟著走。路面泥濘不堪，路旁的陰溝水位高漲，在路旁樹木那一頭，田野顯得太陰濕，無法橫越。我下車，沿路想辦法，要找一個能看見前景的地方，尋出一條橫越鄉區的偏道。

我知道偏路很多，但是不想走一條通不出去的死路。我記不清這些偏道，因爲我們老是開車在大道上疾馳，和它們交叉而過，它們看起來都差不多。現在我知道要想通行，非找一條偏道不可。誰也不知道奧軍在哪兒，情勢如何，但是我確定雨一停，飛機來炸那隊車馬時，恐怕一切都完了。到時只要有幾個人撇下卡車，幾匹馬死掉，就能完全堵死路上的行動。

現在雨勢沒有那麼大了，我想天會放晴。我沿著道路邊緣往前走，看到一條夾在兩塊田地間、兩側都有樹籬的北行小路，覺得我們最好走這邊，於是匆匆回到汽車旁。我叫皮亞尼轉彎，又去吩咐波尼洛和艾莫。

「如果通不出去，我們可以掉頭插進隊伍，」我說。

「這兩位怎麼辦？」波尼洛問我。兩位士官坐在他旁邊的座位上。他們沒有刮鬍子，但是清晨仍頗有軍人的氣勢。

「他們推車很管用，」我說。我到後面找艾莫，對他說我們要橫過鄉區。

「我車上的處女姐妹怎麼辦？」艾莫問我。兩位姑娘睡著了。

我說，「她們派不上用場。你該搭載能推車的人。」

艾莫說，「她們可以到後座。車上有地方。」

我說，「你如果要載她們，好吧。找一個胸背寬一點的人來推車。」

艾莫微笑說，「狙擊兵。他們的胸背最寬。他們量過。你心情如何，中尉？」

「很好。你好吧？」

「好。不過肚子餓。」

「路上應該有東西，到時候我們停下來吃。」

「你的腿如何，中尉？」

「很好，」我說。我站在踏板上眺望前方，看見皮亞尼的車子慢慢轉到小偏路，往前行駛，車身在光禿禿的樹籬間顯現。波尼洛轉彎跟上去，然後皮亞尼設法駛出車隊，我們跟著前面兩輛救護車走上樹籬間的狹徑。小路通到一間農舍。我們發現皮亞尼和波尼洛在農家院子裡停車。房舍低矮而修長，門上搭了一個葡萄架。院內有一口水井，皮亞尼打水裝入冷卻器。低檔行車把冷卻器的水煮乾了。農舍已成荒宅。我回頭看看路面，農舍位於平原頂端的一處小高地，我們可以俯視鄉景，看見道路、樹籬、田地和撤車那條大道旁的一列樹木。

兩名士官搜撿房屋內外。兩位少女也醒了，望著庭院、水井和屋前的兩輛大救護車，三名司機都在井邊。其中一位士官手拿一個壁鐘出來。

「放回去，」我說。他看看我，走進屋內，空手出來。

「你的同伴呢？」我問他。

「他上廁所。」他爬上救護車前座。他怕我們撇下他。

波尼洛說，「早餐呢，中尉?我們可以吃點東西。不會耽擱多久。」

「你認爲這條反方向的路能通出去?」

「一定可以。」

「好吧。我們吃東西。」皮亞尼和波尼洛走進屋內。

「來吧，」艾莫對兩位少女說。他伸手扶她們下車。姐姐搖搖頭，她們不肯走進任一間荒宅。她們目送我們。

「她們很頑固，」艾莫說。我們一起走進農舍，房子很大，黑漆漆的，給人荒涼的感覺。波尼洛和皮亞尼在廚房裡。

皮亞尼說，「沒有什麼好吃的。他們清掃一空。」波尼洛在厚重的廚房台子上切一大塊白乳酪。

「乳酪是哪裡發現的?」

「在地窖。皮亞尼還找到酒和蘋果。」

「真是一頓好早餐。」

皮亞尼正在拔一個柳條蓋酒罈子的軟木塞。他把酒罐傾斜，倒了滿滿一銅鍋。他說，「氣味還不錯。艾莫，找幾個酒杯來。」那兩位士官走進來。

「吃點乳酪吧，士官，」波尼洛說。

「我們該走了，」其中一位士官邊吃乳酪邊喝酒說。

「我們會走的。別擔心，」波尼洛說。

「軍隊靠肚子行進，」我說。

「什麼？」

「還是吃一點好。」

「是的。不過時間寶貴。」

「我相信這兩個雜種已經吃過了，」皮亞尼說，士官看看他。他們討厭我們這一群人。

「你認得路？」其中一位問我。

「不，」我說。他們面面相覷。

「我們想儘快動身，」頭一位說。

「我們要動身了，」我說。我又喝了一杯紅酒。吃了乳酪和蘋果以後，酒味好極了。

「把乳酪帶來，」我說著走出門外。波尼洛抱著那一大罈酒出來。

「太大了，」我說。他惋惜地看看它。

他說，「我想是吧。水罐拿來給我裝。」他裝滿幾罐，部分酒汁流到庭院的石板上。然後他抱起酒罐子，放在門口內側。

「奧軍不用撞門就可以看到，」他說。

我說，「我們上路吧。皮亞尼和我走前面。」兩位機械士官已經坐在波尼洛旁邊的位子上。少女正在吃乳酪和蘋果。艾莫在抽菸。我們順著狹徑往前開。我回頭看看後面跟上來的兩部車和那間農舍。那是一棟可愛、低矮、堅固的石屋，水井的鐵製工程做得很好。道路前方狹窄又泥濘，兩邊各有一道高樹籬。後面的車子緊緊跟上來。

29

中午我們陷在一條爛泥路上，就我們估計，離烏蒂娜大約十公里。上午雨停了，我們三度聽見飛機來襲，看它們由頭頂飛過，遙望它們向左遠颺，又聽見它們轟炸主公路的聲音。我們穿行一套次級公路網，走了不少死路，不過一直倒車找路的結果，我們離烏蒂娜愈來愈近了。這時艾莫倒車想退出死路，不幸陷在旁邊的爛泥裡，輪子飛快轉動，愈陷愈深，車子終於完全不動了。現在唯一的辦法就是由輪子前方挖掘，墊入柴枝，使鍊帶扣牢，然後把車子推上路面。我們都在路上圍著車子。兩名士官看看汽車，並檢查車輪。然後他們悶聲不響，沿著路面開溜。我追上他們。

我說，「來，砍些柴枝。」

「我們非走不可，」其中一位說。

我說，「動手，去砍柴枝。」

「我們非走不可，」其中一位說。另外一個沒有說話。他們急著要走。他們的眼睛不看我。

「我命令你們回到車邊砍柴，」我說。那名士官轉過身子說，「我們非走不可。再過一會兒你們的退路會被人截斷。你不能命令我們。你不是我們的軍官。」

「我命令你們砍柴枝，」我說。他們轉身沿著路面走。

「停，」我說。他們繼續走上兩邊有樹籬的泥濘道路。「我命令你們停，」我叫道。他們又走了一段路。我打開槍袋，拿出手槍，瞄準那個話最多的士官，開了一槍。我沒射中，他們開始狂奔。我開了三槍，打中其中一個。另外一個鑽過樹籬，消逝得無影無蹤。他奔過田野的時候，我隔著樹籬向他開火。手槍發出咔啦咔啦的空響，我裝上另一個彈夾。我看距離太遠，不可能打中第二位士官了。他遠在田野那一頭，拚命跑，腦袋低低的。我在空彈夾中補上子彈。波尼洛走上來。

「我去打死他，」他說。我把手槍遞給他，他走到第一位機械士官俯臥的路面。波尼洛彎下身子，將手槍頂著那人的腦袋，勾扳機。手槍並未射出子彈。

「你得先扣住，」我說。他先扣住扳機，再開了兩槍。他抓住士官的雙腿，把他拖到路旁，讓他躺在樹籬邊。他走回來，手槍遞給我。

「婊子養的，」他說。他看看士官的屍體。「你看到我開槍了吧，中尉？」

我說，「我們得趕快砍柴枝。我有沒有打中另外一個？」

艾莫說，「我想沒有。距離太遠，手槍打不到。」

「下流的飯桶，」皮亞尼說。我們砍削大大小小的枝椏。車上的東西都搬出來了。波尼洛在車輪前面猛挖。一切就緒以後，艾莫發動汽車，拉上排檔。車輛飛快轉動，彈起不少柴枝和爛泥。波尼洛和我用力推，弄得關節嘎嘎響。汽車一動也不動。

「前後擺動，巴特，」我說。

他倒發引擎，然後向前。輪子反而愈陷愈深。這時候車輪空轉，車身又停止不動了，車輪在坑洞中飛轉自如。我挺起身軀。

「我們用繩子拖拖看，」我說。

「我想沒有用，中尉。直拖不行。」

我說，「我們非試不可。別的辦法都弄不出來。」

皮亞尼和波尼洛的汽車只能沿著窄路直開。我們用繩子把兩輛車繫在一塊兒，拖拉後車。結果車輪淨頂著轍跡向旁邊移動。

我大喊，「沒有用。停。」

皮亞尼和波尼洛下車走回來。艾莫也下車。少女坐在路旁相距四十碼的一座石牆上。

「你說怎麼辦，中尉？」波尼洛問我。

「我們挖挖土，再墊些柴枝試試看，」我說。我看看路面那一頭。都怪我。是我把他們帶到這兒來的。雲背的太陽快要出來了，士官的屍體躺在樹籬邊。

「我們把他的外衣和斗篷墊在車下，」我說。波尼洛去拿。我砍柴枝，艾莫和皮亞尼在車前和車輪掘土。我割破斗篷，撕成兩塊，墊在爛泥中的車輪底下，然後堆放柴枝，讓車輪接觸。我們準備動手了，艾莫爬上車座，發動汽車。車輪飛轉，我們拚命推拚命推。但是一點用處都沒有。

我說，「這輛車完蛋了。車上還有什麼你要的東西，艾莫？」

艾莫跟波尼洛爬上車，取出乳酪、兩瓶酒和他的斗篷。波尼洛坐在車輪後方，搜查士官外衣的口袋。

我說，「最好扔掉那件外衣。車上的處女怎麼辦？」

皮亞尼說，「她們可以坐後面。我想路程不遠了。」

我打開救護車的後門。

我說，「來吧，進去。」兩位少女爬上車，坐在角落裡。她們似乎沒注意到槍殺的事情。我回頭看看路面。士官穿著髒兮兮的長袖內衣躺在那兒。我跟皮亞尼上車，我們動身了。我們想橫過田野。道路轉入田間，我下車走到前面去探路。若能橫越這塊田，那一端倒有路可走。但我們過不去。田地太軟太爛，汽車無法通行。最後兩輛車完全開不動了，車輪連車轂都陷在泥中，我們只得把汽車拋在田裡，步行前往烏蒂娜。

我們來到和公路幹道相通的那條路，我指給兩位少女看

我說，「到那邊去。妳們會碰到路人。」她們看看我。我抽出皮夾，各給她們一張十里拉的鈔票，我邊說邊指，「到那邊去。朋友！家人！」

她們聽不懂，但是她們緊抓著鈔票，沿路面向前走。她們回頭看看，彷彿怕我把錢收回來似的。我目送她們，她們的披肩緊裹在身上，以感激的目光回頭看我們。三位司機笑了。

「中尉，我往那個方向走，你給我多少錢？」波尼洛問我。

「她們若被抓，在人群中比單獨兩個來得安全，」我說。

「給我兩百里拉，我直接回頭向奧國走去。」

「他們會沒收，」皮亞尼說。

「說不定那時戰爭已結束了，」艾莫說。我們儘快往前走。太陽若隱若現。路邊有桑樹。隔著樹身，我看到深陷在田間裡的兩輛大救護車。皮亞尼也回頭張望。

「他們得築一條路，才能把那兩輛車開出來，」他說。

「我向基督許願，希望我們有輛腳踏車，」波尼洛說。

「美國人騎不騎腳踏車？」艾莫問道。

「以前大家常騎。」

艾莫說，「在這裡可不得了喔。腳踏車是了不起的東西。」

波尼洛說，「我向基督許願，希望我們有腳踏車。我走不動了。」

「那是不是槍聲？」我問道。我彷彿聽見遠處有槍聲。

「我不知道，」艾莫說。他仔細聆聽。

「我想是，」我說。

「我們會先看到騎兵。」

皮亞尼說。「他們沒有騎兵。」波尼洛說，「基督啊，但願沒有。我可不想被騎兵刺一槍。」

「你槍殺了那名士官，中尉，」皮亞尼說。我們走得很快。

波尼洛說，「最後是我打死的。這場戰爭裡我沒有殺過人，我一生都想殺個士官過過癮。」

皮亞尼說，「你穩穩當當殺了他。你殺他的時候，他並沒有奔逃。」

「沒關係。這件事我永遠記得。我殺了一名士官。」

「你懺悔的時候怎麼說？」艾莫問他。

「我會說，神父，祝福我吧，我殺了一名士官。」他們都笑了。

皮亞尼說，「他是無政府主義者。他不做禮拜。」

「皮亞尼也是無政府主義者，」波尼洛說。

「你們真的是無政府主義者？」我問道。

「不，中尉。我們是社會主義者。我們是伊莫拉人。」

「你以前沒到過那邊？」

「沒有。」

「憑基督發誓，那是個好地方，中尉。你戰後到那兒，我們給你看幾樣東西。」

「你們都是社會主義者？」

「人人都是。」

「那是一座優美的城鎮？」

「美極了。你從來沒看過那樣的城市。」

「你們怎麼會變成社會主義者？」

「我們都是社會主義者。人人都是社會主義者。我們素來是社會主義者。」

「你來，中尉。我們也使你變成社會主義者。」

前面的道路向左拐，有一個小丘，石牆過去是一個蘋果園。道路坡度往上升以後，他們不再說話。我們一起疾走，想和時間抗衡。

30

後來我們走上一條通往河邊的道路。與橋樑相通的路面上有一大排廢棄的卡車和馬車。眼前看不到半條人影。河水高漲，橋樑中間被人炸掉了；半圓的石橋面掉進河裡，棕黃的河水由上面流過。我們走到岸邊，想找個地方渡河。再上去我知道有一座鐵路橋，我想我們大概能由那邊走到對岸。小徑潮濕又泥濘。我們沒看到軍隊，只見荒棄的卡車和店鋪。河岸邊除了濕灌木和爛泥土，什麼都沒有。我們走上河岸，最後終於看到那座鐵路橋。

「好漂亮的一座橋，」艾莫說。那是一座平凡的長鐵橋，橫跨在往日的乾河床上。

「趁他們沒來炸橋以前，我們趕快過去吧，」我說。

皮亞尼說，「沒有人來炸橋。他們都走了。」

波尼洛說，「說不定埋了地雷。你先走，中尉。」

艾莫說，「聽聽這個無政府主義者的話，竟叫長官先走。」

我說，「我先走好了。不可能埋地雷專炸一個人。」

皮亞尼說，「你瞧。這就叫做腦筋。你爲什麼沒有腦筋呢，無政府主義者？」

「我如果有腦筋，我就不會來這裡了，」波尼洛說。

「這話不錯嘛，中尉，」艾莫說。

「不錯，」我說。現在我們靠近鐵橋了。天空再度佈滿烏雲，下起毛毛雨。鐵橋顯得又長又結實。我們爬上堤岸。

「一次來一個，」我說著先過橋。我注意枕木和鐵軌，察看有沒有絆線和炸藥的形跡，但是沒有發現什麼。在枕木的空隙下方，河水黃濁濁奔流而逝。濕漉漉的鄉區那一頭，可以看見雨中的烏蒂娜。我一面過橋一面回頭看。河川上游還有一座橋。這時候一輛黃泥色的汽車通過橋面。橋欄很高，汽車一上橋就看不見了。但是我看到司機的腦袋、坐在他旁邊的人、和後座的兩位乘客。他們都戴著德國鋼盔。接著汽車走到對岸，消失在樹木和廢棄的車輛後方。我向正在過橋的艾莫揮手，又揮手叫其他的人跟過來。我爬下鐵橋，蹲在鐵路堤防旁邊。艾莫跟著我蹲下。

「你看到那輛車沒有？」我問他。

「沒有。我們都盯著你。」

「一輛德軍參謀車走過上面那座橋。」

「參謀車？」

「是的。」

「聖母瑪利亞！」

另外兩個人來了！我們都蹲在堤背的爛泥裡，隔著枕木眺望那座橋、那排樹、以及陰溝和路面。

「那你認為我們的退路已被截斷囉，中尉？」

「我不知道。我只知道一輛德軍參謀車沿著那條路走。」

「你不覺得古怪嗎，中尉？你腦子裡沒有奇異的感覺？」

「別耍寶，波尼洛。」

皮亞尼問道，「喝一口酒如何？我們的退路若被人截斷了，我們還是喝一口酒吧。」他解下他的水罐，拔開軟木塞。

「看！看！」艾莫說著，指指路面那邊。在石橋頂端可以看見德軍的鋼盔正在移動。他們身體前彎，從容而幾乎不可思議地往前走。他們走出橋面的時候，我們看清楚了。原來是腳踏車部隊。我看到頭兩名的面孔。他們精神飽滿，看來很健康，鋼盔低低罩著額頭和面孔的兩側。卡賓槍挾在腳踏車的骨架上。連發炸彈柄朝下，掛在皮帶下面。他們的鋼盔和灰色軍服都濕了，騎車的姿態很逍遙，眼望前方和左右兩面。兩個——然後四個排成一列。接著又兩個——然後來了十幾個人，又來了十幾個——最後是一個人單獨走。他們沒有說話，即使說了我們也聽不見，因爲水聲嘩啦嘩啦響。他們沿著路面走得無影無蹤。

「聖母瑪利亞，」艾莫說。

皮亞尼說，「他們是德國人，不是奧國佬。」

我說，「這邊爲什麼沒有人抵擋？他們爲什麼不把橋炸掉？這道堤防線爲什麼沒有部署機關槍？」

「還是你告訴我們吧，中尉。」波尼洛說。我閉上嘴巴。這不關我的事；我的任務是把三輛救護車帶到波頓文。我失敗了。現在我只要空手到波頓文就成了。說不定我連烏蒂娜都到不了呢。混蛋，我到不了。最要緊的就是冷靜，千萬別中槍或被擄。

「你有沒有打開的水罐？」我問皮亞尼。他遞給我。我喝了一大口。我說，「雖然不趕時間，我們還是動身吧。你們想不想吃東西？」

「沒有歇息的地方，」波尼洛說。

「好吧。我們走。」

「我們要不要一直走這邊——免得被人看見！」

「我們還是走上面。他們也可能走這橋。我們不希望還沒看到他們，他們就來到我們頭頂。」

我們沿著鐵路走。兩邊各有一大片濕濕的平原。平原那一端是烏蒂娜丘陵。丘上的樓閣屋頂斜向另一邊，我們看得見鐘樓和鐘塔。田野間有不少桑樹。前面有一個地方鐵軌拆掉了。枕木也被人挖出來，丟在路堤下面。

「下去！下去，」艾莫說。我們滑下路堤邊。路上又有一群腳踏車騎士經過。我由堤邊偷看，看他們繼續往前走。

「他們看到我們，卻繼續前進，」艾莫說。

「走那邊我們會送命，中尉，」波尼洛說。

我說，「他們不是找我們。他們別有目標。他們若突然來到頭頂，我們更危險。」

「我寧可走這邊，沒有人看見，」波尼洛說。

「好吧，隨你。我們順著鐵軌走。」

「你認為我們能穿過去嗎？」艾莫問我。

「一定可以。他們人數還不太多。我們晚上穿行。」

「那輛參謀車在幹什麼？」

「天知道，」我說。我們繼續沿著鐵軌前進。波尼洛在堤防的爛泥堆中走膩了，爬上來跟我們一起走。現在鐵軌向南偏，離公路愈來愈遠，我們看不見公路上的交通情形。運河上的一座短橋被人炸壞了，但是我們由橋墩的廢柱爬過河。

我們走運河這一端的鐵路。它繞過低低的田野，筆直通向城區。我們看見前頭其他的鐵路線。北邊是我們遇見腳踏車軍隊的大公路；南邊有一條田間小岔路，道路兩旁都有濃密的樹蔭。我認為我們最好抄向南面，由那條路繞過城區，再橫越鄉間走向培波福米奧，以及通向塔格麗雅門都河的大公路。我們可以不走撤退的主線，一直走烏蒂娜那頭的次級道路。我知道有許多偏道橫過平原。我順著堤岸往下走。

「來吧，」我說。我們要走向偏道，設法繞經城南。我們都順著堤岸往下走。忽然，偏道上有人對我們開了一槍。子彈射進堤防的爛泥裡。

「退回去，」我大叫。我往堤岸上爬，在爛泥裡滑了一跤。三位司機在我前面。我儘快往堤岸上爬。密蔭裡又射出兩顆子彈，艾莫正跨越鐵軌，身子一歪，失足俯跌在地上。我們把他拉到另一邊，身子翻過來。「他的腦袋應該朝上，」我說。皮亞尼把他的身體轉了一個方位。他躺在堤防邊的爛泥裡，雙足朝下，呼吸帶血，很不規則。我們三個人在雨絲裡蹲著俯視他。他的頸背中彈，子彈向上斜走，從右眼窩出來。我正為兩處彈坑止血，他已斷了氣。皮亞尼把他的腦袋放下來，用一塊緊急繃帶為他擦臉，然後停止動作。

「狗娘養的，」他說。

我說，「他們不是德國人。那邊不可能有德軍。」

「義大利人，」皮亞尼把這三個字眼當做渾號，「義大利人！」波尼洛一語不發。他坐在艾莫身旁，眼睛不看他。剛才艾莫的帽子滾下堤岸，皮亞尼過去撿起來，蓋在他臉上。他拿出水罐。

「你要不要喝一口？」皮亞尼把水罐遞給波尼洛。

「不，」波尼洛說。他轉向我。「我們走鐵軌隨時會發生這種事情。」

我說，「不！是因爲我們穿過野地。」

波尼洛搖搖頭。他說，「艾莫死了。下次輪到誰死，中尉？現在我們去哪裡？」

我說，「開槍的是義大利人，不是德國人。」

「如果是德國人，我想會把我們全部幹掉，」波尼洛說。

我說，「義大利人對我們比德軍更危險。後衛看到什麼都怕。德軍知道他們的目標是什麼。」

「這是你的推論，中尉，」波尼洛說。

「我們現在去哪裡？」皮亞尼問道。

「我們還是找個地方躲一躲，天黑再走。我們若能到南邊，就沒事了。」

波尼洛說，「他們會把我們全部槍斃，證明頭一次開槍是對的。我不想冒險。」

「我們儘量找一個接近烏蒂娜的地方躲一躲，天黑再穿過去。」

「那就走吧，」波尼洛說。我們走堤岸的北側。我回頭望。艾莫的屍體躺在堤防角隅的爛泥中。他個子很小，手臂放在身旁，打著綁腿的雙足和泥濘的長靴併攏在一處，帽子蓋在臉上。他看起來陰森森的。天空下著雨。我喜歡他，不下於任何一個我認識的人。我把他的文件放進口袋，打算寫信給他的家人。

田野那頭有一間農舍。四周種了樹木，農場大樓建在住宅旁邊。二樓有陽台，由列柱支撐著。

我說，「我們還是相隔一段距離吧。我先走。」我向農舍走去。田間有一條小路相通。

穿過田野的時候，我一心想著有人會從農舍附近的樹叢或者農舍本身向我們開火。我向農舍走去，屋外一目了然。二樓的陽台通入穀倉，列柱間有茅草浮現。庭院是石塊鋪成的，樹木都在淌雨水。有一輛空的二輪貨車，車杠在雨中高高翹起。我走向庭院，穿行而過，站在陽台的蔽蔭下。屋門大開，我走了進去。波尼洛和皮亞尼跟在後面進屋。裡面黑漆漆的。我到後面的廚房。敞開的大灶有煙灰。水壺掛在火灰上，但是灶裡空空如也。我環顧四周，找不到吃的東西。

我說，「我們該躲在穀倉裡。皮亞尼，你能不能找些吃的東西，拿到那邊去？」

「我找找看，」皮亞尼說。

「我也找找看，」波尼洛說。

我說，「好吧，我上樓看看穀倉。」我找到一道石梯，由樓下的馬廄通上去。外面下雨，馬廄的氣味聞起來十分乾爽。牛群一隻不剩，可能是他們離家時運走了。穀倉堆了半屋子的茅草。屋頂上有兩個天窗，一個用木板堵死，另外一個是北側的狹形老虎窗。倉內設有斜槽，可將茅草送下去餵牛。樓下是主地面，茅草運進來準備往上送的時候，運草車便駛進那兒，穀倉有一處大孔穴直通樓下，樑木橫過大孔穴上空。

我聽到屋頂上雨聲叮咚響，聞到茅草的氣味，下樓還聞到馬廄裡乾肥料的清新氣息。我們可以撬鬆一塊板子，由南窗俯視庭院。另一扇窗戶面對北邊的田野。萬一樓梯不能用，我們可以由任何一扇窗子爬出去，由屋頂爬下樓，或者由茅草斜槽滑下去。這是大穀倉，萬一聽見人聲，我們可以躲在茅草堆裡。看來是一個好地方。他們若不向我們開火，我相信我們可以穿過戰線抵達南方。那邊不可能有德軍。他們由北方來，走西維達爾通過來的大道。他們不可能由南方攻進來。相形之下，義大利人更危險。他們嚇壞了，見人就開槍。昨夜撤軍時，我們聽說北面有很多德國人穿義大利軍服，混在撤軍行列裡。我不相信。戰時你老是聽見這種說法。敵人老用這一套來對付你。你就沒聽過半個我方人員穿德軍制服去擾亂敵陣。也許有人這麼做，不過聽來很困難。我不相信德國人這麼做。我不相信他們有必要如此。沒有必要擾亂我方撤退。軍隊多，道路少，自會一塌糊塗。沒有人下命令，還管什麼德軍？不過，他們會把我們當做德軍，向我們開火。艾莫就死在他們的槍彈下。

茅草的氣味芬芳，躺在穀倉的草堆裡，我一下子回到了童年。我們曾躺在茅草堆裡聊天，看麻雀棲在倉壁頂端的三角形切口，就用汽槍打牠們。現在穀倉沒有了，有一年他們砍栂樹，原來的樹叢如今只剩殘樁、曬乾的樹頂、樹枝和柴火。時光不倒流。你若不往前走，結果如何？你永遠回不了米蘭。你若回米蘭，會有什麼結果？我聆聽北面烏蒂娜附近的槍聲，聽出是機關槍的射擊。沒有砲轟。這一點值得注意。沿路一定有軍隊。我利用穀倉的微光往下看，看到皮亞尼站在拖運地板上。他腋下夾著一根長長的香腸、一罐不知道什麼東西，還有兩瓶酒。

我說，「上來吧。有梯子。」然後我想到自己該幫他拿東西，就走到樓下。剛才躺在茅草堆裡，腦袋迷迷糊糊的。我都快睡著了。

「波尼洛呢？」我問他。

「待會兒告訴你，」皮亞尼說。我們爬上梯子。然後把東西一一擺在茅草上。皮亞尼拿出那隻帶有螺旋錐的小刀，拔出一瓶酒的軟木塞。

他說，「上面加了封蠟，一定是好酒。」他泛出笑容。

「波尼洛呢？」我問他。

皮亞尼看看我。

他說，「他走了，中尉。他要去當降俘。」

我一言不發。

「他怕在這裡會送命。」

我拿起那瓶酒，沒有說話。

「你知道我們對這場戰爭毫無信念，中尉。」

「你爲什麼不走？」我問他。

「我不想離開你。」

「他去哪裡？」

「我不知道，中尉。他走了。」

我說，「好吧。請你切香腸好不好？」

皮亞尼在微光中看看我。

「我們邊談我邊切，」他說。我們坐在茅草堆裡吃香腸，喝酒。這一定是他們留待婚禮用的佳釀。年代久遠，顏色都褪光了。

我說，「皮亞尼，你看著這扇窗子外面。我去守另外一扇窗戶。」

我們各喝一瓶酒，現在我拎著自己的酒瓶過去，平躺在草堆上，由狹形老虎窗眺望濕淋淋的鄉野。我不知道我自以爲會看到什麼，不過除了田地、禿桑和雨絲，視線裡什麼都沒有。我喝酒，心情並不愉快。佳釀保存太久，品質和顏色盡失。我望著外面天色轉黑；黑得很快。今晚將是黑漆漆的雨夜。天黑以後，守望也沒有用，所以我來到皮亞尼身邊。他睡著了，我沒叫醒他，只在他身邊坐了一會。他體型高大，睡覺睡得很沉。再過一會我叫醒他，我們便出發了。

那是一個非常奇特的夜晚。我不知道該預料什麼遭遇——也許是死亡、暗夜的槍擊和狂奔，結果卻什麼事情都沒有。一營德軍經過時，我們順著大道旁的陰溝平躺，等他們走了，我們過馬路往北走。陰雨未停，有兩次我們離德軍很近，但他們沒看到我們。我們行經城外向北走，沒看到半個義大利人，不久便來到撤軍的主道，整夜向塔格麗雅門都河的方向進發。我不知道撤退的規模有多大。軍隊遷移，全鄉區的人口也遷移。我們走了一夜，速度比車子還要快。我的腿傷發作，而且筋疲力盡，但是我們飛快往前趕路。波尼洛決定去當降俘，我覺得真傻氣。沒有危險嘛。我們已穿過兩個部隊的陣營，沒出過什麼意外。要不是艾莫被殺，此行看不出任何危險。昨天我們暴露在鐵路沿線的時候，沒有人來打擾我們。槍擊來得突然，而且毫無道理。不知道波尼洛如今在什麼地方？

「中尉，你覺得如何？」皮亞尼問我。此刻我們正走在一條擠滿車輛和軍隊的路上。

「很好。」

「我走都走膩了。」

「噢，我們現在只管走路。我們不用操心。」

「波尼洛是傻瓜。」

「他的確是傻瓜。」

「你要怎麼處置他，中尉？」

「我不知道。」

「你不能把他寫成被俘虜嗎？」

「我不知道。」

「你知道，戰爭如果繼續下去，他們會痛整他的家人。」

旁邊有一名士兵說，「戰爭不會繼續下去。我們快要回家了。戰爭已結束。」

「人人都要回家。」

「我們都回家。」

「走吧，中尉，」皮亞尼說。他想超越這一群人。

「中尉？誰是中尉？打倒軍官！打倒軍官！」

皮亞尼抓住我的手臂。他說，「我還是叫你的名字吧。他們也許會找麻煩。聽說有人射殺軍官。」我們超到前面去。

「我不會提出害他家人遭殃的報告，」我繼續剛才的話題。

皮亞尼說，「如果戰爭結束，倒沒有關係。但是我不相信戰爭已收場。戰爭不會這麼容易結束的。」

「我們馬上就知道了，」我說。

「我不相信戰爭結束。他們都以為結束了，但是我不相信。」

一名士兵大喊，「和平萬歲！我們要回家囉。」

皮亞尼說，「我們都回家多好。你不想回家嗎？」

「想。」

「我們永遠回不去。我不相信戰爭打完了。」

「回家去！」一名士兵大喊。

皮亞尼說，「他們扔掉步槍。行軍的時候解下來甩掉。然後大叫大喊。」

「他們該保住自己的步槍。」

「他們以為步槍扔掉，上級就不能叫他們打仗了。」

在暗夜和細雨中，我沿著路邊走，看到很多軍隊還帶有步槍。在斗篷中高高隆起。

「你們是什麼營？」一個軍官叫道。

有人大喊，「和平營，和平營！」軍官沒有說話。

「他說什麼？軍官說什麼？」

「打倒軍官。和平萬歲！」

「走吧，」皮亞尼說。我們由兩輛荒棄在車陣裡的英國救護車旁邊經過。

皮亞尼說，「是葛瑞齊亞來的。我認識這兩輛車。」

「他們開得比我們遠。」

「他們先出發。」

「不知道司機人在哪裡？」

「大概在前面吧。」

我說，「德國人停在烏蒂娜城外。這些人都要過河。」

皮亞尼說，「是的，我認為戰爭會繼續，就是這個原因。」

我說，「德國人可以繼續攻過來。不知道他們為什麼不繼續攻。」

「我不知道。我對這場戰爭一無所知。」

「我猜他們在等運輸工具。」

「我不知道，」皮亞尼說。他獨處的時候，溫和多了。和大家在一起，說話就很粗獷。

「你結婚沒有，皮亞尼？」

「你明知道我結過婚了。」

「所以你不想當俘虜？」

「這是一個理由。你結婚沒有，中尉？」

「沒有。」

「波尼洛也沒有。」

「你不能憑一個人結過婚來判斷什麼。不過我想有婦之夫一定想回到妻子身邊，」我說。我樂於談談妻子。

「是的。」

「你的腳怎麼樣？」

「腫得厲害。」

天亮前我們抵達塔格麗雅門都河的河岸，順著水位高漲的河流走到一座橋邊，所有人車都要過這座橋。

皮亞尼說，「他們應該能據守這條河。」暗夜中水勢漲得很高。渦流處處，河面寬廣。木橋長約四分之三哩，河水在佈滿石堆的寬河床上流經一條條的窄水道，水位都快貼近木製橋板了。我們沿著岸邊走，然後插進過橋的人群中。我冒雨慢慢在橋面上走了一兩呎，前前後後擠滿人車，一門大砲的彈藥箱正好在我前面，我由橋邊打量河水。現在不能照自己的步調走，我覺得好疲倦。過橋沒什麼快樂可言。如果換成大白天，一架飛機來轟炸，不知道是什麼光景。

「皮亞尼，」我說。

「我在這兒，中尉。」他擠在前面不遠的地方。沒有人說話。大家都想儘快過橋；腦子裡只想這件事。我們快要到對岸了。橋那頭有軍官和憲兵站在兩邊用燈光照人。我望見他們的身影和地平線相映成趣。我們走近的時候，我看到一名軍官指著行列中的某一個人。憲兵走進去，抓著他的手臂出來，把他拖離路邊。

我們快走到他們的對面了。軍官正細細檢查行列中的每一個人，有時候彼此交談，上前用燈光照某一個人的面孔。我們還沒來到對面，他們正好又抓走一個人。我看到那個人的外貌。他是陸軍中校。他們用燈照他，我看見他袖子上的方框星幟。他頭髮灰白，身材矮胖。憲兵把他拉到那排軍官後面。我們來到對面的時候，我發現有一兩個人在看我，穿過行列邊緣向我走來，然後覺得他抓住我的領子。

「你怎麼回事？」我說著打他一記耳光。我看見他帽緣下的面孔、上翹的鬍鬚和他臉頰上的鮮血。另外一個人匆匆走向我們。

「你怎麼回事？」我說。他不答腔。他想找機會抓我。我把手臂伸到後面去解手槍。

「你不知道你不能碰軍官嗎？」

另外一個人由後面抓住我，把我的手臂往上拉，這一來肩窩是倒擰的。我不得不隨著他的動作轉身，另外一個人乘機抓住我的脖子。我踢他的脛骨，左膝頂入他的外陰部。

「抵抗就槍殺他，」我聽到有人說。

「這是什麼意思？」我想大喊，但是聲音不太大。現在他們把我拖到路邊。

一名軍官說，「抵抗就槍斃他。把他拉到後面。」

「你是誰？」

「你自然會知道。」

「你是誰？」

「戰地憲兵，」另一名軍官說。

「你爲什麼不叫我站出來，卻叫這些菜鳥來抓我？」

他們不答腔。他們用不著回答。他們是戰地憲兵部隊的軍官。

頭一位軍官說，「把他拖到後面，和其他的人排在一起。你瞧。他說義大利話有一種口音。」

「你也有哇，你這雜種，」我說。

「拖到後面和其他的人排在一起，」頭一位軍官說。他們把我拉到路邊的軍官行列後面，面向著河邊野地的一群人。我們走向他們的時候，槍響了好幾次。我看到步槍的火光，也聽到子彈射出的聲音。我們來到人堆裡。有四名軍官站在一塊兒，他們前面的一位男子左右各站一名憲兵。有一群人由憲兵看守著。另外四名憲兵站在偵詢官附近，身子倚在卡賓槍上。他們是戴寬邊帽的軍事警察。押我到人群中的兩個人等著接受問話。我看看軍官們正在審問的那個人。他就是剛才被抓出行列的那位矮胖灰髮的陸軍中校。偵詢官具有專門開槍、自己不挨槍子的那一類義大利人特有的效率、冷靜和自制氣質。

「哪一營？」

他向他們報告。

「你爲什麼不跟你們聯隊在一起？」

他向他們報告。

「你不知道軍官該和軍隊在一起嗎？」

他知道。

就只這麼一句。另外一名軍官說話了。「就是你們這種人讓蠻軍踏上祖國神聖的泥土。」

「麻煩你再說一遍，」陸軍中校說。

「就是因爲你們這些人叛國，我們才失去勝利的果實。」

「你有沒有參加過撤軍？」陸軍中校說。

「義大利永遠不該撤軍。」

我們站在雨中，聆聽這句話。我們面對偵詢官，犯人站在前面，微微偏向我們的一側。

陸軍中校說，「你如果要槍斃我，請立刻動手，不用再問了。這種偵詢實在夠愚蠢。」他在胸前畫了一個十字。軍官彼此交談。其中一位在一疊拍紙簿上寫了幾個字。

「棄軍私逃，下令槍斃，」他說。

兩名憲兵把陸軍中校帶到河邊。他在雨絲中走著——一位脫掉軍帽的老人，兩邊各守著一名憲兵。我沒看到他們槍斃他，不過我聽見了槍響。他們正在詢問另外一個人。這位軍官也和軍隊走散了。對方不容他解釋。他們唸出紙上的判決，他號啕大哭，他們帶他走，他也哭，他們槍斃他的時候，又偵詢另外一個人。問過話的人拉去槍斃時，他們一定緊接著偵詢下一位。這一來他們便認爲自己對這件事已無可奈何了。我不知道我該等著接受偵詢，還是現在逃走。

在他們眼中，我必定是穿義大利軍服的德軍。我知道他們的腦筋如何運轉：如果他們還有腦筋，還能運轉的話。他們都是年輕人，都在拯救國家。第二軍正在塔格麗雅門都河彼岸重新編整。凡是和軍隊走散的少校級以上軍官全部槍斃。他們還當場處決穿義大利軍服的德國煽動者。他們頭戴鋼盔。我們這一群只有兩個人戴鋼盔。部分戰地憲兵也戴了。其他的戰地憲兵則戴寬邊帽。我們叫他們「菜鳥」。我們站在雨中，一次被抓出一個來問話，然後槍斃。到目前爲止，他們每問一個，就槍斃一個。偵詢官就像一切掌握生殺大權、自己卻沒有生命危險的人，表現出美妙的超然態度，儼然對嚴苛的正義忠心耿耿。他們正在偵詢一名前線軍團的上校團長。他的那個團呢？

我看看這些戰地憲兵。他們眼睛望著新抓來的人。另外幾個正在看那名上校。我身子一蹲，在兩個人中間推了一把，往河邊跑去，腦袋低低的。我在河邊上絆了一跤，嘩啦一聲跳下水。河水冷冰冰，我儘量潛在水裡不出來。我覺得激流捲得我昏頭轉向，我悶在水裡，真以爲永遠上不來了。我浮出水面，呼吸一口，又潛下去。穿這麼多衣服，又穿了長靴，潛在水裡並不難。第二次浮出水面，我看到前面有一根木材，就伸手去抓，牢牢不放。我把腦袋藏在木材後方，甚至不抬眼偷看。我不想看岸邊的情形。我逃走的時候有槍聲，第一次浮出水面也有槍聲。我快要上來的時候又聽到一次。現在沒有槍聲了。那根木材在激流中擺來擺去，我用一隻手抓牢。我看看河岸。它似乎飛快由身邊隱退。水中有不少木頭。河水冷冰冰的。我經過水面上的一個沙洲灌木叢。雙手抓牢那根原木，隨波逐流。現在已看不到河岸了。

31

潮水飛快滾動，我不知道在河裡待了多少時間。感覺很久，可能只過了一會兒。水又冷又很急，很多東西由身邊飄過，都是河水漲潮時由岸邊飄來的。我幸虧有一根原木可抓，我躺在冰涼的水裡，下巴擱在木頭上，儘可能輕輕鬆鬆用兩手抓牢。我怕抽筋，希望能飄向河岸。我抱著木頭，以長弧形的曲線往下游飄。天色漸亮，可以看到河邊沿線的灌木叢。前面有一個矮沙洲，潮水流向河岸。我不知道該不該脫下皮靴和衣服，設法游上岸，最後決定不採這個辦法。我一心認爲我有辦法到達岸邊，如果我赤足上岸，處境一定很慘。我得想辦法到麥斯特里去。

我眼睜睜望著岸邊貼近，又隔得老遠，然後又近在眼前。流速減慢了。現在岸邊離得很近很近，我可以看見柳樹的細枝。木材緩緩擺盪，河岸在我後邊，我知道此刻身在漩渦裡。我跟著木頭慢慢迴轉。又看到河岸了，現在相隔很近，我設法用單臂抓牢，雙足蹬水，用另一隻手把木頭划向岸邊，但是距離並沒有再拉近。我怕我和木頭會飄出漩渦外，只得用一隻手抓穩，提起雙足頂在木頭邊，用力向岸邊推進。我看得見灌木叢，但是憑我的運動量，拚命游泳，潮水卻把我捲開了。這時候以爲皮靴這麼重，我會淹死，但是我在水中逆流掙扎，抬頭一看，岸邊漸漸向我貼近來，我在雙足太重的恐懼中繼續逆流游泳，終於抵達岸邊。我緊抓著柳樹枝，沒有力氣爬上岸，但是我知道現在不會淹死了。剛才抓牢原木，我根本沒想到自己可能會一命嗚呼。由於用力的關係，胃腸和胸部空空的，很不舒服，我攀牢樹枝等待。等噁心的惑覺過去了，我慢慢向柳樹林靠攏，再休息一會，雙臂環著某一株矮樹，兩手緊抓著樹枝。然後我向外爬，穿過一株株柳樹排水前進，游向岸邊。天快要亮了，我沒看到半個人。我平躺在岸上，聽河水和雨水的聲音。

過了一會，我站起來沿著岸邊走。我知道一路要到拉蒂珊娜才有橋過河。此時我大概在聖維多對岸。我開始想出辦法來。前面有一道溝渠流入河川。我向那邊走去。到現在爲止，我沒看到半個人，我在渠岸的幾株灌木旁邊坐下來，脫下鞋子，把水倒乾淨。又脫下外衣，從內袋裡掏出皮夾和裡面濕淋淋的鈔票和文件，然後將外套擰乾。長褲也脫下來擰，接著是襯衫和內衣褲，我先拍打和揉搓身體，才一一穿戴整齊。軍帽不見了。

穿上外衣之前，我先割下衣袖的臂章，和鈔票一起收進內袋。鈔票全打濕了，不過沒有破損。我數了一下。一共三千多里拉。衣服濕冷冷黏在身上，我拍打兩隻手臂，使血液流通。身上穿了羊毛內衣褲，如果一直活動，我想應該不至於著涼。他們在路上沒收了我的手槍，我把槍套塞在外衣底下。我沒有斗篷，雨中天氣冷颼颼的。我沿著水道岸邊往上走。

天亮了，鄉野潮濕而鬱悶，看起來很蕭條。田地光禿禿水淋淋的；遠處我看到平原上聳起一座鐘塔。我走上一條大路。前面有軍隊走過來。我沿著路邊一拐一拐前進，他們由我身邊經過，沒有特別注意我。他們是機關槍分隊，正要向河邊進發。我繼續往前走。

那天我橫越威尼斯平原。那是一個地勢低平的鄉區，在雨中看來更平坦。向海那邊有鹽沼，道路只有兩三條。公路都沿著河口通到海邊，要橫越鄉區，你得順著水道旁邊的小徑步行。我由北向南橫鄉越野，已經穿過兩條鐵路和許多馬路，最後由一條小徑末端出來，到達一條沼澤邊的鐵路線。那是威尼斯到屈斯特的主線，路堤很高很結實，路基和雙軌都很堅固。鐵軌下行不遠處有一個搖旗招呼站，我看到守衛的士兵。上行處有一座橋，橋下的溪水流入沼地。橋上也有一名衛兵。剛才橫越北邊的田野，我看到一輛火車由這條鐵路開過去，在平坦的平原上看去，老遠都一目了然，我想波多固魯羅大概有火車開來。我望著衛兵，身體平臥在路堤上，可以看見鐵軌上下兩端的情形。橋上的衛兵沿著鐵路線向我這邊走了幾步，然後轉身走回橋上。我饑腸轆轆，躺著等火車。我剛才看到的那一輛火車很長很長，引擎無力，速度慢極了；我相信我可以爬上去。我等得幾乎絕望了，這時候來了一輛火車。車頭筆直開過來，在我眼中慢慢擴大。我看看橋上的衛兵。他正在橋面這一頭巡邏，不過卻在鐵軌的對面那一邊。火車經過，他就看不到我了。我望著火車頭愈貼愈近。行駛很吃力。我發現車廂極多。我知道火車上有衛兵，想看看他們在哪裡，但是自己怕人看見，所以無技可施。火車頭快到我躺臥的地方了。它來到面前，在平坦的路面也拚命吐黑煙，我看見司機過去，連忙站起身，跨近正要通過的車廂。如果衛兵注意看，我站在鐵軌邊也不太叫人起疑。幾節封閉的貨車廂過去了。接著我看到一節他們稱做「平底艙」的開口車廂慢慢貼近，上面罩著帆布。我靜靜站著，等它快過去了，突然縱身一跳，抓住後面的扶手桿，用力往上撐。我爬到平底艙和後面高貨車廂的頂棚之間。我想沒有人看到我。我抓牢扶手桿，弓身蹲伏，雙足放在車鉤上。快到橋樑對面了。我想起那名衛兵。我們經過他身邊的時候，他看了看我。他年紀很輕，頭上的鋼盔太大了。我以不屑的目光打量他，他連忙把視線轉開。他以爲我是這輛火車的人員呢。

我們過來了。我看他還顯得很不安，望著別的車廂通過，我轉而去觀察帆布的繫法。上面有索眼，布邊用繩子綁起來。我拿出小刀，割斷繩索，把手伸進去。雨中繫牢的帆布下有硬硬的隆起。

我看看上面和前方。前面的貨車廂有衛兵站崗，但是他的眼睛往前看。我放開扶手桿，鑽到帆布底下。前額撞到一樣東西，弄成一個大腫包，我覺得鮮血沿著面頰滴下來，不過我繼續往裡爬，在地上平躺。然後轉身繫好帆布。

我躺在帆布下，和槍械爲伍。槍械帶有油脂的氣味。我躺著聽帆布上雨聲咚咚，車廂和鐵軌也吱吱嘎嘎相磨。有一線幽光透進來，我躺著看那些槍械。外面套著帆布包。我想大概是第三軍託運的。頭上的大包腫起來，我靜臥止血，讓血絲凝固，然後掐掉已乾的血痕，只有裂口掐不掉。這算不了什麼。我沒有手帕，不過我憑手指的觸覺，利用帆布滴下的雨水把血跡弄乾淨，然後用外套的衣袖擦乾。我不想引人注目。我知道火車還沒抵達麥斯特里，我就得下車，因爲他們會來處理這些槍械。對於槍械，他們可損失不起，也不可能忘掉。

我的肚子餓慌了。

32

我躺在平底車廂的地板上，與帆布下的槍械爲伍，全身又冷又濕，饑腸轆轆。最後我翻個身，改爲俯臥，腦袋趴在手臂上。膝蓋僵麻，但是它的功能始終叫人滿意。瓦倫蒂尼的手術很成功，我靠他的人工膝蓋走了撤軍的一半路程，又游過一段塔格麗雅門都河。是他的人工膝蓋沒錯。另外一個膝蓋才是我的。醫生在你身上動了手腳，然後身體就不是你的了。腦袋是我的，肚子內部亦然。現在肚子好餓。我覺得它在體內翻騰。腦袋是我的，但是不該用，不該思考；只能記憶，而又不該記太多。

我記得凱瑟琳，不過現在我還不知道能不能見她。想她，我會發瘋的，所以我不想她，只略微想起罷了。車廂咔啦咔啦慢慢前進，帆布透進一點幽光，我想像自己和凱瑟琳躺在車廂地板上。地板睡起來硬繃繃的。分開那麼久了，不要思考，只要感覺，此時衣服濕冷，地板每次只挪動一點兒，內心好寂寞，只有濕衣服和不適宜妻子睡覺的硬地板和我作伴。

帆布下蠻好的，與槍械爲伍也很愉快，但是你不會愛平底車廂的地板，也不會愛帆布爲衣、有凡士林金屬味兒的槍械，或者漏雨的帆布；你愛的是一個想假裝她在場都假裝不來的女人；現在你的眼光又清醒又冷靜——與其說冷靜，不如說是清楚和空洞。你俯臥在地上，眼光空洞，一支軍隊撤退，另一支軍隊進攻時，你都曾在場。你把車輛和部下弄丟了，就像百貨公司的巡貨員在大火中遺失了他那部門的貨物。不過，我這方面可沒有保險喔。現在你脫身啦。你沒有義務了。如果火災後他們任意槍殺百貨公司的巡視員，只因爲巡視員說話顯出一向就有的口音，那麼百貨店重新開張的時候，當然不能指望巡視員回來服務了。顯然他們須另請高明；當然還要看有沒有人可請，警察是不是還會抓他們。

憤怒早就在河裡沖光了，責任也跟著飄走。其實戰地憲兵來拉我衣領的那一瞬間，我的責任就中止了。我不注重外貌，但是我恨不得脫下軍服。我已扯下臂章，卻是爲了方便。不是面子問題。我不反對袖章的星幟。我的責任已了，祝他們幸福。軍中有好人，有勇士，有冷靜的和講理的人，他們該得到好運。但是節目已和我無關，我只求這輛血腥的火車開到麥斯特里，我要吃一頓，不再用腦筋。我非止住思緒不可。

皮亞尼會報告我被戰地憲兵槍斃了。他們會搜察死者的口袋，把文件拿出來。但他們絕對找不到我的文件。他們也許會說我淹死了。不知道美國方面會聽到什麼消息。死於重傷和其他緣故。基督啊，我餓慌了。不知道會餐的神父怎麼樣了。還有雷納迪。如果他們不再往後退，他大概在波頓文。算了，現在我永遠看不到他了。現在我永遠見不到他們任何一位。那種日子結束了。我想他沒有梅毒。聽說梅毒及早治療，並不算嚴重的病症。但是他會擔心。我如果染上了，我也會擔心。誰都會擔心的。

我不該思考。我該吃一頓。上帝啊，真的。吃飯喝酒。陪凱瑟琳睡覺。說不定今晚就能如願。不，不可能。明天晚上，一頓大餐，睡覺有床單蔽體，除了結伴同行，絕不出遠門。說不定得迅速逃走。她會和我同行。我知道她會和我同行。我們什麼時候走？這可得考慮考慮。

天色漸漸黑了。我躺著思考目的地。可去的地方很多。

卷四

33

早晨天還沒亮，火車慢下來準備駛入米蘭站，我連忙跳車。我穿越鐵軌，由幾棟建築物之間鑽出來，向市街走去。有一家酒店的店門開著，我進去喝咖啡，店裡充滿清晨、掃把灰、咖啡匙和酒杯留下的潛印痕等氣味，店主站在吧台後方，兩名士兵據坐一張桌子，我站在吧台前喝咖啡，吃麵包，咖啡加了牛奶，顏色灰濁，我用一片麵包撇去上層的牛奶渣，店主看看我。

「你要一杯鉗子牌白蘭地？」

「不，謝謝。」

「我請客，」他說著倒了一小杯，推到我面前。「前線有什麼新聞？」

「我不知道。」

「他們醉了，」他說著用手比一比那兩名士兵，他的話可以採信，他們一副醉容。他說，「告訴我，前線有什麼新聞？」

「我不知道前線的事情。」

「我看你爬牆下來，你剛下火車。」

「有一場大撤退。」

「我看到報紙了，怎麼回事?戰爭結束了?」

「我想沒有。」

他由一隻矮腳瓶倒出鉗子牌白蘭地。

他說，「你若出了問題，我可以收留你。」

「我沒出問題。」

「如果出了問題，住在這邊。」

「住哪兒?」

「房子裡呀，很多人住在這兒，凡是出問題的人都住在這裡。」

「出問題的人很多嗎?」

「那要看問題而定，你是南美人?」

「不是。」

「會說西班牙話?」

「會一點。」

他擦拭吧台。

「現在很難離開國境，不過並非完全不可能。」

「我不想離開。」

「你可以住在這兒，愛住多久就住多久，你會明白我是哪一種人。」

「我今天早上非走不可，但是我會記住地址，改天再來。」

他搖搖頭，「你說這種話，你是不會再來了。我認爲你出了真正的大問題。」

「我沒出問題，但是我珍惜一位朋友的住址。」

我在櫃台上放一張十里拉的鈔票，償付咖啡錢。

「我請你喝一杯鉗子牌白蘭地，」我說。

「用不著這樣。」

「喝一杯嘛。」

他倒了兩杯。

他說，「記住，到這邊來，不要讓別人騙倒你，你在這邊絕對安全。」

「我相信。」

「你相信？」

「是的。」

他很認真，「那我告訴你一句話，別穿著那件外衣到處逛。」

「爲什麼？」

「袖章割掉的痕跡很明顯，布面的顏色不一樣。」

我悶聲不響。

「你若沒有文件，我可以給你。」

「什麼文件？」

「休假證明。」

「我不需要文件，我有。」

他說，「好吧，不過你如果需要文件，你要哪一種我都有辦法弄來。」

「這樣的文件要多少錢？」

「看文件的種類而定，價錢相當合理。」

「我現在不需要。」

他聳聳肩。

「我沒什麼，」我說。

我跨出店門的時候，他說，「別忘了我是你的朋友。」

「不會。」

「來日再見，」他說。

「好，」我說。

出了店門，我儘量離車站遠遠的，那邊有戰地憲兵，我在小公園邊叫了一輛馬車，把醫院的地址告訴車夫。到了醫院，我前往門房的住處，他太太熱烈擁抱我，他則握緊我的手。

「你回來了，你平平安安。」

「是的。」

「你吃過早餐沒有？」

「吃過了。」

「你好吧，中尉？你好吧？」他太太問道。

「很好。」

「你不陪我們吃早餐？」

「不，謝謝你，告訴我，巴克萊小姐如今在不在醫院？」

「巴克萊小姐？」

「那位英國女護士。」

「他的女朋友，」他太太說，她拍拍我的手膀子，微微一笑。

門房說，「不，她走了。」

我的心往下沉，「你確定？我是指那位高高的英國金髮小姐。」

「我確定，她到史特麗莎去了。」

「什麼時候去的？」

「前兩天和另外一個英國小姐同行。」

我說，「好，希望你幫我一個忙，別對人說你看到我了，這一點很重要。」

「我不會對人說起，」門房說，我給他一張十里拉的鈔票，他一把推開。

他說，「我保證不對人說起，我不要錢。」

「我們能幫你什麼忙，中尉先生？」他太太問我。

「只有這件事，」我說。

門房說，「我們會當啞巴，若有我能效勞的地方，告訴我好嗎？」

我說，「好。再見，來日再見。」

他們站在門邊目送我。

我登上馬車，把一位學聲樂的熟人西門子的住處告訴車夫。西門子住在城外很遠的地方，靠近馬珍塔通道那一頭。我去找他，他還在床上，睡眼惺忪。

「你起得真早，亨利，」他說。

「我是搭早班車來的。」

「撤軍到底是怎麼回事？你本來在前線吧？要不要抽根菸？在床上的菸盒裡。」他的房間很大，牆邊擺一張床，鋼琴放在另一端，還有一張鏡台兼桌子，我挑了床邊的一張椅子坐下來，西門子倚著枕頭靜坐抽菸。

「西門，我陷入困境了，」我說。

「我也是，我始終陷在困境裡，你不抽菸？」

我說，「不，去瑞士的程序如何？」

「你？義大利人不會讓你離開國境。」

「是的，我知道，不過瑞士人呢，他們會怎麼樣？」

「他們會扣留你。」

「我知道，不過細節如何？」

「沒什麼，很簡單，你愛到哪兒就到哪兒，我想你只需要報告之類的，爲什麼？你在躲警察？」

「還不清楚。」

「你不想說就別說吧，不過聽來一定很有趣，這裡沒什麼新聞，我在匹森薩的演唱大大失敗了。」

「真遺憾。」

「噢，是的——我混得很糟糕，其實我唱得不錯，我要在此地的麗瑞可劇場再試一回。」

「我很想去聽。」

「你真客氣，你該不是惹了什麼大麻煩吧？」

「我不知道。」

「你不想說就別說吧，你怎麼剛好離開血淋淋的前線？」

「看來我的軍中生涯結束了。」

「好小子，我素來知道你有見識，我幫得上忙嗎？」

「你忙得要命。」

「才不呢，亨利老友，才不呢，我樂於效勞。」

「你身材和我差不多，你出去替我買一套便服好不好？我有衣服，但是都放在羅馬。」

「你以前住羅馬，是不是？那個地方最污濁。你怎麼會住在那兒？」

「我想當建築師。」

「那邊不是學建築的恰當地點。別買衣服了，你要穿什麼，我全部奉送，我替你打扮，一定大大成功。」

「我寧願買，西門。」

「親愛的伙伴，我送衣服給你穿，比出門買一件輕鬆多了。你有沒有護照？沒有護照，你走不了多遠。」

「有，我還有護照。」

「親愛的伙伴，那就換衣服去瑞士吧。」

「沒那麼簡單，我得先到史特麗莎一趟。」

「那最好，親愛的伙伴，你只要划船出境就行了，要不是我正設法演唱，我就陪你去，我遲早會去的。」

「你可以一路唱著去。」

「親愛的伙伴，我遲早要一路唱過去，我真的能唱喔，這是最奇怪的一點。」

「我打賭你能唱。」

他一面抽菸，一面躺回床上。

「別賭太多錢，不過我真的能唱，他媽的真滑稽，但我確實能唱，我喜歡唱歌。」他大聲唱起「非洲之歌」，臉紅脖子粗，青筋暴脹。他說，「不管他們喜不喜歡，我能唱。」我眺望窗外，

「我下去把馬車遣走。」

「親愛的伙伴，回樓上來，我們吃早餐。」他下了床，站直深呼吸，開始做彎腰練習，我下樓付了車資，把馬車遣走。

34

穿上便服，我自覺像一個參加化裝舞會的客人。軍服穿久了，我真想念人家憑衣服看你的滋味，褲子顯得邋里邋遢的。我買了一張米蘭到史麗莎的車票。還買了一頂新帽子。西門子的禮帽我不能戴，但是他的衣服蠻好的。有菸草味兒。我坐在車室裡眺望窗外，新帽子顯得很新很新，衣服顯得很舊很舊。在火車上，我的心情就像窗外的倫巴蒂省一樣淒涼，隔室裡有幾個飛行員，對我略含輕視，他們儘量不看我，很瞧不起這麼年輕的平民，我並不覺得受辱。若是以前，我會辱罵他們，挑起一場戰火。他們在戈拉瑞特下車，我樂得一個人清靜清靜，我手上有報紙，可是我沒有看，因爲我不想讀戰爭的消息，我要忘記戰爭，我已獨自談和了。我寂寞得要死，火車到史特麗莎，我很高興。

我以爲車站會有旅館派來的門房，結果一個人都投有。遊湖季節早就過了，沒有人接火車。我拎著提袋下車，那是西門子的提袋，拎起來很輕，裡面空空如也，只有兩件襯衫，我站在車站屋簷下躲雨，火車繼續前進。我看到車站有一個人，就問他知不知道哪一家旅館對外開放。「波羅蜜大旅社」開著，還有幾家小旅館終年開放。我拎著提袋冒雨前往「波羅蜜大旅社」。一輛馬車沿街開來，我向車夫作了一個手勢，乘馬車去比較好。我們開向大旅社的馬車入口，門警撐一把傘出來，彬彬有禮。

我要了一個好房間，又大又亮，俯視大湖的風光，雲層壓在湖頂，但是在陽光下美極了，我自稱要等我太太。那兒有一張大雙人床，義大利文稱做「夫妻床」，上面鋪著緞子床罩。這家旅社很豪華，我沿著一個個長形大廳走過去，下了寬闊的樓梯，穿過幾個房間到酒吧。我認識酒保，可以坐在一張高凳子上吃醃杏仁和馬鈴薯片。馬丁尼酒涼沁而清醇。

「你穿便服在這邊幹什麼？」酒保調好第二杯馬丁尼之後說。

「我是在休假，復原假。」

「這邊沒有人，我不知道他們爲什麼要開放旅館。」

「你釣過魚沒有？」

「我抓過很美的魚，這個季節釣魚，你會抓到幾條美麗的貨色。」

「你有沒有收到我寄的菸草？」

「有。你沒接到我的卡片？」

我笑出聲，我沒辦法弄到那種菸草。他要的是美國菸斗絲，但是我的親人停寄，或者被沒收了，反正沒有寄達。

我說，「我總會在某一個地方買到，請問你有沒有看到兩位英國姑娘進城？她們是前天來的。」

「她們不住這家旅館。」

「她們是護士。」

「我見過兩名護士，等一等，我問問她們住什麼地方。」

我說，「其中一位是我太太，我特地來和她相會。」

「另外一個是我太太。」

「我不是開玩笑。」

他說，「原諒我的蠢笑話，我起先沒聽懂。」他離開酒吧，走了好一會。我吃著橄欖、醃杏仁和馬鈴薯片，由吧台後面的鏡子看我穿平民服裝的德性，酒保回來了，「她們在車站附近的那家小旅館，」他說。

「來點三明治吧？」

「我按鈴叫人去拿，你知道這邊什麼都沒有，因爲沒有客人。」

「真的一個人都沒有？」

「有，有幾個。」

三明治來了，我吃了三客，又喝了一兩杯馬丁尼，我一輩子沒嚐過那麼涼爽、那麼清醇的飲品，使我自覺像文明人，我受夠了紅酒、麵包、乳酪、劣質咖啡和鉗子牌白蘭地的滋味。我坐在高凳子上，面對怡人的紅木、銅製品和花鏡子，腦子裡什麼都不想。酒保在問我某個問題。

「不要談戰爭，」我說，戰爭已隔得老遠。說不定根本沒有戰爭，此地就沒有。這時候我深深體會到我的戰地生涯結束了，但是我並不覺得它真的已成過去，我的心情像一個逃學的孩子，到了某一時刻不禁想起教室裡的情形。

我去到她們住的那家旅社，凱瑟琳和海倫．佛格森正在吃晚餐，我站在門廳裡，看她們坐在餐桌前。凱瑟琳的臉蛋兒轉向另一邊，我瞥見她的頭髮、臉頰、迷人的頸項和雙肩的線條，佛格森小姐正在說話，一看我進來，她就打住了。

「老天，」她說。

「嘿，」我說。

「咦，是你？」凱瑟琳說，她的臉色突然一亮，她好像太高興了，簡直不相信這是事實。我過去吻她，凱瑟琳滿臉紅暈，我在桌邊坐下來。

佛格森小姐說，「你真是糊塗蛋，你來這邊幹什麼？吃過晚餐沒有？」

「沒有。」上菜的女侍進來，我叫她端一盤給我，凱瑟琳一直盯著我看，目光充滿幸福。

「你穿便衣幹什麼？」佛格森問我。

「我當上內閣閣員了。」

「你出了紕漏。」

「別灰心，佛姬，心情愉快一點。」

「看到你，我並不愉快，我知道你害她惹上那麼大的麻煩。看到你，我才不高興呢。」

凱瑟琳對我微笑，用腳在桌子底下碰碰我。

「誰也沒給我惹麻煩，佛姬，是我自己惹上的。」

佛姬說，「我受不了他，他只會用鬼鬼祟祟的義大利奸計害妳，美國人比義大利人更糟糕。」

「蘇格蘭是品行端正的民族。」凱瑟琳說。

「我不是這個意思，我是說他像義大利人鬼鬼祟祟。」

「我鬼鬼祟祟嗎，佛姬？」

「是的，你不只鬼鬼祟祟，你像一條蛇，一條穿義大利軍服的蛇，脖子上纏一條領巾。」

「現在我沒穿義大利軍服啦。」

「這是你鬼鬼祟祟的另一則好例子，你談了一夏天的戀愛，害她懷了孕，現在我想你要開溜了。」

我對凱瑟琳微笑，她也向我微笑。

「我們倆都要開溜。」她說。

佛格森說，「你們半斤八兩，凱瑟琳，我爲妳慚愧，妳沒有羞恥心，沒有榮譽感，你和他一樣卑鄙。」

「別這樣，佛姬，」凱瑟琳說著，拍拍她的手背，「別罵我，妳知道我們互相有好感。」

「手拿開，」佛格森說，她滿面通紅，「妳若有一點羞恥心，那就不同了。天知道妳懷了多少個月的身孕，妳還當做笑話，一看姦夫回來，就笑成那副樣子。妳沒有羞恥，沒有感情。」她痛哭失聲，凱瑟琳過去摟著她，她站在那邊安慰佛格森，我看不出她身材有什麼變化。

佛格森嗚咽道，「我不在乎，我是覺得可怕。」

凱瑟琳安慰她，「喏，喏，佛姬，我會覺得慚愧。別哭，佛姬。別哭，我的佛姬。」

佛格森嗚咽道，「我沒哭，我沒哭，只是傷心妳惹上這麼可怕的麻煩。」她看看我說，「我恨你，她不能叫我不恨你，你這下流卑鄙的美籍義大利兵。」她的眼睛和鼻子都哭紅了。

凱瑟琳對我笑一笑。

「妳的手摟著我，別對他笑。」

「妳真不講理，佛姬。」

佛格森泣啜說，「我知道，你們千萬別管我，你們兩個。我太傷心了。我不講理，我知道，我希望你們倆快樂。」

凱瑟琳說，「我們很快樂，妳是甜蜜的佛姬。」

佛格森又哭了，「我不希望你們以這種方式尋求快樂，你們爲什麼不結婚？你不是另有妻室吧？」

「不，」我說。凱瑟琳大笑。

佛格森說，「沒什麼好笑的，他們很多人都另有妻室。」

凱瑟琳說，「如果能討妳高興，我們就結婚，佛姬。」

「不是討我高興，你們應該有成婚的念頭。」

「我們一直很忙。」

「是的，我知道，忙著製造嬰兒。」我以爲她又要哭了，但是她轉爲尖刻。「我想妳今天晚上要陪他走？」

凱瑟琳說，「是的，看他要不要我。」

「我怎麼辦？」

「妳不敢一個人住在這邊？」

「是的，我不敢。」

「那我留下來陪妳。」

「不，陪他走吧，馬上陪他走，我看到你們就噁心。」

「我們還是吃完飯再說。」

「不，馬上走。」

「佛姬，理智些。」

「我說馬上滾，兩個都走。」

「那我們走吧。」我說。此刻的佛姬令我厭惡。

「妳真的想走，妳甚至想撇下我，讓我一個人吃飯。我一直嚮往義大利名湖，沒想到竟落得這個收場。噢，噢，」她失聲泣啜，然後望著凱瑟琳，哽咽得說不出話來。

凱瑟琳說，「我們吃完飯再走，妳若要我留下來，我不會撇下妳孤零零的一個人。我不撇下妳一個人，佛姬。」

「不，不，我要妳走。」她揉揉眼睛，「我真不講理，請別介意我的言行。」上菜的女侍爲哭哭啼啼的場面嚇慌了。現在她端來下一道菜，看到事態好轉，似乎鬆了一口氣。

那天晚上，在旅館房間內，門外是長形的空大廳，我們的鞋子擺在門外，室內鋪了厚厚的地毯，窗外雨下個不停，屋裡光明、愉快又討人喜歡；接著燈熄了，氣氛令人興奮，有光滑的床單和舒服的床鋪，覺得我們已回家，半夜醒來不再孤零零尋找對方，也不再千里相隔；其他的一切都不像是真的。我們倦極睡去，醒來時另一個也醒了，所以不覺得孤單。男人常想一個人清靜清靜，女孩子也常想一個人獨處，然而他們若彼此相愛，就會忘記對方這一點，但是我們真的從來沒有這種感覺，我們在一起也可以清靜——不受外人打擾的清靜，這種情形我一輩子只碰過這麼一回。我曾和許多女孩子在一起，感覺活像身邊沒有人，那種方式最寂寞。但是我們倆在一起，從來不寂寞，也從來不害怕。我知道夜晚和白天不同；樣樣有別，晚上的事情，白天無法解釋，因爲當時並不存在。寂寞的人一旦寂寞起來，漫漫長夜是非常可怕的時光。但是和凱瑟琳在一起，晚上幾乎沒有差別，反而更快樂。如果有人帶著太多的勇氣來到世間，這世界必須毀滅他們才能折損他們的氣焰，到頭來當然只好毀滅他們囉。這世界折損每一個人，事後很多人的傷口反而更頑強。但是折不斷的只好幹掉，這世界便大刺刺地毀滅了非常善良，非常溫厚，非常勇敢的人。你若不是這三種人之一，你可以確定這世界也要將你毀滅，卻不致急於下毒手。

我記得早上醒來的滋味，凱瑟琳睡得正香，陽光從窗外射進來。雨停了，我跨下床，走到地板那一頭的窗口。下面是花園，光禿禿卻規律得可愛，還有砂石小徑、樹木、湖邊的石牆，以及陽光下的湖水和對岸的青山。我站在窗口往外看，轉身時看到凱瑟琳醒了，正凝望著我。

她說，「你好吧，達令？天氣不是很迷人嗎？」

「妳覺得怎麼樣？」

「我覺得很好，我們共度了迷人的一夜。」

「妳要不要吃早餐？」

她要吃早餐，我也想吃，於是我們在床上共享，十一月的陽光由窗口射進來，早餐碟放在我膝蓋上。

「你不想看報？以前在醫院，你老是要報紙。」

我說，「不，現在我不要報紙了。」

「戰況真的那麼糟，你連看都不想看？」

「我不想看。」

「真希望我陪你在場，也知道實情。」

「等我在腦袋中理出一個頭緒，我再說給妳聽。」

「他們逮到你不穿軍服，不會抓你嗎？」

「說不定會槍斃我。」

「那我們不待在這兒，我們離開國境。」

「我就這麼想。」

「我們逃出去，達令，你不能傻乎乎冒險。告訴我，你怎麼由麥斯特里逃到米蘭？」

「我坐火車，當時我穿軍服。」

「當時沒有危險？」

「不太危險，我有一張舊的活動命令，我在麥斯特里改了日期。」

「達令，你在這邊隨時會被捕，我不能忍受。這樣太蠢了。他們若把你抓走，我們將置身何處？」

「別去想它，我都想膩了。」

「萬一他們來抓你，你怎麼辦？」

「射殺他們。」

「你看你多傻，我們離開此地之前，我絕不讓你踏出旅館一步。」

「我們要去哪裡？」

「別這樣，達令。你說哪裡，我們就去哪裡，求你找一個馬上可去的地方。」

「瑞士在大湖那一邊，我們可以去。」

「那一定很迷人。」

屋外雲層漸密，湖泊的顏色慢慢暗下來。

「但願我們不必永遠像逃犯般生活。」我說。

「達令，別這樣，你過逃犯的生活，還沒多久嘛。我們不會永遠像逃犯，我們會過得很愜意。」

「我自覺像逃犯，我棄軍私逃。」

「達令，明理些，你不算棄軍私逃，那是義大利軍隊呀。」

我大笑，「妳是乖女孩，我們回床上去，我覺得躺在床上真好。」

過了一會凱瑟琳說，「你不覺得自己是逃犯了吧？」

我說，「不，跟妳在一起就不覺得。」

她說，「你真是傻小子，不過我會照顧你。達令，我沒有晨間害喜的毛病，不是很棒嗎？」

「棒極了。」

「你不了解你有一個多好的太太。不過我不在乎。我要爲你找一個他們抓不到你的地方，然後我們快快樂樂過日子。」

「我們馬上去。」

「會的，達令。你想去哪裡，我隨時奉陪。」

「我們什麼都不要想。」

「好吧。」

35

凱瑟琳沿著湖邊走到小旅館去看佛格森，我坐在酒吧間看報紙。酒吧間有舒適的皮椅，我據坐其中一張，這時候酒保進來了。軍隊沒守住塔格麗雅門都河，他們退到皮亞夫河。我對皮亞夫河記憶猶深，鐵路在聖多娜附近過河，通往前線。河水深，流速慢，河道很窄，再下去有蚊蟲滋生的沼地和運河。此地有幾間可愛的別墅。戰前有一次，我曾爬上安培索山幕，在丘陵間沿河走了好幾個小時。由上面看去真像鱒魚小溪，溪水匆匆流過，岩石陰影下有淺灘和深窪。道路在卡多爾轉彎，偏離河岸，不知道上去的軍隊要怎麼下來。酒保走進屋。

「格里菲伯爵問起你，」他說。

「誰？」

「格里菲伯爵，你記得以前來的時候，在此地碰到的那個老頭子吧。」

「他在這兒？」

「嗯，他跟他的姪女在此地，我說你來了，他要邀你去玩撞球。」

「現在他人呢？」

「正在散步。」

「他好吧?」

「看來比以前年輕,昨天晚上吃飯前他喝了三杯香檳雞尾酒。」

「他的撞球技術如何?」

「很好,他贏我。我說你在這兒,他很高興,他在此地找不到撞球的玩伴。」

格里夫伯爵今年九十四歲,他和奧國政治家梅特涅屬於同一時代,鬚髮皆白,儀態優雅。他曾當過奧國和義大利兩國的外交官,他的生日宴會是米蘭的一大社交盛事。他看來會活到一百歲,雖然年屆九十四高齡,撞球卻玩得高明而流利。以前我曾在冷門季節來史特麗莎,和他相識,兩個人一面撞球,一面喝香檳。我覺得這是了不起的習俗,他一百分讓我十五分,還贏我。

「他在這兒,你怎麼不告訴我?」

「我忘了。」

「還有誰在?」

「沒有你認識的人,一共只有六個。」

「現在你要幹什麼?」

「沒事幹。」

「釣魚去吧。」

「我可以離開一個鐘頭。」

「走吧,帶拖釣線來。」

酒保穿上一件外衣，我們走出門外。兩個人下去，登上一條船，由我划，酒保坐在船尾，用旋轉器放出釣線，末端有重鉛垂，準備拖釣湖中鱒魚。我們沿著岸邊划，酒保手拿釣線，偶爾向前拉一把。由湖心看去，史特麗莎顯得很荒涼，只見一長排一長排的禿樹、大旅館和密閉的別墅。我向湖心的「美人島」划去，靠近絕壁，湖水突然轉深，岩壁斜伸到清澈的水裡，然後往上翹，一路翹到這座漁人島上。太陽被雲層遮住了，水又深又平又冷，我們看到魚群掀起的水波，但是沒釣到什麼。

我划到漁人島對面，那邊有船停泊，有人正在補網。

「我們喝一杯如何？」

「好。」

我把船划到石堤岸，酒保收進釣線，捲在船底，再將旋轉器鉤在船舷邊。我跨下船，繫好纜繩。我們走進一家小咖啡店，坐在一張空空的木桌畔，叫苦艾酒來喝。

「你划船累不累？」

「不累。」

「回程我來划，」他說。

「我喜歡划。」

「換你拿釣線，運氣說不定會好轉。」

「好吧。」

「說說戰況如何？」

「一場糊塗。」

「我不必當兵，像格里菲伯爵，因超齡而豁免。」

「說不定你還會奉召入伍喔。」

「明年就會調到我這一年次，但是我不去。」

「你怎麼辦呢？」

「離開國境。我不參戰，我曾參加阿比西尼亞之役。夠了。你爲什麼參戰呢？」

「我說不上來，我是傻瓜。」

「再來一杯苦艾酒吧？」

「好。」

回程由酒保操舟，我們逆湖拖釣，過了史特麗莎，再從岸邊不遠的地方順流而下。我抓著拖繩，眼睛望著暗黝黝的十一月湖水和荒涼的湖岸，手中感覺到旋轉器繞轉時微微的抽動。酒保每一槳都划得很長，船身前進，釣繩便顯出規則的震盪。有一次我險些釣到大魚；繩子突然繃硬，猛往後面拖。我用力拉，感受到鱒魚活生生的重量，接著釣繩又鬆鬆垮垮，我讓牠溜掉了。

「感覺大不大？」

「相當大。」

「有一次我單獨出來，把釣繩咬在嘴裡，一條魚向外猛拉，差一點把我的牙齒拉掉。」

我說，「最好的辦法是繞在腿上。有感覺，又不會掉牙齒。」

我把手伸入水中，冷冰冰的，現在我們幾乎和旅館面面相對。

酒保說，「我得進去了，準備十一點當差，雞尾酒時刻。」

「好吧。」

我收進釣線，繞在一根兩端有缺口的竿子上，酒保把船擱在石壁間的一個小停泊處，用鍊子和掛鎖栓好。

他說，「你要用，我隨時給你鑰匙。」

「多謝。」

我們走到旅館，進入酒吧間。大清早我不想再喝了，所以上樓回房。女侍剛整理過房間，凱瑟琳還沒有回來。我躺在床上，儘量不思考。

等凱瑟琳回來，一切又完好如初了，她說佛格森在樓下，她來吃午餐。

「我知道你不會介意的，」凱瑟琳說。

「不會，」我說。

「怎麼啦，達令？」

「我不知道。」

「我知道，你沒事做，你身邊只有我，而我卻走了。」

「這倒是實情。」

「對不起，達令。突然沒事可做，我知道心情一定很難受。」

我說，「以前我的生活塞得滿滿的，現在要不是有妳作伴，我在世上就一無所有了。」

「我會陪著你，我只離開兩個鐘頭。你真的完全沒事可做？」

「我跟酒保去釣魚。」

「那不是挺有趣嗎？」

「是啊。」

「我不在的時候，別想我。」

「我在前線就設法不想妳，不過當時有事做。」

「莎士比亞劇中丟了飯碗的奧瑟羅，」她取笑我說。

我說，「奧瑟羅是黑人。而且，我並不善妒。我只是愛妳極深，別的事情都不存在了。」

「你肯不肯做個乖孩子，好好對待佛格森？」

「我對佛格森一向很好，除非她罵我。」

「對她好一點。想想我們擁有這麼多，她卻一無所有。」

「我想她不需要我們擁有的東西。」

「達令，你這麼精明，卻有所不知。」

「我會對她好一點。」

「我知道你會，你真甜。」

「飯後她不會待在這兒吧？」

「不，我會打發她走。」

「然後我們上樓來。」

「當然，你以爲我想幹什麼？」

我們下樓陪佛格森小姐吃午餐，她對這家旅社和華麗的餐廳一見難忘。我們吃了一頓豐盛的午餐，又喝了一兩瓶卡布里白酒。格里菲伯爵走進餐廳，向我們鞠躬。他的姪女長得有點像我祖母，陪侍在側。我將他的事情告訴凱瑟琳和佛格森小姐，佛格森非常動容。旅館很大，富麗堂皇，顯得空空的，但是菜餚精美，好酒怡人，最後大家的心情都好極了。凱瑟琳用不著增添興致，她覺得很幸福。佛格森變得非常愉快，我自己心情也很好。飯後佛格森回她的旅店，她說午餐後她要躺一會兒。

下午近晚時分，有人來敲門。

「誰呀？」

「格里菲伯爵問你要不要陪他玩撞球。」

我看看手錶；我剛才脫下來，放在枕頭底下。

「你非去不可嗎？」凱瑟琳低聲說。

「我想還是去一趟吧。」手錶指著四點一刻。我大聲向外喊，「告訴格里菲伯爵，我五點到撞球室。」

四點三刻，我吻別凱瑟琳，到浴室去更衣。結上領帶照鏡子，覺得自己穿便服好奇怪，我得記著再買些襯衫和襪子。

「你會不會去很久？」凱瑟琳問道。她躺在床上，看來真迷人。「刷子遞給我好不好？」

我看她梳頭髮，仰起前額，頭髮的重心整個歪向一邊。外面黑漆漆的，床頭燈照著她的頭髮、頸項和雙肩。我過去吻她，抓住她拿梳子的手，她的頭部倚回枕頭上，我親吻她的頸項和肩膀。愛她這麼深，我自覺很虛弱。

「我不想走。」

「我不要你走。」

「那我不去。」

「要，去嘛，只分開一會兒，然後你又回來啦。」

「我們在樓上吃晚餐。」

「快去快回。」

我在撞球室找到格里菲伯爵。他正在練球，撞球台上面有一盞燈，他在燈光照射下顯得很衰老。不遠處的一張牌桌上擱著一個銀質冰桶，冰上露出兩個香檳酒瓶的瓶頸和瓶塞。我向撞球台走去，格里菲伯爵挺起身子來接我，他伸手相迎。「你在這兒，我真高興，多謝你來陪我打球。」

「多謝你相邀。」

「你身體好吧？聽說你在伊森佐高原受了傷，但願你康復。」

「我很好。你這一向身體可好？」

「噢，我一向很健康，不過我漸漸老了，現在我看出許多衰老的徵兆。」

「我不相信。」

「真的。你想不想聽我舉個例？我說義大利話比較輕鬆。我約束自己，不過我發現疲倦時說義大利話流利多了，所以我知道我一定漸漸老了。」

「我們可以說義大利話，我也有些疲乏。」

「噢，不過你疲倦時，說英語比較輕鬆。」

「是美國話。」

「是的，美國話，你一定樂於說美國話，那是一種討人喜歡的語言。」

「我幾乎看不見美國人。」

「你一定想念他們，人往往會思念自己的同胞，尤其是女同胞，我知道這種經驗，我們打不打球，你是不是太累？」

「我不是真的疲累，我是開玩笑，你讓我多少？」

「你常不常打？」

「根本不打。」

「你打得很好嘛。一百分讓十分？」

「你太恭維我了。」

「十五分？」

「好，不過你會贏。」

「我們要不要賭輸贏？你一向希望賭輸贏。」

「我們賭吧。」

「好。我讓你十八分，我們輸贏一分算一法郎。」

他的撞球技術很高明，讓了我那麼多分，到五十分的時候我只領先四分，格里菲伯爵按牆上的電鈕叫酒保來。

他說，「開一瓶酒，拜託。」然後轉向我，「我們來一點興奮劑。」酒味冰涼，乾爽，味道香醇。

「我們說義大利話好不好？你不介意？現在我軟弱極了。」

我們繼續打球，揮桿間不時啜一口酒，用義大利話交談，但是很少說話，專心比賽。格里菲伯爵打滿一百分，我承他禮讓那麼多，才得九十四分，他笑著拍拍我肩膀。

「現在我們再喝一瓶，你把戰況說給我聽。」他等著坐下。

「談別的，」我說。

「你不想談戰事？好。你看過什麼書？」

我說，「沒有，我大概言語無味吧。」

「不，但是你該看書。」

「戰時有什麼作品？」

「有法國人巴布斯的『火』，有『布里特林先生看穿一切』。」

「不，他沒有。」

「什麼？」

「他沒有看穿什麼，這些書醫院都有。」

「那你看過囉？」

「是的，不過沒什麼好書。」

「我認爲『布里特林先生』是英國中等心靈的上好研究個案。」

「我對心靈一無所知。」

「可憐的小伙子，我們沒有一個人知道心靈的事情。你是不是教徒？」

「晚上是。」格里菲伯爵微微一笑，用手指轉動玻璃杯。

「我以爲年歲漸增，自己會變得虔誠些，結果卻沒有，真遺憾。」

「你希不希望死後永生？」我一說出口，就覺得自己真笨，竟提到死的問題，但是他不在乎這個字眼。

「那要看什麼生活而定。生命怡人。我希望永生。」他微微一笑，「我幾乎已經得到了。」

我們坐在深深的皮椅上，中間隔著茶几上的香檳冰桶和我們的玻璃杯。

「你若活到我這一大把年紀，你會發現許多奇怪的事情。」

「你從來不顯老。」

「老化的是身體。有時候我真怕手指一折就斷，像折斷一根粉筆似的。精神並不老化，也不比早年明智多少。」

「你很有智慧。」

「不，大家以為老人家有智慧，這是一大錯誤的見解，老人不會變聰明，他們只是更謹慎。」

「也許那就是智慧。」

「很不吸引人的智慧。你最珍惜什麼？」

「我愛的人。」

「我也一樣，這不算智慧，你珍惜生命嗎？」

「是的。」

「我也珍惜，因為那是我僅有的一切，我還喜歡作壽。」他大笑說，「你也許比我精明，你不開生日宴會。」

我們一起喝酒。

「說真的，你對戰爭看法如何？」我問他。

「我覺得太蠢了。」

「誰會打贏？」

「義大利。」

「爲什麼！」

「他們是新興的國家。」

「新興的國家總是打贏嗎？」

「會贏一段時間。」

「然後呢？」

「變成老國家。」

「你說你沒有智慧。」

「孩子，這不算智慧，這是憤世疾俗。」

「我覺得頗有道理。」

「不見得，我可以提出反面的例證。不過還不壞。我們的香檳喝完沒有？」

「快喝完了。」

「要不要再喝？然後我得去換衣服。」

「現在還是不要吧。」

「你真的不要了？」

「是的。」他站起來。

「我祝你非常幸運，非常快樂，非常非常健康。」

「謝謝你，我祝你長生不老。」

「謝謝你，我已經長生不老啦。有一天你若轉爲虔誠的信徒，萬一我死了，你替我祈禱。我求過好幾個朋友做這件事。我以爲自己會轉爲虔誠，但是沒有如願。」我覺得他的微笑有些悲哀，但是我不敢確定。他年紀太老了，臉上佈滿皺紋，一笑就牽動許多線條，層次盡失。

我說，「我也許會變得很虔誠。總之，我會替你祈禱。」

「我始終指望日後會變得虔誠些，我們全家臨死都很虔敬，不知道怎麼搞的，我硬是沒有那份情操。」

「爲時尙早。」

「也許太遲了。也許我活太久，已超過宗教情操的年齡。」

「我只有晚上才有那種心境。」

「那你是戀愛了，別忘記愛情是一種宗教情操。」

「你相信如此？」

「當然。」他向桌邊跨前一步。「多謝你來打球。」

「這是一大榮幸。」

「我們一起上樓吧。」

36

那天晚上有暴風雨，我醒來聽見雨絲打在窗板上。雨水由敞開的窗戶飄進來。有人敲門。我輕輕走到門口，免得吵醒凱瑟琳，然後把門打開。酒保站在門外。他身穿大衣，手上拿著濕淋淋的帽子。

「我能不能和你說一句話，中尉？」

「怎麼啦？」

「是嚴重的大事。」

我回頭看看。屋裡黑漆漆的。我看見窗戶飄進地面的雨水。「進來吧，」我說。我抓著他的手臂走進浴室：鎖上門，開了燈。我坐在浴缸邊緣上。

「怎麼啦，伊米利奧?你遭到麻煩了?」

「不。是你，中尉。」

「真的?」

「他們明天早上要抓你。」

「真的？」

「我特地來通報。今天我進城，在一家咖啡館聽人說的。」

「我明白了。」

他站在那兒，外套濕淋淋的，手拿濕帽子，沒有答腔。

「他們爲什麼要抓我？」

「和戰爭有關。」

「你知道原因嗎？」

「不。但是我知道他們曉得你曾以軍官身分來過這兒，現在你卸下軍服重到此地。撤軍後，他們逢人就抓。」

我想了一會。

「他們什麼時間來抓我？」

「早晨。我不知道幾點鐘。」

「你說怎麼辦？」

他把帽子放進洗臉槽。很濕，一直淌水。

「你若沒有什麼值得害怕的事情，逮捕無所謂。不過被抓總不是好事，尤其是現在。」

「我不想被抓。」

「那就到瑞士去。」

「怎麼去法？」

「搭我的船。」

「有暴風雨，」我說。

「暴風雨過去了。天氣雖惡劣，不過你會平平安安。」

「我們什麼時候走？」

「馬上走。他們說不定大清早就來抓人。」

「我的行李怎麼辦？」

「收拾好。叫你夫人穿好衣服。東西我會照顧。」

「到什麼地方找你？」

「我在這裡等你們。我不希望有人看到我站在大廳。」

我開門又關上，走進臥房。凱瑟琳醒了。

「什麼事，達令？」

我說，「不妨事，凱。你想不想馬上穿衣服，坐小船到瑞士？」

「你呢？」

我說，「不，我真想回床上。」

「到底什麼事？」

「酒保說他們明天會來抓我。」

「酒保瘋了嗎？」

「沒有。」

「那就快一點，達令，趕快更衣出門。」她在床邊坐起來。她還睡眼惺忪，「酒保就在浴室裡？」

「是的。」

「那我不漱洗了。請你看別的地方，達令，我一分鐘就換好了。」

她脫下睡袍，我看見她白皙的背部，然後把視線轉到別的地方，因爲她叫我如此。她因懷孕小腹微凸，不要我看。我一面換衣服，一面聽窗框上的雨聲。要收進提袋的東西並不多。

「凱，妳的東西如果放不下，我的手提袋還有不少空間。」

她說，「我快收拾好了。達令，我很笨，請問酒保爲什麼待在浴室裡？」

「噓——他等著把我們的手提袋拿下樓。」

「他真好。」

我說，「他是我的老朋友。有一次我差一點寄煙絲給他。」

我眺望窗外黑漆漆的夜色。我看不見湖水，只看到暗夜和雨絲，不過風勢緩和多了。

「我好了，達令，」凱瑟琳說。

「好。」我走到浴室門口。「行李在這兒，伊米利奧，」我說。酒保帶走兩個提袋。

「多謝你好心幫助我們，」凱瑟琳說。

酒保說，「算不了什麼，夫人。我樂於幫忙，這樣我自己才不會惹上麻煩，」他轉向我說，「聽著，我帶這些東西由僕人專用梯出去，放在船上。你們得裝作出門散步的樣子。」

「這種雨夜散步，真迷人，」凱瑟琳說。

「真是惡劣的一夜。」

「幸虧我有雨傘，」凱瑟琳說。

我們順著廳堂，走下鋪著厚地毯的樓梯。到了門邊的樓梯腳，門房坐在寫字台後面。

他一臉詫異，看看我們。

「你們不是要出去吧，先生？」他說。

我說，「是，我們要沿著湖邊看看暴風雨的氣勢。」

「你沒帶雨傘，先生？」

我說，「沒有，這件外衣不透水。」

他半信半疑看看我的外套。「我去拿一把傘給你，先生，」他說。他去拿一把大傘回來。「太大了一點，先生，」他說。我給他一張十里拉的鈔票。「噢，你太好了，先生。多謝。」他說。他把門打開，我們踏入雨絲裡。他對凱瑟琳微笑，她也報以笑容。他說，「別在風雨中待太久。你們會淋濕的，先生夫人。」他是二門房，他的英語還屬於逐字翻譯的階段。

「我們馬上回來，」我說。我們撐著大雨傘沿小徑走，穿過又黑又濕的花園來到路上，再橫過馬路走到湖邊的涼棚通道。現在風往湖心吹。十一月的濕冷風，我知道山區正在下雪。我們順著碼頭行經一艘艘栓好的船隻，來到酒保停船的位置。酒保從一排樹木旁邊走出來。

「提包放在船上了，」他說。

「我要付你買船的價錢，」我說。

「你身上有多少錢？」

「不太多。」

「你以後再寄來，沒關係。」

「多少？」

「隨你便。」

「告訴我多少嘛。」

「你如果平安出境，寄五百法郎給我。只要你平安出境，你不會在乎這個數目。」

「一言爲定。」

他遞給我一小包東西。「這是三明治。酒吧間有的東西，都在這兒了。這是一瓶白蘭地和一瓶水果酒。」我收進提包內。「讓我付這些東西的價錢。」

「好吧，給我五十里拉。」

我拿給他。他說，「這白蘭地品質很好。不妨給夫人喝。她最好到船上去。」他穩住小船，船身在石牆邊一起一落，我扶凱瑟琳上船。她坐在船尾，用斗篷裡緊身軀。

「你知道划向什麼地方吧？」

「溯湖而上。」

「你知道多遠？」

「過了魯易諾。」

「過了魯易諾、坎奈羅、坎諾比奧、特蘭珊諾。直到布里莎果，才進入瑞士水域。你必須划過塔瑪拉山。」

「現在幾點？」凱瑟琳問道。

「才十一點，」我說。

「如果你一直不斷地划槳，早上七點應該可以划到了。」

「那麼遠？」

「三十五公里。」

「我們怎麼走法?下雨天需要羅盤針指路。」

「不，先划到『美人島』。然後在『母親島』的另一側順風而行。風向會把你推往巴蘭薩。你看得見燈光。然後沿著岸邊向上走。」

「風向也許會改。」

他說，「不，風向會保持三天不變。由莫特溫筆直吹過來。裡面有一個罐子，可以戽水。」

「我現在就付一點船錢。」

「不，我寧願冒個險。你若平安出境，再全力償還。」

「好吧。」

「我想你們不會淹死。」

「那就好。」

「順風沿湖往上走。」

「好吧，」我跨上船。

「你有沒有留下旅館錢?」

「有。用信封裝著，擺在房間裡。」

「好。祝你好運，中尉。」

「祝你好運。我們對你千謝萬謝。」

「你們若淹死，就不會謝我了，」

「他說什麼?」凱瑟琳問我。

「他說祝我們好運。」

凱瑟琳說，「祝你好運。多謝你。」

「你們可以走了吧？」

「是的。」

他彎身把小船推離岸邊。我用雙槳划水，然後舉起一隻手來揮別。酒保不以為然地揮手答禮。我看見旅社的燈光，用力往外划，往外划，燈光終於看不見了。波濤洶湧，不過我們是順風而行。

37

我在暗夜裡划船，始終讓風向迎著面孔。雨停了，只偶爾下一陣小雨絲。天色很黑，狂風凜冽。我看見船尾的凱瑟琳，但是看不到下槳處的湖水。槳葉很長，沒有防滑的皮套。我拉槳，手往上抬，身子前傾，碰到水面了，把槳葉浸下去，再拉一把，動作儘可能保持輕鬆。因爲順風，我沒有使槳葉和水面平行。我知道手會起泡，希望儘量延遲這種痛苦。船身很輕，容易划。我在黑黝黝的湖水中前進。看不見四周，希望趕快到巴蘭薩對面。

我們根本沒看見巴蘭薩。風往湖水上方吹，我們經過一個小尖岬，正好擋住巴蘭薩，根本沒看見燈光。等我們終於在湖面更上方的岸邊看到燈火，已經是印特拉了。不過我們好一段時間沒看到半盞燈，也看不到湖岸，只管摸黑順流划槳。有時候潮水高舉船身，槳葉碰不到水面。湖水洶湧；但是我一直划呀划呀，這時候我們突然貼近岸邊，碰到旁邊高聳的岩石；潮水迎面沖來，漲得老高，然後往回退。我用力划右槳，以另外一隻槳擋水，過了些時，我們又來到湖面了：尖岬落在視線之外，我們沿湖駛去。

「我們正橫越大湖，」我對凱瑟琳說。

「我們看不見巴蘭薩囉?」

「我們已經錯過了。」

「你還好吧，達令?」

「我很好。」

「我可以划一會兒。」

「不，我很好。」

凱瑟琳說，「可憐的佛格森，早上她會來旅社，發現我們已經走了。」

我說，「我不擔心她，倒擔心天亮前能不能划到瑞士境內，緝私警衛會不會看到我們。」

「路途很遠嗎?」

「離這邊三十多公里。」

我划了一整夜。最後雙手腫得幾乎握不住船槳。好幾回，我們差一點就在岸邊撞得粉碎。我一直貼近岸邊，因為我怕在湖心裡迷路，也怕浪費時間。有時候貼得好近，我們看見沿岸的一排樹木和公路，以及後面的山丘。雨停了，風驅雲散，月光透出雲層，我回頭望去，看見又長又黑的卡斯達諾拉尖岬，白浪翻騰的湖面，以及湖水那一頭雪山上的月光。接著雲層又遮住月亮，雪山和湖面都消失了，不過光線還是比原先好得多，我們看得見湖岸。視線非常清楚，如果巴蘭薩公路有緝私衛兵，我就把船划遠，不讓他們看到小船。月亮又出來了，我們看見岸邊山坡上雪白的別墅和樹影間露出的白色路面。我一直划船，沒有停歇。

湖面加寬了，對岸山腳有幾盞燈光，應該是魯易諾。我看見對岸的山嶺間有一個楔形的缺口，我想一定是魯易諾沒錯。如果是，我們的速度還算蠻快嘛。我把槳拉進來，仰躺在座位上。我划得好膩好膩。手臂、雙肩和背部發疼，雙手腫痛。

凱瑟琳說，「我可以撐開雨傘，等於我們順風揚帆。」

「你能掌舵嗎？」

「我想可以。」

「妳把這枝槳拿在腋下，貼近船邊划水，調整方位，我來撐雨傘。」我走到船尾，教她操槳的技術。然後拿起門房給我的大傘，面對船頭坐下，把傘撐開。傘啪地一聲開了。我抓住大傘兩邊，跨坐在鉤著船座的傘柄上。大傘張滿了風，船身吃水前進，我儘量抓住大傘的左右邊緣。風力很強。小船向前疾駛。

「走得真順，」凱瑟琳說。我眼前只見一根根的傘骨。雨傘繃緊被風拉動，我覺得我們也跟著前進。我張開兩腿，縮在傘下，這時候傘突然翹曲了；我覺得一根傘骨打中我的額頭，我想把穩隨風彎曲的傘尖，沒想到整枝雨傘都翹曲翻覆，兩腿本來夾著風帆，如今卻正跨著一把翻過來的破傘柄。我由船座上解開傘柄，把雨傘擱在船頭，回去向凱瑟琳要船槳。她不覺笑了出聲。她抓住我的手，笑個不停。

「怎麼？」我接過船槳。

「你撐著那個玩意兒，看起來好滑稽。」

「我想是吧。」

「別這麼暴躁，達令，好玩極了。你抓著雨傘邊緣，身體看起來有兩丈寬，而且深情款款——」她笑得上氣不接下氣。

「我來划船。」

「休息一下，喝點東西。這是不平凡的一夜，我們已經走了好遠。」

「我得讓小船避開浪溝。」

「我給你拿酒來。然後休息一下，達令。」

我舉起船槳，我們靠槳葉前進。凱瑟琳正在開提包。她把白蘭地酒瓶遞給我。我用小刀拔出瓶塞，喝了一大口。又暖又滑，熱氣傳遍全身，我暖洋洋喜孜孜的。「真是迷人的白蘭地，」我說。月亮又躲起來了，但是我看得見湖岸。前面好像有一個尖岬，長長伸入湖心。

「妳身體暖不暖，凱？」

「我很好。身體有一點發僵。」

「把積水倒掉，妳兩腳就可以垂下來。」

於是我一面划船，一面聆聽划槳聲和戽水罐在船尾座位下浸水及刮水的聲音。

我說，「戽斗拿給我好不好?我要喝水。」

「髒死了。」

「沒關係。我洗一下。」

我聽見凱瑟琳在船邊洗滌。然後汲滿水遞給我。喝了白蘭地，口乾舌燥，湖水冰冷，冷得我牙齒發疼。我瞥向岸邊。我們離長岬愈來愈近了。前面的水灣有燈火。

「多謝，」我說著把錫罐還給她。

凱瑟琳說，「別客氣。你要喝，還多得很哩。」

「妳不想吃東西?」

「不。待會兒我會肚子餓。留到那時候再吃。」

「好吧。」

前面看起來像尖岬的地方原來是一塊長形的高崎地。我往湖心划，繞行而過。現在湖面窄多了。月亮再次露出面孔，緝私衛兵如果注意看，會發現我們的小船在水面上黑黝黝的。

「妳好吧，凱？」我問她。

「我還好。現在到什麼地方了？」

「我想餘程只剩八英里左右。」

「可憐的愛人，那還要划一大段路呢。你豈不累死了？」

「不。我還好。雙手腫痛，如此而已。」

我們繼續溯湖而行。右岸的群山有一道缺口——一處低湖岸線造成的扁平地形，我想一定是坎諾比奧。我遠離岸邊划，因為從現在開始我們碰到衛兵的危險性最大。前面對岸有一座高高的圓頂山。我實在好累。路途並不遠，但是體力不佳的時候，就顯得很遠了。我知道我必須超越那座高山，至少再溯湖五英里，才到瑞士水域。現在月亮幾乎完全下去了，沉落之前天空又烏雲密佈，天色很黑。我遠離湖岸，一直走湖心，划一下休息一會，高舉船槳，讓風吹襲槳葉。

「我來划一會兒，」凱瑟琳說。

「我想妳不該用力。」

「胡說。對我有好處。免得我身子太僵。」

「我想不好，凱。」

「胡說。適度划船對孕婦頗有好處。」

「好吧，你輕輕划一會兒。我先到後面，你再上前來。上前的時候抓牢兩側的舷邊。」

我穿著大衣，豎著衣領坐在船尾看凱瑟琳划船。她划得不錯，但是船槳太長了，惹得她心煩意亂。我打開提袋，吃了幾個三明治，又喝了一口白蘭地。這一來樣樣都感覺好多了，我再喝一口。

「累了就告訴我，」我說。過了一會又說，「當心船槳別敲到妳的小腹。」

「如果敲到，」——凱瑟琳在操槳的空檔間說——「生命也許就單純多了。」

我又喝了一口白蘭地。

「妳怎麼樣？」

「還好。」

「不想划就告訴我。」

「好。」

我又喝一口白蘭地，接著抓住船舷往前走。

「不。我划得很順。」

「回船尾去。我休息夠了。」

由於白蘭地的影響，有一段時間我划得輕鬆而穩定。過了一會我開始落槳太深，因爲酒後用力過度，不久便只能慢慢往前拖，嘴裡有稀稀的膽汁苦味。

「給我喝一口水，好不好？」我說。

「這倒不難，」凱瑟琳說。

天亮前開始下毛毛雨。風停了，不然就是湖灣外圍的山脈替我們擋了風。我知道黎明將屆，便定下心來用力划。我不知道我們在什麼地方，只想趕快進入瑞士的水域。破曉時分，我們離湖岸很近。我看得見峋嶙的岸邊和樹木。

「那是什麼？」凱瑟琳說。我息槳聆聽。是機器船在湖心撲嘟撲嘟打水的聲音。我划近岸邊，靜止不動。馬達聲更近了，然後我們看到機器船在身後不遠的雨絲裡行駛。船尾有四個緝私警衛，登山帽壓得很低，斗篷領子往上豎，卡賓槍斜揹在背上。現在是大清早，他們都睡眼惺忪。我看見他們帽子上的一點黃色和斗篷領子上的黃標幟。機器船撲嘟撲嘟前進，在雨中消逝了蹤影。

我往湖心划。我們既然離邊界這麼近，我可不希望公路上的哨兵叫住我。我走在湖心能看見岸邊的位置，冒雨划了三刻鐘。我再次聽見機器船的聲音，不過我靜止不動，引擎聲終於往湖心愈走愈遠。

「凱，我們大概在瑞士水域了，」我說。

「真的？」

「要看到瑞士軍隊才知道。」

「或者瑞士水兵。」

「瑞士水兵可不是鬧著玩的。剛才我們聽見的那艘機械船上說不定就是瑞士水兵。」

「如果到了瑞士，我們吃一頓豐盛的早餐吧。瑞士有美妙的奶油和果醬捲。」

這時天色大亮，細雨綿綿。岸外的風仍舊往湖上吹，我們看見白浪飄離船邊，往湖上捲去。現在我確定，我們已經到瑞士了。岸上的樹林後方有許多房子，岸邊不遠處有一個石屋林立的村莊、幾棟別墅和一間教堂。我注意沿岸的公路有沒有衛兵，但是沒看到半個人。現在路面離大湖很近，我看到一名士兵由一家咖啡館走出來。他身穿灰綠色的制服，頭戴德式鋼盔。臉色健康紅潤，留著小牙刷鬍子。他看看我們。

「向他揮手，」我對凱瑟琳說，她揮揮手，士兵靦腆地笑一笑，揮手答禮。我放慢划船的速度。我們正通過村子的水濱。

「我們一定到邊界以內了，」我說。

「我希望有把握，達令。我們可不想在邊界被人遣返。」

「邊界已經過了好一段路。我想這是關稅城。我相信是布里莎果。」

「那邊不會有義大利人嗎？關稅城一向分爲兩邊。」

「戰時例外。我想他們不讓義大利人越過邊界。」

該地是一個優美的小城。碼頭邊有不少漁船，魚網都攤在曬架上。十一月細雨綿綿，但是小城在雨中也怡人而清爽。

「我們上岸吃早餐如何？」

「好。」

我用力拉左槳，讓船隻靠岸，貼近碼頭後再掉直，讓船隻靠攏岸邊。我收進船槳，抓住一個鐵環，跨上濕淋淋的石頭地，終於踏進瑞士國土了。我繫好小船，伸手去牽凱瑟琳。

「上來吧，凱。心情實在不同凡響。」

「提包怎麼辦？」

「留在船上嘛。」

凱瑟琳跨上岸，我們一起踏上瑞士國土了。

「好迷人的國度，」她說。

「這兒不是挺棒嗎？」

「我們去吃早餐！」

「真是了不起的國家。我喜歡鞋子底下的觸感。」

「我全身僵麻，不能充分感受。不過一接觸就覺得這是一個了不起的國家。達令，你有沒有體會到我們身在這兒，已脫離那個血腥的地方？」

「有。真的有。我以前從來沒有體驗過這種感覺。」

「看那些房子。那方場很雅致吧？我們可以到那邊吃早餐。」

「雨絲也討人喜歡，不是嗎？義大利就沒有這種雨。這是歡喜之雨。」

「到了，達令，你有沒有體會出我們來到這兒？」

我們走進咖啡館，坐在一張清爽的木桌邊。兩個人興奮莫名。一位外表富麗潔淨、身穿圍裙的婦女走上來，問我們要吃什麼。

「果醬捲和咖啡，」凱瑟琳說。

「對不起，戰時我們不供應捲餅。」

「那就改吃麵包吧。」

「我可以替妳弄些吐司。」

「好。」

「我還要炒蛋。」

「先生要幾個蛋？」

「三個。」

「叫四個，甜心。」

「四個蛋。」

女侍走了。我親吻凱瑟琳，緊緊握住她的小手，我們凝視對方，又打量小咖啡店。

「達令，達令，這不是挺迷人嗎？」

「很棒，」我說。

凱瑟琳說，「沒有捲餅我不在乎。我整夜想那些捲餅。但是我不在乎，我根本不在乎。」

「我想他們馬上要來抓我們了。」

「沒關係，達令。我們先吃早餐。飯後被捕無所謂。而且他們不能拿我們怎麼樣。我們是有頭有臉的英國人和美國人。」

「你有護照吧？」

「當然。噢，我們別談那些。快快樂樂的。」

「我再快樂不過了，」我說。一隻尾巴像羽毛般翹起的胖灰貓由地板那一頭走到我們桌下，挨著我的腿摩擦身子，發出呼嚕呼嚕的聲音。我伸手去摸牠。凱瑟琳向我露出幸福的微笑。「咖啡來了，」她說。

早餐後，他們果真來抓我們。我們在村子裡走了一小段路，然後到碼頭去拿行李。一名士兵守著那條船。

「這是你的船？」

「是的。」

「你打哪兒來！」

「湖上。」

「那得麻煩你跟我走一趟。」

「行李怎麼辦？」

「你可以帶著。」

我拎著提袋，凱瑟琳和我並肩而行，士兵在我們後面，一起走到古老的關稅所。到了所裡，由一名很瘦、很有軍威的中尉詢問我們。

「你們是哪一國人？」

「美國和英國。」

「我看看你們的護照。」

我把護照交給他，凱瑟琳由皮包裡拿出她那一份。

他審視良久。

「你們爲什麼划船到瑞士？」

我說，「我是運動員。划船是我最喜歡的運動。我有機會就划。」

「你爲什麼來此地？」

「爲冬季運動而來。我們是觀光客，來做冬季運動。」

「這不是冬季運動的場所。」

「我們知道。我們要前往冬季運動舉辦的地方。」

「你們在義大利幹什麼？」

「我讀建築。我表妹讀藝術。」

「你們爲什麼離開那兒？」

「我們想作冬季運動。打仗期間，沒有辦法學建築。」

「請你們待在原地，不要走開，」中尉說。他拿著我們的護照走進樓房後廂。

凱瑟琳說，「你真了不起，達令，堅守這條線路。你要作冬季運動。」

「你對藝術有沒有什麼認識？」

「魯賓斯，」凱瑟琳說。

「又大又肥，」我說。

「提善，」凱瑟琳說。

我說，「黃毛。曼泰格納呢？」

凱瑟琳說，「別問太難的畫家。還好我知道——很艱澀。」

我說，「很艱澀。缺點多。」

凱瑟琳說，「你看，我會成爲你的好妻子。我可以和你的顧客談論藝術問題。」

「他來了，」我說。瘦中尉由稅所那一端走過來，手持我們的護照。

他說，「我不得不送你們去洛卡諾。你們可以叫一部馬車，由一名士兵陪你們去。」

我說，「好，船呢？」

「船隻沒收。你的提袋裡裝些什麼？」

他搜檢兩個提袋，拿起那四分之一瓶白蘭地酒。「要不要陪我喝一杯？」我問他。

「不，謝謝你。」他挺直身軀。「你有多少錢？」

「兩千五百里拉。」

他爲之動容。「令表妹有多少？」

凱瑟琳有一千兩百多里拉。中尉很滿意。他對我們的態度不那麼高傲了。

他說，「你們如果要作冬季運動。文津是好地方。家父在文津有一家上好的旅店。四季開放。」

我說，「好極了。你能不能把店名告訴我？」

「我寫在名片上。」他彬彬有禮遞上名片。

「士兵會帶你進洛卡諾。護照要由他保管。不好意思，但這是必要措施。但願洛卡諾當局給你一份簽證或警方許可證。」

他把兩份護照交給士兵，我們拎著提袋到村子裡去叫馬車。「嘿，」中尉向士兵喊道。他用德國方言和他說了幾句話。士兵把步槍扛在肩上，接過我們的提袋。

「這是一個偉大的國家，」我對凱瑟琳說。

「好現實。」

「多謝，」我對中尉說。他揮揮手。

「祝福你！」他說。我們跟著衛士走進村莊。

我們搭一輛馬車前往洛卡諾，士兵陪車夫坐在前面。到了洛卡諾，我們並未吃苦頭。他們問話，但是彬彬有禮，因爲我們有錢又有護照。我想他們不相信我的說辭，因爲內容十分愚蠢，但是個中道理就像法庭一樣。並不需要合理的供辭，要的只是表面的說法。一口咬定，不加說明。由於我們有護照又肯花錢。所以他們發了兩份省區的簽證，但說這兩份簽證隨時可以撤回。我們每到一處，都得向警方報告。

我們是不是愛到哪兒就可以上哪兒？是的，我們要到什麼地方？

「妳想去哪裡，凱？」

「蒙特利斯。」

軍官說，「好地方。我想你們會喜歡那兒。」

另外一名軍官說，「洛卡諾就是好地方。我相信你們會喜歡洛卡諾這兒。洛卡諾是非常迷人的地方。」

「我們想找一個有冬季運動的地點。」

「蒙特利斯沒有冬季運動。」

另外一名軍官說，「請你原諒。我是蒙特利斯人。蒙特利斯——歐伯蘭——伯諾斯鐵路沿線明明有冬季運動。你否認未免太不應該。」

「我不否認這一點。我只說蒙特利斯本身沒有冬季運動。」

另外一名軍官說，「我懷疑。我懷疑這句話。」

「我堅持這句話。」

「我懷疑這句話。我自己就在蒙特利斯街上駕過單人雪橇。我駕過不止一回，好幾回了。單人雪橇當然是冬季運動。」

另外一名軍官轉向我。

「先生，單人雪橇是你心目中的冬季運動嗎？我告訴你，留在洛卡諾很舒服。你會覺得氣候衛生，環境迷人。你將非常喜歡此地。」

「這位先生已經說過他想去蒙特利斯。」

「什麼是單人雪橇運動？」我問他們。

「你看，他連單人雪橇運動都沒有聽過。」

這句話在第二名軍官心目中頗有份量，他很高興。

第一名軍官說，「單人雪橇運動就是坐平底雪橇滑下山。」

另外一名軍官搖搖頭，「請容我劃分一下。非劃分清楚不行。平底橇和單人雪橇不一樣。平底橇是加拿大人用平底胎做成的。單人雪橇是帶滑輪的普通雪橇。精確很重要。」

「我們不能坐平底橇滑下山嗎？」我問道。

第一名軍官說，「當然可以。你們可以滑得好極了。蒙特利斯有上好的加拿大平底橇出售。奧克兄弟專賣平底橇。他們自己進口平底橇。」

第二名軍官轉臉看別的地方。他說，「滑平底橇需要特殊的雪道。你不能在蒙特利斯街上滑平底橇。你們在此地的歇腳處是哪兒？」

我說，「我不知道，我們剛從布里莎果進來。馬車在外面。」

第一位軍官說，「你們去蒙特利斯，絕對錯不了。你會發覺氣候美麗宜人。要做冬季運動，不必走多遠。」

第二名軍官說，「你若真想做冬季運動，你該到安哥丁或者慕蘭去。有人勸你們到蒙特利斯去做冬季運動，我非抗議不可。」

「蒙特利斯上方的拉斯阿凡特有各種一流的冬季運動。」蒙特利斯的擁護者怒目看他的同僚。

我說，「兩位，我大概得走了。我表妹很疲倦。我們先到蒙特利斯試試看。」

「祝賀你。」第一名軍官跟我握手。

第二名軍官說，「你將懊悔離開洛卡諾。無論如何你要向蒙特利斯的警方報告行蹤。」

第一名軍官向我保證，「警方不會煞風景。你去了就知道，居民都斯文有禮，很友善。」

我說，「多謝你們兩位。你們的建議，我們十分感激。」

凱瑟琳說，「再見，多謝你們兩位。」

他們鞠躬送到門口，洛卡諾的擁護者有些冷淡。我們下了台階，坐上馬車。

凱瑟琳說，「老天，達令，我們不能早一點走嗎？」我將一名軍官推薦的旅館名字告訴車夫。他拿起韁繩。

「你忘了那名陸軍，」凱瑟琳說。士兵站在馬車旁。我給他一張十里拉的鈔票。「我還沒有瑞士錢，」我說。他謝謝我，然後行禮而退。馬車出發了，我們開到旅館。

我問凱瑟琳，「妳怎麼剛好提到蒙特利斯？妳真的想去？」

她說，「那是我想起的頭一個地名。那邊還不壞，我們可以在山區找一間房子住。」

「妳睏不睏？」

「我眼看要睡著了。」

「我們好好睡一覺，可憐的凱，妳昨夜吃夠了苦頭。」

凱瑟琳說，「我很開心。尤其是你撐雨傘航行的時候。」

「妳能不能體會我們已經在瑞士了？」

「不。我真怕好夢醒來，發現不是真的。」

「我也一樣。」

「是真的吧，達令？我不是正趕往米蘭車站給你送行吧？」

「希望不是。」

「別這麼說嘛。嚇死我了。也許我們正要去那兒哩。」

「我頭昏眼花，搞不清楚，」我說。

「我看看你的手。」

我伸出兩手。雙手起泡剝裂。

「我肋邊沒有釘孔，」我說。

「別褻瀆神明。」

我覺得很累，頭腦迷迷糊糊。得意感完全消失了。馬車沿著街道向前走。

「可憐的手，」凱瑟琳說。

我說，「不要摸。老天，我真的不知道我們身在何處。我們要去哪裡？」車夫停下馬來。

「到京城旅社。你不是要去那邊？」

我說，「是。沒關係，凱。」

「沒關係，達令。別心煩意亂。我們好好睡一覺，明天你就不會頭昏了。」

我說，「我真的頭昏眼花。今天活像一場喜鬧歌劇。也許我餓了。」

「你只是太累，達令。你馬上就好了。」馬車在旅社門前停下來。有人出來為我們拿提包。

「我覺得還好，」我說。我們沿著步道進旅館。

「我知道你不會有問題的。你只是累了。你熬了好一段時間。」

「總之我們來了。」

「是的，我們真的來了。」

我們跟著拎提袋的門僮走進旅館。

卷五

38

那年秋天，雪下得很遲。我們住在山麓松林的一間褐色木屋裡，夜裡有霜，櫥櫃上的兩個水壺水面上都結了一層薄水。哥廷根太太一大早就進來關窗戶，在高高的瓷質爐灶裡升火，松木劈劈啪啪閃爍，接著爐灶火光熊熊，哥廷根太太第二次進屋，帶了大塊大塊的木頭燃料，以及一壺熱水。屋裡暖和了，她把早餐端進來，我們坐在床上吃早餐，眼睛望見大湖和對岸靠法國那一側的高山。山峰積雪，湖面呈灰鋼色。

外面農舍前有一條路通上山。因爲下霜，車印和山脊都硬得像鋼鐵，路面一直在林間穿梭上坡，環山而行，通往谷地那一頭樹林邊的草地，以及草地中的穀倉和民房。山谷很深，谷底有一條清溪流入大湖，冬風吹過山谷，可以聽見岩石間潺潺的溪聲。

有時候我們拐離大道，踏上一條松林間的小徑。林地走起來軟綿綿的；不像大路因降霜而硬化。但是我們不在乎路面硬不硬，因爲我們的鞋底有鋼釘和皮靴跟，鞋釘咬住結霜的車印，穿釘靴很好走，而且精神爽快。但是林間散步更迷人。

我們住的民房前面，山坡矗然陡落成湖邊的小平原，晴天我們坐在陽台上曬太陽，瞭望路面彎彎曲曲下坡，低峰的坡地上有梯田狀的葡萄園，冬天葡萄藤都死了，田地由石牆分成一塊一塊，葡萄園下方是湖岸窄平原的市街房舍。湖上有一個長了兩棵樹的小島，那兩棵樹真像一條漁船上的雙帆。湖水另一側的山峰又尖又陡，湖面盡頭是羅恩谷地，平平坦坦夾在兩座山脊間；谷地上方被高山截斷，是謂「月光峽」。那是一座積雪的高山，俯臨河谷，但是離湖太遠了，所以水面上沒有它的倒影。

遇到陽光燦爛時，我們在陽台上吃午餐，其他時候則躲在樓上一間只有粗木牆、屋角裝了一個大爐灶的小房間裡吃。我們進城買書報、雜誌和一份「霍爾牌戲譜」，學了許多二手的紙牌遊戲。有爐灶的小房間是我們的起居室。屋裡有兩張舒服的椅子和一張放書報雜誌的桌子，餐具清走以後，我們在餐桌上玩紙牌。哥廷根夫婦住在樓下，傍晚我們不時聽見他們的談笑聲，他們也過得很幸福。他曾擔任侍應生領班，她在同一家旅館當過女侍，兩人存錢買下這棟住宅。他們有一個兒子，正要學做侍應生領班，目前在蘇黎世的一家旅館。樓下有一個客廳，兼賣酒類和啤酒，傍晚我們不時聽見馬拉車停在屋外路面上，有人由台階到客廳來喝酒。

起居室外面的走廊有一箱木柴，我用來維持火勢。不過我們睡得不太晚。我們摸黑在大臥房睡覺，我脫下衣服，打開窗戶，望見暗夜、寒星和窗下的松林，於是儘快鑽到床上。空氣冰涼清爽，窗外夜色爲伴，躺在床上真迷人。我們睡得很香，半夜如果醒來，我知道只有一個原因，連忙把羽毛被子推開，小心不吵醒凱瑟琳，然後再睡，薄毯輕柔又暖和。戰爭似乎遠在天邊。不過我看報紙，知道冬雪遲遲不來，山區還在打仗。

有時候我們走下山，前往蒙特利斯。有一條下山的捷徑，但是坡度很陡，我們通常走大路，沿著田地間又寬又硬的路面走，然後來到葡萄園的石牆下方，再一路順著村舍間前行。那邊有三個村落，一個叫契奈克斯，一個叫芳坦尼凡，另外一個我忘了名字。然後我們順著大路，經過山邊一棟古老的方形石樓，山坡有梯狀的葡萄園地，每一根藤蔓都綁在木條上撐好，藤蔓枯黃，大地準備迎接冬雪，下面的大湖呈現鋼鐵般平滑的灰色。石樓下方，道路下斜好一段距離，接著向右拐，坡度陡峻，沿路鋪了鵝卵石，通入蒙特利斯。

我們在蒙特利斯沒有半個熟人。我們沿著湖邊走，看到天鵝和許多水鷗及燕鷗，一走近，牠們就飛起來，一面低頭看水，一面哇哇亂叫。湖心有成群的鷺鳥，小小黑黑的，游泳時在水面留下長長的軌跡。到城裡，我們沿著大街漫步，瀏覽店鋪的櫥窗。有許多關門歇業的旅館，不過大多數商店都開門，大家看到我們很高興。有一間優美的理髮店，凱瑟琳常去做頭髮。老闆娘性情愉快，我們在蒙特利斯只認識她一個人。凱瑟琳到那邊的時候，我找一家啤酒小店，喝深色的慕尼黑啤酒，看看報紙。我看義大利文的「晚間快報」和巴黎來的英國及美國報紙。一切廣告都塗黑了，大概是要預防國民和敵人通商吧。這些報紙水準都很差。不管什麼地方，樣樣都糟透了。我仰靠在角落裡，手持一大杯黑啤酒和一份打開的油紙包椒鹽餅，一面享受椒鹽餅的鹹味和啤酒的芳香，一面看戰事新聞。我認為凱瑟琳該來了，她卻老不露面，於是我把報紙放回報架，付了酒錢，便沿街過去找她。

天氣又冷又暗，房屋的石牆顯得冷冰冰的。凱瑟琳還在理髮店。老闆娘正為她梳波浪髮型。我坐在小店裡觀賞。看她做頭髮挺刺激的，凱瑟琳含笑和我交談，我的嗓子因興奮而微微轉濁。鉗子發出愉快的咔啦聲，我分別由三面鏡子看到凱瑟琳，待在小店裡真舒服真溫暖。接著老闆娘把凱瑟琳的頭髮往上梳，凱瑟琳照照鏡子，稍微修改一番，拿出髮夾來別上；然後站起來。「這麼久，真是抱歉。」

「先生很感興趣。不是嗎，先生？」女人微笑說。

「是的，」我說。

我們出門來到街上。外面陰冷荒涼，冬風凜冽。「噢，達令，我真愛妳，」我說。

凱瑟琳說，「我們不是挺愜意嗎？看。我們找個地方，以啤酒代茶。對小凱瑟琳有好處。不讓她體型過大。」

我說，「小凱瑟琳，這個無賴。」

凱瑟琳說，「她很乖，很少惹麻煩。醫生說啤酒對我有好處，不讓她體型過大。」

「妳若讓她長得小小的，結果是男孩，說不定他以後可以當騎師哩。」

「我們若真的生下這孩子，大概得結婚，」凱瑟琳說。我們在啤酒店的角台邊。外面漸漸天黑了。時間還早，不過白晝天陰沉沉的，黃昏提早降臨。

「我們現在結婚，」我說。

凱瑟琳說，「不，現在太窘了。我的肚子太明顯。我不要這副樣子去見人和結婚。」

「真希望我們已結成夫婦。」

「我想那樣會好一點。不過達令，我們幾時有機會？」

「我不知道。」

「我只知道一件事。我絕不帶著這副媽媽相結婚。」

「妳沒什麼媽媽相嘛。」

「噢，有，我有，達令。美髮師問我這是不是頭一胎。我謊稱不是，說我們已經有兩男兩女了。」

「我們什麼時候結婚？」

「等我恢復苗條，隨時都可以。我們要舉行一次光彩奪目的婚禮，人人都稱羨我們是一對漂亮的新人。」

「妳不擔心？」

「達令，我何必擔心？我唯一心裡不舒服的一次，就是在米蘭旅館自覺像娼婦，那種心情只短短七分鐘就過去了，而且是房間佈置引起的。我不是你的好妻子嗎？」

「妳是迷人的妻子。」

「那就不要太注重表面，達令。等我恢復苗條，馬上嫁給你。」

「好吧。」

「你想我該不該再喝杯啤酒？醫坐說我臀部很窄，如果我們不讓小凱瑟琳體型長大，生產會順利得多。」

「他還說些什麼？」我很擔心。

「沒有。我的血壓好極了，達令。他讚美我的血壓。」

「他說妳臀部太窄怎麼樣？」

「沒有。沒說什麼。他說我不能滑雪。」

「對。」

「他說以前如果沒滑過，現在學太晚了。除非我不會摔跤，才能滑雪。」

「他真是心胸開朗，很會說笑話。」

「他真的很好。生產的時候，我們請他接生！」

「妳有沒有問他我們該不該結婚？」

「沒有。我對他說我們結婚四年了。達令，你知道，我若嫁給你，我就算美國人，照美國法律，不管我們什麼時候結婚，小孩都算婚生子。」

「妳從什麼地方看來的？」

「在圖書館看紐約『世界年鑑』。」

「妳真是了不起的姑娘。」

「我樂於當美國人，我們會去美國吧，達令？我想看看尼加拉瓜大瀑布。」

「妳是好姑娘。」

「我還想參觀另外一處風景，不過我記不得了。」

「股票交易所？」

「不是。我記不得了。」

「伍爾華斯大廈？」

「不是。」

「大峽谷？」

「不是。不過那個地方我也樂於看一看。」

「是什麼？」

「金門大橋！我想看的就是那個。金門大橋在哪裡？」

「舊金山。」

「那我們去。總之我想參觀舊金山。」

「好。以後我們去。」

「現在我們上山吧。好不好？我們能不能搭蒙特利斯——歐伯蘭——伯諾斯線的火車？」

「五點多有一班車。」

「我們搭那一班。」

「好。我再喝一杯啤酒。」

我們出來，沿街直走，爬樓梯前往火車站，天氣冷得刺人。一道冷風順著羅恩河谷吹來。商店櫥窗有燈光，我們爬陡峻的石梯來到上層街道，然後又爬一道石梯，才抵達車站。電火車停在那邊等，燈火通明。有一個刻度盤指出開車的時刻。時針和分針指著五點十分。我看看車站的大鐘。現在是五點五分。我們上車的時候，我看到司機和車掌正由車站的酒店走出來。我們坐下，打開窗子。火車由電氣加熱，悶不通風，但是新鮮而冷冽的空氣由窗口飄進來。

「妳累不累，凱瑟琳？」我問她。

「不。我覺得棒極了。」

「路程不遠。」

她說，「我喜歡坐車。別爲我發愁，達令。我覺得很好。」

直到聖誕前三天才下雪。有一天早上我們醒來，發現下雪了。爐灶中火光熊熊，我們躺在床上看雪花飄。哥廷根太太撤走早餐托盤，在爐灶中添加木柴。這是一場大風雪。她說是半夜時分下起的。我走到窗邊往外瞧，但是看不到馬路對面的情形。風狂雪驟。我回床上躺著聊天。

凱瑟琳說，「真希望我能滑雪。不能滑雪真掃興。」

「我們找一台運貨的連撬，沿著路面走。和坐車差不多，對妳沒有什麼害處。」

「不會難受嗎？」

「我們看看嘛。」

「但願不太難受。」

「待會兒我們到雪中散步。」

凱瑟琳說，「午餐前去，可以增進胃口。」

「我老是肚子餓。」

「我也是。」

我們來到雪地上，不過積雪未硬，走不了多遠。我帶路，弄出一條到車站的軌跡，走到那兒，路程已經夠遠了。大雪紛飛，幾乎什麼都看不見，我們走進車站旁邊的小客棧，用一把掃帚撣去對方身上的雪花，坐在一張板凳上喝苦艾酒。

「好大的雪，」酒吧女侍說。

「是的。」

「今年雪下得很遲。」

「是的。」

凱瑟琳問道，「我能不能吃一條巧克力？離午餐時間是不是太近了？我老是肚子餓。」

「吃吧，」我說。

「我要一條榛子口味的。」

女侍說，「很好吃。我最喜歡這種。」

「我再來一杯苦艾酒，」我說。

我們出來，沿舊路回家，原先的軌跡已被冰雪填沒了。只留下原來坑洞的微痕。雪花迎面飄來，我們簡直看不見路走。我們拂掉雪花，進屋吃午飯。哥廷根先生把午餐端上來。他說，「明天有滑雪運動。你會不會滑雪，亨利先生？」

「不會。但是我想學。」

「很容易學。我兒子要回來過聖誕。他會教你。」

「好極了。他什麼時候到？」

「明天晚上。」

飯後我們坐在小房間的爐灶旁，眺望窗外的雪花，凱瑟琳說，「達令，你不想一個人出去走走，和男士們作伴，滑滑雪嗎？」

「不。我何必去？」

「除了我，我想你有時候會希望看看別人。」

「妳想不想看別人？」

「不。」

「我也不想。」

「我知道。但是你不同。我懷著身孕，什麼事都不做也甘心。我知道我現在好蠢，話太多，我想你有時應該出外走走，才不會對我心生厭煩。」

「妳要我走嗎？」

「不，我要你留下來。」

「我正有此意。」

她說，「來。我想摸摸你頭上的腫包。好大的包喔。」她用手指輕輕劃。「達令，你想不想留鬍鬚？」

「妳要我留？」

「一定很有趣。我想看看你留鬍鬚的樣子。」

「好。我來留。現在開始，此時此刻。真是好主意。讓我有事做。」

「你因爲沒事做才發愁嗎？」

「不。我喜歡。我過得很舒服。難道妳不是？」

「我過得很開心。但是我怕大肚子招你討厭。」

「噢，凱。妳不知道我對妳多痴心。」

「這副樣子？」

「就是妳這副樣子。我過得很愜意。我們不是很快活嗎？」

「我是，但是我覺得你可能魂不守舍。」

「不，有時候我想起前線和我認識的人不知道如何了，可是我並不擔憂。我什麼都不多想。」

「你想起誰？」

「雷納迪、神父和許多我認識的人。但是我不常想他們。我不願想起戰爭。現在我的戰鬥生涯結束了。」

「現在你想什麼？」

「沒有。」

「有。告訴我嘛。」

「我懷疑雷納迪有沒有得過梅毒。」

「如此而已？」

「是的。」

「他到底有沒有梅毒？」

「我不知道。」

「幸虧你沒有。你得過這一類的毛病嗎？」

「我得過淋病。」

「我不想聽。是不是很痛苦，達令？」

「很痛苦。」

「但願我患過。」

「不，妳不希望如此。」

「我希望。我希望自己患過，才能像你呀。但願我和你所有的女伴相處過，那我就能對你開她們的玩笑了。」

「這倒是一副漂亮的畫面。」

「你得淋病可不是一副漂亮的畫面。」

「我知道。現在看雪吧。」

「我寧願看你。達令，你爲什麼不把頭髮留長？」

「怎麼留？」

「稍微再留長一點。」

「現在夠長了。」

「不，你再留長一點，我可以把我的剪掉，我們看起來就差不多了，只是一個金髮，一個黑髮。」

「我不讓妳剪。」

「一定很好玩。我長髮留膩了。晚上在床上真煩人。」

「我喜歡。」

「你不喜歡我短髮？」

「也許會喜歡。我喜歡妳現在的樣子。」

「剪短可能很好看。那我們就差不多了。噢，達令，我真愛你，恨不得變成你這個人。」

「妳已經是了。我們合而爲一。」

「我知道。晚上是。」

「晚上太棒了。」

「我希望完全融在一起。我不要你走開。我剛才說過。你要去就去，但是快點回來。咦，達令，不和你在一起的時候，我根本不想活。」

我說，「我永遠不走。妳不在，我並不好受。我等於沒有任何生活。」

「我要你過生活。我要你過得愉快。但是我們會一起過，對不對？」
「現在妳要我刮鬍子還是留鬍子？」
「留。留。一定很刺激。說不定新年就留起來了。」
「現在妳想不想下棋？」
「我寧願跟你嬉玩。」
「不。我們下棋吧。」
「然後再玩？」
「是的。」
「好吧。」
我拿出棋盤，安放棋子。外面雪還下得很大。
有一次我半夜醒來，知道凱瑟琳也醒了。月光射進窗口，在床上映出窗板木條的影子。
「你醒啦，甜心？」
「是的。妳是不是睡不著？」
「我剛醒，想起我和你初次邂逅的時候，簡直有點瘋瘋癲癲。你記不記得？」
「妳當時真的有點瘋瘋癲癲。」
「我現在不會那樣了。現在我很棒。你的『棒』字說得好甜。說『好棒』。」
「好棒。」
「噢，你真甜。如今我不再瘋瘋癲癲。我非常非常快樂。」

「睡覺吧，」我說。

「好。讓我們同時睡著。」

事實並非如此。我清醒好一段時間，一面想心事，一面看凱瑟琳擁被酣睡，月光照在她臉上。

後來我也睡著了。

39

翌年一月中旬，我留了一把鬍子，冬天轉成白晝晴朗而冷冽，晚上卻酷寒難當的天氣。路上又能散步了。運茅草的雪橇、運木頭的雪橇以及拖下山的原木把積雪壓得又硬又平。白雪籠罩全鄉，幾乎綿延到蒙特利斯城。大湖對岸的高山一片白茫茫，羅恩河谷的平原掩在白雪中。我們在高山另一側走遠路到阿麗葉茲溫泉。凱瑟琳腳穿平頭釘靴，身披斗篷，手拿一根帶有鋼製尖頭的拐杖。斗篷下看不出她的大肚子。我們不願走太快，她累了，我們就停下來，在路邊的原木塊上休息。

阿麗葉茲溫泉的樹叢裡有一家客棧，伐木工人常在此止步喝上一杯，我們在爐邊暖洋洋的，喝香料和檸檬調味的熱紅酒。當地人俗稱「光熱酒」，是暖身和喜慶的好飲料。客棧裡面黑漆漆，煙霧瀰漫，等跨出店門，冷空氣突然衝進肺部，吸氣時鼻子都凍僵了。我們回頭看客棧，燈光由窗口透出來，伐木工人的馬匹在門外猛跺腳猛扭頭，驅除寒意。牠們口鼻處的毛髮都結了霜，一吐氣就在空氣中凝成一道道霜煙。走路回家，有一段路又平又滑，積冰被來往的馬匹弄成橘紅色，後來拖木頭的軌跡轉彎離開大道，於是路面全是清新密實的白雪，直穿過森林。傍晚回家，我們曾兩次看到狐狸。

這是優美的鄉區，每次出門，都饒富趣味。

凱瑟琳說，「現在你有一把壯觀的鬍鬚。看起來正像伐木工人。你看到那個戴袖珍金耳環的男人沒有？」

我說，「他是羚羊獵戶。他們戴金耳環，說是會加強聽力。」

「真的？我不相信。我想他們戴金耳環，是想炫耀羚羊獵戶的身分。附近有羚羊嗎？」

「有，在雅曼峽那一端。」

「看到狐狸真有趣。」

「狐狸睡覺的時候，用尾巴捲著身體，驅寒保暖。」

「那種感覺一定很可愛。」

「我老希望有那麼一條尾巴。我們若長著毛茸茸的狐尾，不是挺有趣嗎？」

「更衣大概很困難。」

「我們可以到一個凡事都無所謂的鄉區去做衣服或居住。」

「我們現在住的就是凡事都無所謂的鄉區。我們不和人見面，不是很棒嗎？你不想見人吧，達令？」

「不想。」

「我們坐一下好不好？我有點累。」

我們一起坐在大木頭上。眼前的路面穿過森林。

「她不會害我們疏遠吧？這個小傢伙。」

「不。我們不許她這樣。」

「我們有多少現鈔？」

「很充裕。他們兌現了上一張匯票。」

「現在你家人知道你在瑞士，不會設法控制你嗎？」

「說不定。我會寫信告訴他們。」

「你還沒寫信給他們？」

「沒有。只提匯票。」

「感謝上帝，我不是你的家人。」

「我會拍一份電報給他們。」

「你對他們一點都不關心？」

「關心。但是我們常吵架，感情慢慢磨損了。」

「我大概會喜歡他們。我說不定會非常喜歡。」

「別談他們吧，否則我要開始為他們擔憂了。」過了一會我說，「妳如果休息夠了，我們繼續走。」

「我休息夠了。」

我們繼續沿著大路走。現在天色已黑，雪泥在長靴下嘰軋嘰軋響。夜色乾寒而清爽。

凱瑟琳說，「我愛你的鬍子。真是一大成功。看起來又挺又利，其實軟軟的，很有意思。」

「妳喜歡我留鬍子，比不留更喜歡？」

「我想是吧。達令，你知道，我要等小凱瑟琳出生後才剪頭髮。現在我肚子太大，一副媽媽相。等她生下來以後，我會恢復苗條，我要去剪髮，那麼我在你眼中就是一個完全不同的新人了。

我們一起去剪，或者我單獨去，回來叫你驚喜一番。」

我沒有說話。

「你不會不同意吧？」

「不會。我想一定很刺激。」

「噢，你真甜。達令，說不定我會顯得很可愛，在你眼中苗條又動人，你會重新愛上我。」

我說，「媽的，我現在愛妳夠深了。妳想幹什麼？毀了我？」

「是啊，我要毀了你。」

我說，「好。我也想這樣。」

40

我們過得愜意極了。一月和二月點點滴滴過去，冬天優美宜人，我們很快樂。有時候暫時融雪，暖風吹來，積雪軟化，空氣有如春天，但是晴朗嚴寒的天氣再度來襲，冬天又回來了。三月裡冬天變化首度出現。晚上開始下雨。早晨連下個不停，積雪化爲爛泥，山麓濕陰陰的。湖上和山谷上都有雪層。山巔下雨。凱瑟琳穿著厚重的套鞋，我穿哥廷根先生的橡皮靴，我們撐傘到車站去，一路經過爛泥和沖刷路面積冰的流水，午飯前在小客棧駐足，喝一杯苦艾酒。我們聽見外面的雨聲。

「妳想我們該不該搬進城裡？」

「你看呢？」凱瑟琳問道。

「如果冬天過去了，陰雨綿綿，山上沒什麼樂趣，就搬吧。小凱瑟琳再過多久會出生？」

「一個月左右。也許再久一點。」

「我們可以下山，住在蒙特利斯城。」

「我們何不去洛桑？醫院就在那兒。」

「好吧。不過我覺得那個城太大。」

「大城也可以享受獨居的滋味，洛桑說不定很可愛。」

「我們什麼時候走？」

「我無所謂。隨你高興，達令。你若不想走，我也不想。」

「我們看看天氣的變化吧。」

一連下了三天雨。現在車站下方的山麓積雪全融光了。路面呈現一股泥濘的奔流。濕淋淋，爛兮兮，沒有辦法外出。下雨的第三天早晨，我們決定遷居城內。

哥廷根說，「沒關係，亨利先生。你不用特別通知我。現在天氣轉壞了，我想你不希望久居。」

「為太太著想，我們得離醫院近一點。」我說。

他說，「我明白。以後你們會不會帶小孩回來住？」

「會，只要你有房間。」

「春天氣候好轉，你們可以來玩玩。我們把小傢伙和護士安置在現在封閉的大房間裡，你和夫人住原來這間面對大湖的臥室。」

「我要來，會寫信通知，」我說。我們收拾好，搭午餐後的那一班火車下山。哥廷根夫婦陪我們到車站，他用雪橇拖著我們的行李走過爛泥堆。他們淋著雨在車站旁邊揮手告別。

「他們真甜，」凱瑟琳說。

「他們對我們很好。」

我們由蒙特利斯搭車到洛桑。從窗口眺望我們舊居的方向，烏雲密佈，看不見群山的影子。火車停靠在維維站，然後繼續開，鐵路一邊是大湖，一邊是水淋淋的枯褐田地、光禿禿的樹林和濕濕的住家。我們進了洛桑城，住進一家中等規模的旅社。坐馬車穿過街道，駛進旅社的馬車入口時，外面還在下雨。住過哥廷根家，再面對西裝領上別著銅鑰匙的警衛，電梯，地上的厚毯、發光質地的白色洗臉台、銅床和舒服的大臥室，覺得奢侈極了。房間的窗子面對一座濕淋淋的花園，圍牆頂上加了一道鐵欄杆。陡峻的街道對面是另外一家旅館。牆壁及花園和這一家差不多。我望著雨絲落在園中的噴泉裡。

凱瑟琳打開所有的電燈，動手解行李。我叫了一瓶威士忌蘇打，躺在床上看我在車站買的報紙。時值一九一八年三月，德軍開始攻法國，我一面喝威士忌蘇打一面看報，凱瑟琳解開行囊，在屋裡忙來忙去。

「達令，你知道我需要買什麼嗎？」她說。

「什麼？」

「嬰兒服裝啊。很少人到我這個時候還沒準備嬰兒用品。」

「妳可以去買啊。」

「我知道。我明天就去。我得先研究需要什麼。」

「妳應該知道。妳是護士呀。」

「不過住院的軍人難得有娃娃。」

「我就有。」

她用枕頭打我，把威士忌蘇打潑翻了。

她說，「我再叫一杯給你。灑掉了，真抱歉。」

「剩下沒多少。到床邊來吧。」

「不。我得儘量讓房間像個樣子。」

「像什麼？」

「像我們的家。」

「把協約國的旗幟掛出來。」

「噢，閉嘴。」

「再說一遍。」

「閉嘴。」

我說，「妳說話小心翼翼，彷彿不想得罪人。」

「我不想。」

「那就到床邊來。」

「好吧。」她過來坐在床上。「我知道我在你眼中沒有什麼趣味，達令。我像一個大麵粉桶。」

「不，不會。妳很美很甜。」

「我只是你的醜婆娘。」

「不，不是。妳始終愈變愈美。」

「不過我會恢復苗條的，達令。」

「現在妳很苗條。」

「你喝了酒。」

「只是威士忌蘇打嘛。」

她說，「另一杯送來了。我們要不要把晚餐叫上來吃？」

「那樣挺有意思。」

「那我們不出去囉？今天晚上我們留在屋裡。」

「玩玩鬧鬧，」我說。

凱瑟琳說，「我要喝一點酒。對我沒有害處。說不定可以叫到我們熟悉的卡布里白酒。」

我說，「一定可以。這種規模的旅社會有義大利酒。」

侍者敲門。他用玻璃杯裝著加冰的威士忌，托盤上還有一小瓶蘇打，和玻璃杯並列。

我說，「謝謝你，放在那邊。請你送兩份晚餐上來，再拿兩瓶加冰的卡布里乾白酒。」

「晚餐是不是先上羹湯？」

「妳要不要喝湯，凱？」

「麻煩你。」

「端一人份的湯。」

「謝謝你，先生。」他走出去，關上房門。我繼續看報，研究報上的戰局，慢慢把蘇打由冰塊頂端倒入威士忌裡。我真該叫他們威士忌不要加冰，冰塊另外放。這樣才知道威士忌有多少，不至於加了蘇打突然弄得太淡。我寧可買一瓶威士忌，叫他們端冰塊和威士忌來。這才合理。上好的威士忌非常怡人。這是生命怡人的享受之一。

「你在想什麼，達令？」

「想威士忌。」

「威士忌有什麼好想的?」

「想它多麼可愛。」

凱瑟琳扮了一個鬼臉。「好吧,」她說。

我們在旅館住了三星期。還不錯。餐廳通常空空的,晚上我們常躲在自己房裡吃。我們逛街,乘木齒鐵輪火車到奧琪,在湖邊散步。天氣相當暖和,頗有春意。我們想回山上,但是春天的氣候只維持幾天,接著冬天變化期的濕冷氣候又來了。

凱瑟琳進城去買她需要的嬰兒用品。我到拱廊街的一家健身房去打拳做運動。我通常早上去,凱瑟琳卻很晚起床。春天快要來臨的日子實在很愉快,練拳洗澡之後,沿著街道往前走,嗅聞著春天的氣息,在咖啡館小坐,看人、看報、喝苦艾酒,然後回旅社陪凱瑟琳吃午餐。拳擊館的教授留兩撇鬍鬚,動作精確威猛,跟著他打拳,全身不免筋疲力竭。不過館內很愉快。空氣好,光線足,我很用功。跳繩、練拳、躺在地板上一塊窗口射進來的陽光中做腹部運動,對打的時候偶爾把教授嚇一跳。起先我無法面對窄窄的長鏡練拳,因爲看一個留鬍子的男人打拳實在有些古怪。不過最後我只覺得好玩罷了。我一學拳擊就想把鬍子剃掉,但是凱瑟琳不肯。

有時凱瑟琳和我坐馬車到鄉下兜風。天氣怡人的時候,兜風很舒服,我們發現兩處坐馬車去吃飯的好地方。現在凱瑟琳走不了多遠,我愛帶她沿著鄉間道路兜風。只要天氣好,我們就過得棒極了,我們的日子從來不難消磨。現在我們知道生產期將屆,兩個人都覺得有一種力量催促我們,我們不能放過歡聚的時光。

41

有一天，我凌晨三點醒來，聽到凱瑟琳在床上亂動。

「妳沒事吧，凱？」

「我肚子有點痛，達令。」

「規則性的？」

「不，不大規則。」

「妳如果感到規則性的陣痛，我們就去醫院。」

我很睏，迷迷糊糊睡去。過一會我又醒了。

凱瑟琳說：「我看你還是打電話給醫生吧。我想時候到了。」

我走到電話邊，打給醫生。「陣痛多久一次？」他問我。

「多久痛一次，凱？」

「大約一刻鐘。」

醫生說：「那妳該上醫院了。我換衣服，馬上趕到。」

我掛斷電話，打給火車站附近的車行，叫他們派一輛計程車來。很久沒人接電話。最後總算找到一個人，他答應馬上派一部車。凱瑟琳正在換衣服。她的提袋已裝好了她在醫院要用的東西以及嬰兒用品。我到門外的大廳按鈴叫電梯。沒有反應。我走下樓。除了守夜員，樓下一個人都沒有。我自己把電梯開上樓，將凱瑟琳的東西放進去，她跨進門，我們就下樓了。守夜員替我們開門，我們坐在門外通往車道的梯邊石板上等計程車。夜空明朗，星星都出來了。凱瑟琳很興奮。

她說：「陣痛開始，我很高興。再過一會就完事了。」

「妳是勇敢的乖女孩。」

「我不怕。但是我希望計程車快來。」

我們聽見車子沿街開過來，也看到車頭燈。它轉入車道，我扶凱瑟琳上車，司機把提包拎到前座。

「去醫院，」我說。

我們駛出車道，漸漸上坡。

到了醫院，我們踏進門，提袋由我拎著。一個女人坐在寫字台邊，在簿子裡寫下凱瑟琳的姓名、年齡、地址、親人和宗教信仰。凱說她不信教，女人在「宗教」後面劃了一筆。她把姓名登記爲凱瑟琳．亨利。

「我帶妳到病房，」她說。我們乘電梯上樓。女人止住電梯，我們跨出去，跟她走過一個廳堂。凱瑟琳抓緊我的手臂。

女人說：「這是病房。麻煩妳更衣上床好不好？這兒有一件睡袍給妳穿。」

「我有睡袍，」凱瑟琳說。

「妳最好穿這件，」女人說。

我到門外，坐在走廊的一張椅子。

「你現在可以進來，」女人在門口說。凱瑟琳躺在窄窄的床上，身穿一件直筒的素色睡袍，看起來活像粗被單做成的。她對我微笑。

「我現在是小痛，」她說。女人抓住她的手腕，用手錶測量陣痛的時間。

「這回是大痛，」凱瑟琳說。我由她臉上看得出來。

「醫生呢？」我問那個女人。

「他躺著睡覺。需要他的時候，他馬上來。」

護士說，「現在我得爲夫人採取一點措施，請你出去好不好？」

我出門來到大廳。大廳空空的，有兩扇窗戶，走廊一路都是房門。有醫院的藥味。我坐在椅子上，眼孔垂視地面，爲凱瑟琳祈禱。

「你可以進來了，」護士說，我走進去。

「嘿，達令，」凱瑟琳說。

「怎麼樣？」

「現在次數很頻繁。」她面色一凜，然後泛出笑容。

「這回是真痛。護士，妳要不要再把手擱在我背上？」

「只要對妳有幫助，」護士說。

凱瑟琳說，「親親，你走開，出去吃點東西，護士說可能要很久。」

「頭一胎通常要拖很久，」護士說。

凱瑟琳說，「拜託出去吃點東西，我很好，真的。」

「我待會兒再走，」我說。

陣痛頗有規則，然後又緩下來了。凱瑟琳非常興奮。痛得厲害時，她連連嘶叫，疼痛慢慢減輕，她感到失望和慚愧。

她說，「親親，你出去，我想你害我忸怩不安。」她皺起面孔。「喏，這才像話，我真想當好太太，快生下這個小孩，別鬧笑話。親親，請你出去吃個早餐再回來，我不會找你的，護士對我好極了。」

「時間很充裕，你可以慢慢吃早餐，」護士說。

「那我走了，再見，甜心。」

凱瑟琳說，「再見，也替我吃一份好早餐。」

「什麼地方有賣早餐？」我問護士。

她說，「街道那邊的方場有一間咖啡店，現在應該開了。」

外面天色漸亮，我沿著空空的市街走到小咖啡館，窗裡有電燈，我踏進門，站在鋅製的吧台邊，一位老人端一杯白酒和一客奶油雞蛋捲給我，雞蛋捲是昨天的剩貨。我把它浸在酒裡吃，然後又喝了一杯咖啡。

「你這麼早出來幹什麼？」老人問我。

「我太太在醫院待產。」

「原來如此，祝你好運。」

「再來一杯酒。」

他由瓶裡倒出來，稍微潑出一點，有些流在鋅製吧台上。我喝完酒，付賬出門。一路上看到不少人家的垃圾桶，等人來收垃圾，一隻狗對著一桶垃圾聞個不停。

「你要什麼？」我問牠，然後檢視垃圾桶，看看有沒有什麼東西可以拖出來給牠享用：頂層除了咖啡渣、灰塵和幾朵死花，什麼都沒有。

「狗兒啊，什麼都沒有，」我說，小狗過街去了。我爬醫院的樓梯到凱瑟琳暫歇的那一層樓，沿著廳堂走到她房間。我敲門，沒有回音。開門一看，屋裡空空的，只有凱瑟琳的提包放在一張椅子上，牆面的鉤釘上掛著她的睡衣。我出門到大廳找人，終於找到一名護士。

「亨利太太呢？」

「有一位太太剛進產房。」

「在哪裡？」

「我帶你去。」

她帶我走到大廳的盡頭，房門半開，我看見凱瑟琳躺在一張台子上，身上蓋了被單。護士站在一旁，醫生站在台子另一側，旁邊有幾個圓筒。醫生手上拿一個橡皮面具，末端有管子相連。

護士說，「我給你一件長袍，你可以進去。來吧，請。」

她在我身上加一件白袍，後面用安全別針在頸部別好。

「現在你可以進去了，」她說，我走進產房。

凱瑟琳用不自然的口吻說，「嘿，親親，我沒有什麼成績。」

「你是亨利先生？」醫生說。

「是的，情況如何，醫生？」

醫生說，「情況很好，我們轉來這邊，便於用供氣面具止痛。」

「我現在要，」凱瑟琳說，醫生用橡皮面具罩住她的面孔，扭動一個針盤，我望著凱瑟琳急速深呼吸，然後她把面具推開，醫生關掉機鈕。

「這不算劇痛，剛才真是痛死了，醫生讓我完全不省人事，對不對，醫生？」她的聲音很奇怪，「醫生」二字拉得老高。

醫生滿面笑容。「我又要了，」凱瑟琳說，她將橡皮緊貼著面孔，急速呼吸，我聽到她微微呻吟，然後她推開面具，露出笑容。

她說，「這回是大痛，劇烈的大痛，別擔心，親親，你走開，再去吃一頓早餐。」

「我要在這裡，」我說。

我們大約凌晨三點去醫院，中午凱瑟琳還在產房，陣痛又緩下來了，現在她顯得筋疲力盡，但是還高高興興的。

她說，「我不行，達令，我真抱歉，我以爲會輕輕鬆鬆生下來。喏——又痛了——」她伸手要面罩，蓋住面孔，醫生扭動針盤望著她，一會兒陣痛過去了。

凱瑟琳說，「不太痛。」她微微一笑，「我好愛麻醉氣，太棒了。」

我說，「我們買一點家居使用。」

「又痛了。」凱瑟琳很快地說，醫生轉動針盤，看看手錶。

「現在隔多久一次？」我問道。

「一分鐘左右。」

「你不想吃午餐？」

「我待會兒再吃，」他說。

凱瑟琳說，「你得吃點東西，醫生。拖這麼久真抱歉，我丈夫不能爲我供氣嗎？」

醫生說，「你願意就行，轉到『2』。」

「我懂了，」我說，用曲柄轉動的針盤上有數字指標。

「我現在要，」凱瑟琳說，她將面罩緊貼著臉孔，我把針盤轉到「2」，凱瑟琳放下面罩時，我把它關掉。醫生讓我做點事情真好。

「是你弄的，達令？」凱瑟琳說，她摸摸我的手腕。

「不錯。」

「你真可愛。」她吸了麻醉氣，有點醺醺然。

醫生說，「我到隔壁房間午餐，你可以隨時叫我。」時間一分一秒過去，我看他吃，過了一會又看他躺下來抽菸，凱瑟琳非常疲倦。

「你想我到底會不會生下這個娃娃？」她問道。

「會，當然會。」

「我拚命試，我用力往下壓，他卻滑走了。喏，又痛了，給我。」

兩點鐘我出去吃午餐，咖啡館有幾個人坐在那兒，桌上放著咖啡和櫻桃酒，或者葡萄渣。我撿了一張餐台坐下。「我能不能吃東西？」我問侍者。

「午餐時間已過。」

「沒有全天供應的餐點嗎？」

「你可以吃酸泡菜。」

「給我酸泡菜和啤酒。」

「淡啤酒還是濃烈的黑啤酒？」

「淺色的淡啤酒。」

侍者端來一碟酸泡菜，頂上有一片火腿，泡酒的熟菜中埋著一根香腸。我一面吃一面喝啤酒，我餓慌了，我望著咖啡館圍几而坐的客人。有一桌正在打牌，隔壁桌的兩位男士正在交談和抽菸，咖啡館煙霧瀰漫。我吃過早餐的鋅製吧台，現在裡面有三個人——一個是老頭子，一個是櫃台後面盯牢菜色的黑衣胖女人，另外一個是穿圍裙的侍者。不知道那個女人生過多少兒女，當時情景如何。

我吃完酸泡菜，走回醫院。現在街道乾乾淨淨的，外面沒有垃圾桶了。天色陰沉，但是太陽似乎要露面。我乘電梯上樓，跨出門，沿著大廳走到凱瑟琳的房間，我的白袍脫在那裡。我穿上身，在脖子後面別好，照照鏡子，看到自己活像一個留鬍鬚的冒牌醫生。我沿著大廳走到產房，門關著，我敲門，沒有人答腔，於是我轉動門鈕走進去，醫生坐在凱瑟琳旁邊，護士在房間另一頭忙著。

「妳丈夫來了，」醫生說。

「噢，達令，我碰到最好的醫生，」凱瑟琳以奇怪的口吻說，「他說些最好玩的故事給我聽，陣痛太嚴重時，他就讓我完全不省人事，他真好，醫生，你真好。」

「你醉了，」我說。

凱瑟琳說，「我知道，但是你不該說出來。」接著說，「給我，給我。」她死抓著面罩，急促深呼吸，用力喘氣，弄得供氣面罩咔啦咔啦響。然後她長嘆一聲，醫生用左手掀開面罩。

「這回是劇烈的大痛，」凱瑟琳說，她的聲音很奇怪，「達令，我現在不會死，垂死的一刻過去了，你不高興嗎？」

「妳別再陷入那種情況。」

「我不會，但我也不怕死。我不會死的，達令。」

醫生說，「妳不會做傻事，妳不會死掉，撇下妳丈夫。」

「噢，不，我不會死，我不願意死，死掉未免太蠢了。喏，又痛了，給我。」

過了一會醫生說，「亨利先生，你出去幾分鐘，我要做個檢查。」

凱瑟琳說，「他要看看我成績如何。你待會再回來，可以吧，醫生？」

醫生說：「可以，他可以回來的時候，我會傳話給他。」

我踏出房門，沿著大廳走到凱瑟琳產後要住的房間，坐在一張椅子上，打量屋裡的情形。我外衣裡有一份吃午餐時買來的報紙，我攤開來看。外面天色漸黑，我開燈照明。過了一會我放下報紙，熄了燈，看外面天色轉暗。不知道醫生爲什麼不派人來叫我，也許我不在還好些，說不定他要我走開一會兒。我看看手錶，如果他再過十分鐘不來叫我，我就自己去了。

可憐，可憐的凱瑟琳親親，這是妳爲我倆共眠付出的代價，這是陷阱的終局，這是人們彼此相愛的結果。感謝上蒼，幸虧有麻醉氣，麻醉藥出現以前，生產是什麼滋味？她們一開始就劫數難逃。凱瑟琳懷孕期間過得很愉快，不難受，她難得噁心。現在痛苦終於逮住她了，做壞事不可能沒有惡果，滾你的！就算我們結五十次婚，也是一樣。萬一她死掉怎麼辦呢？她不會死，現代人不會難產而死，這是天下丈夫的想法。是啊，不過萬一她死了怎麼辦？她不會死，她只是吃一段苦頭，事後我們會大嘆苦經，凱瑟琳會說其實不太嚴重。不過萬一她死掉呢？她不能死。是的，但是萬一她死掉呢？告訴你，她不能死。別存傻念頭，只是難熬罷了，只是大自然要她受罪。只是頭一胎，第一胎總要拖很久。是的，不過萬一她死掉呢？她不能死。她怎麼會死？她有什麼理由要死？不過是一個小孩要出生，米蘭良宵的副產品。他惹麻煩，生出來，然後你照顧他，說不定一天天喜歡他。不過萬一她死掉怎麼辦？她不會死，不過萬一她死掉呢？她不會的，她會平平安安的。不過萬一她死掉呢？她不能死，不過萬一她死掉呢？怎麼辦？萬一她死掉呢？

醫生走進屋內。

「進展如何，醫生？」

「毫無進展，」他說。

「你這話什麼意思？」

「就是這樣，我做了檢查——」他細細說出檢查的結果。「那時候我就靜候觀察，但是毫無進展。」

「你有何建議？」

「有兩個辦法，其一是麻醉鉗分娩，除了對小孩不利，還可能撕裂組織，頗具危險性。另外一個辦法是剖腹生產。」

「剖腹的危險性如何？」萬一她死了怎麼辦！

「危險性不比正常分娩來得高。」

「你是不是親自開刀？」

「是的，我可能需要一個鐘頭準備東西，召集人手，也許用不著一個鐘頭。」

「你認爲怎麼樣？」

「我建議剖腹手術，若是我太太，我會開刀剖腹。」

「有什麼後遺症？」

「沒有，只有刀疤。」

「感染呢？」

「危險性不像麻醉鉗分娩那麼高。」

「你如果不採取任何措施呢？」

「到頭來一定得採取某些措施，亨利太太已經失去不少體力，愈早開刀愈安全。」

「那就儘早開刀吧，」我說。

「我去吩咐幾件事。」

我走進產房，護士陪著凱瑟琳，她躺在台子上，被單下大腹鼓起，顯得十分蒼白和疲倦。

「你有沒有告訴他可以動手術？」她問我。

「有。」

「好棒，再過一個鐘頭就過去了。我差一點完蛋，達令。我整個崩潰了，拜託拿給我，沒有效。噢，沒有效！」

「深呼吸。」

「有哇。噢，沒有效了，沒有效！」

「再拿一筒，」我對護士說。

「這一筒是新換的。」

凱瑟琳說，「我真是傻瓜，達令。不過沒有效了。」她開始大哭。「噢，我真想生下這個娃娃，不惹麻煩，現在我完蛋了，整個崩潰了，面具沒有用。噢，一點用處都沒有。別管我，達令。請你不要哭，別管我，我只是崩潰了，可憐的甜心，我好愛你，我會復原的。這次我會復原，他們不能替我想個辦法嗎？他們能想個辦法多好。」

「我要叫它有效果，我要轉到極致。」

「現在給我。」

我把針盤開到最大，她用力深呼吸，面具上的手放鬆了，我關掉氣體，掀起面罩。她由昏厥中醒來。

「好舒服，達令。噢，你對我真好。」

「妳要勇敢些，我不能老是開最大，妳會送命的。」

「我不再勇敢了，達令。我整個崩潰，劇痛折損了我，我現在知道了。」

「人人都那樣嘛。」

「不過真可怕，窮追不捨，弄到你崩潰爲止。」

「再過一個鐘頭就過去了。」

「那不是挺迷人嗎？達令，我不會死吧？」

「不，我保證不會。」

「因爲我不想撇下你而死，不過我真厭倦，覺得我會死。」

「胡說，人人都有那種感覺。」

「有時候我知道我要死了。」

「妳不會，妳不能死。」

「萬一我死掉呢？」

「我不讓你死。」

「快點給我，給我！」

然後說，「我不會死，我不讓自己死。」

「當然不會。」

「你要留下來陪我？」

「我不看，只陪著你。」

「不，只要守在那邊就行了。」

「好，我一直守在那邊。」

「你對我真好。喏，給我，開大一點，沒有效！」

我把針盤撥到「3」，然後到「4」。我希望醫生回來，超過「2」以上的數字，我非常擔心。

最後有一個新醫生和兩名護士進來，把凱瑟琳抬上一座有輪子的擔架，我們走過大廳。擔架迅速由廳堂進入電梯，人人都得貼牆而立，才騰得出空間；接著上樓，門開了，出電梯，用橡皮輪子沿著大廳推到手術室。醫生戴著帽子和面罩，我都認不出來了。那兒還有一位醫生和幾名護士。

凱瑟琳說，「他們得替我想個辦法，他們得替我想個辦法。噢，拜託醫生，開大一點才有用！」

一位醫生在她臉上套一個面具，我隔著房門望去，看到手術室光亮的小空間。

「你可以走進另外一扇門，坐在那邊，」一位護士說。一道欄杆後面有幾張凳子，俯臨白白的手術台和電燈。我看看凱瑟琳，面具套在她臉上，現在她靜下來了。他們將擔架往前推，我轉身沿著廳堂走去，兩名護士正奔向狹形房間的入口。

一個說：「是剖腹生產，他們要動剖腹手術。」

另外一個笑著說：「我們剛好來得及，我們不是挺幸運嗎？」她們走進通往窄室的那道門。

另外一個護士走過來，她形色匆匆。

「你進去，進去。」她說。

「我要待在外面。」

她匆匆進屋。我在大廳踱來踱去。我不敢踏進門。我眺望窗外。黑漆漆的，不過由窗口透出的燈光，我看出外面下雨。我走進大廳盡頭的一個房間，觀賞一個玻璃櫃中的藥瓶標籤。然後我出來站在空空的廳堂上，盯著手術室門口。

一位醫生出來，後面跟著一名護士。他雙手抓著一樣東西，活像剛剛剝皮的兔子，匆匆到走廊對面，由另外一扇門進屋。我走到他跨入的那扇門外，發現他們在屋裡照應一個新生兒，醫生抱起來給我看，他抓住他的腳跟，猛打屁股。

「他還好吧？」

「好極了，重量幾達五公斤。」

我對他沒有感情，看不出他和我有什麼關係，我心中毫無父愛。

「你不以令郎爲榮嗎？」護士問我，他們替他洗澡，用布巾包起來，我看到小小的黑臉和黑手，但是我沒看見他動，也沒聽見他哭。醫生又在他身上用功夫了，表情顯得很沮喪。

我說，「不，他差一點害死他娘。」

「這不能怪小寶貝呀，你不想要一個男孩？」

「不，」我說，醫生忙著對他下功夫，他抓住他的腳跟，猛拍屁股。我沒有留下來細看，我走到大廳，現在我可以進去探望了，我進門，沿著狹室走了幾步。坐在欄杆旁的護士們招手要我到她們那兒，我搖搖頭。站在這邊，我看得見。

我以爲凱瑟琳死了，她滿臉死氣，我看到的部分面孔呈現灰色。暗淡的燈光下，醫生正在縫那道又大又長，用鉗子展開，邊緣厚重的傷口。另外一名戴口罩的醫生施放麻藥，兩名戴口罩的護士傳遞東西，活像宗教法庭的圖畫。我知道我能從頭看到尾，但是幸虧我沒有看。我想我不忍心看剖腹的動作，不過我望著傷口因補鞋匠一般精巧的縫線而黏合成高高的隆起，心裡很高興。縫傷口的時候，我走到大廳，又踱來踱去。過了一會醫生出來了。

「她怎麼樣？」

「她還好，你有沒有看手術進行？」

他顯得很疲倦。

「我看你縫傷口，切口好像很長嘛。」

「你這麼想？」

「是的，刀疤會不會平復？」

「噢，會。」

過了一會他們推出帶輪子的擔架，迅速由走廊推到電梯間，我跟在旁邊走，凱瑟琳哀哀呻吟。下了樓，他們把她抬進房間，我坐在床尾的一張椅子上。屋裡有一位護士，我起身站在床前，房間裡黑漆漆的，凱瑟琳伸出纖手。「嘿，達令，」她說。她的聲音很軟弱，很疲倦。

「嘿，甜心。」

「寶寶什麼樣子？」

「噓，別講話，」護士說。

「男孩，身子很長很寬，皮膚黑黑的。」

「他還好吧？」

我說，「是的，他很好。」

我發現護士以古怪的神情看我一眼。

凱瑟琳說，「我累死了，而且痛得要命，你還好吧，達令？」

「我很好，別講話。」

「你對我真好。噢，達令，我痛得可怕。他長得什麼樣子？」

「像一隻剝皮的兔子，加上一張皺巴巴的老人臉。」

護士說，「你非出去不可，亨利太太不能說話。」

「我在門外，」我說。

「去吃點東西，」我親吻凱瑟琳，她臉色灰白，顯得衰弱又疲倦。

「我能不能和妳說一句話？」我對護士說。她跟我來到門外的大廳，我沿著大廳走了幾步。

「嬰兒怎麼啦？」我問她。

「你不知道？」

「不。」

「不是活產。」

「他死了？」

「他們想要他呼吸，始終不能如願，大概是臍帶繞到脖子之類的。」

「原來他死了。」

「是的，真可怕。他那麼漂亮，個子又那麼大，我以爲你知道了。」

我說：「不，妳還是趕快回去陪我太太吧。」

我坐在桌前的一張椅子上，旁邊的彈簧夾掛著護士們的報告單。我眺望窗外，只見黑漆漆的夜色和窗口光柱映出的雨絲。原來如此，嬰兒死了，難怪醫生看起來那麼疲倦。但是他們在房間裡何必在他身上假費工夫呢？說不定他以爲他會復生，開始呼吸吧。我不信教，但我知道他應該受洗。不過他若根本沒有吐過或吸過半口氣，又該如何？他沒有，他未曾有過生命，在凱瑟琳肚子裡又另當別論了。我常常摸到他在裡面踢踢打打。但是已足足一週沒有聽見，說不定他早就悶死了，可憐的小傢伙，我巴不得也那樣悶死。不，我不希望，但也不想經歷這一切垂死的痛苦。現在凱瑟琳要死了，人人都會死，你死，不知道死亡的滋味如何。你從來沒有時間學，你被扔進場，聽到規則，稍一離壘，就被刺殺出局了。也許像艾莫死得那麼快，也許像雷納迪梅毒纏身，但是你遲早要死的，你可以確信這一點。待在死亡四周，遲早要死。

有一次露營，我把一根原木架在火堆頂上，木頭內部藏了好多螞蟻。木頭點著了，螞蟻奔湧而出，先奔向中間著火的地方，然後回頭往末端跑。末端也著火了，牠們就掉入火坑。有些爬出來，身體燒焦扁化，茫茫然不知竄往何方。但是大多數向火心走，然後退回末端，聚集在溫度較低的一頭，最後終於掉進火堆。我當時曾想：世界末日到了，該有救主降臨，把木頭搬離火堆，丟到螞蟻能安全著地的位置。但是我沒有動手，只把一錫杯的水倒在木頭上，好騰出杯子來裝威士忌，再添水來喝，熊熊的木材加那一杯水，螞蟻大概都蒸死了。

現在我坐在大廳，等著問凱瑟琳的情況。護士沒有出來，於是隔了一會我走到房門口，輕輕開門往裡瞧。由於大廳有盞明燈，屋裡卻黑漆漆，起先我看不見。後來才看見護士坐在床邊，凱瑟琳的腦袋擱在枕頭上，床單下的身子扁塌塌的。護士把手指擱在唇邊，然後站起來走到門口。

「她怎麼樣？」我問她。

護士說，「她還好，你去吃晚餐再回來。」

我走過大廳，下樓來到醫院門外，再冒雨由漆黑的市街走到咖啡館。店內燈火輝煌，餐台邊坐了不少客人。我沒找到空位，一名侍者過來替我脫下濕淋淋的外衣，給我找了一張餐台，對面坐著一個年紀很大的先生，他一面喝啤酒一面看報。我坐下來，問侍者今天的「招牌菜」是什麼。

「燉小牛肉——但是賣光了。」

「有什麼可吃的？」

「火腿蛋，乳酪蛋，或者酸泡菜。」

「我今天中午吃過酸泡菜，」我說。

他說：「對了，你今天中午確實點過酸泡菜。」他頭頂光禿禿，其他部位的頭髮整整齊齊蓋在上面，臉色和藹可親。

「你要什麼？火腿蛋還是乳酪蛋？」

我說：「火腿蛋，還有啤酒。」

「淡啤酒？」

「是的，」我說。

他說：「我記得，你今天下午喝淺色淡啤酒，」

我吃火腿蛋，喝啤酒。火腿蛋用圓盤盛裝——火腿在下，煎蛋在上。很燙，我吃一口，連忙喝一口啤酒來沖涼嘴巴。我肚子餓，叫侍者再拿一客來。又喝了好幾杯啤酒，我腦子裡什麼都不想，一心看對面客人的報紙。報上寫道英國前線被敵人攻破了。他發現我在看他的報紙背面，連忙折起來。我本想叫侍應生拿一份報紙，可是精神無法集中。咖啡室裡熱烘烘的，空氣很壞。店裡很多客人彼此熟悉。有幾場牌局。侍者忙著由吧台送酒到各餐桌。有兩個人進來，找不到位子。他們站在我的餐台對面。我又叫了一客啤酒。我還不想走，此刻回醫院太早了。我儘量不用腦筋，要保持完全冷靜。那兩個人站在附近，眼看沒有人要走，只好退出去。我又喝了一杯啤酒，現在我前面的餐桌放了一大堆墊盤。對面的男客脫下眼鏡，收進盒子裡，又折好報紙，放進口袋，現在手持酒杯打量屋內的情形。就在這時，我知道我得回去了，我呼叫侍應生，付了賬，穿戴好衣帽，逕自走出店門，我冒雨走回醫院。

在樓上，遇見護士沿著大廳走過來。

「我剛打電話到旅館找你，」她說。我心底一沉。

「怎麼啦？」

「你太太血崩了。」

「我能不能進去？」

「不，還不行，醫生正在看她。」

「有沒有危險？」

「很危險。」護士進屋，關上了房門。我坐在外面的大廳裡，我失魂落魄，大腦一片空白，無法思考。我知道她要死了，祈禱她不要死，別讓她死。噢，上帝，別讓她死，你如果不讓她死，我什麼事情都肯爲你做。求求你，求求你，求求你，親愛的上帝，別讓她死。親愛的上帝，別讓她死。求求你，求求你，求求你，求求你，別讓她死。上帝，請救她一命，只要你不讓她死，你叫我做什麼，我就做什麼。你已帶走了嬰兒，但是請別讓她死。孩子沒關係，但是別讓她死。求求你，求求你，親愛的上帝，別讓她死！

護士開門，示意我過去。我跟她進屋，進門時，凱瑟琳沒有抬頭望來。我走到床邊，醫生站在床鋪對面，凱瑟琳看看我，泛出笑容。我彎下身子，忍不住痛哭失聲。

「可憐的甜心，」凱瑟琳柔聲說，她臉色灰白。

我說，「妳沒事，凱，妳會好起來的。」

「我快要死了，」她說；然後等了一會說，「我討厭死亡。」

我抓住她的手。

「別摸我，」她說。我放開她的手，她微微一笑。

「可憐的寶貝，你摸個夠吧。」

「妳會好起來的！凱，我知道妳會好起來。」

「我本來想寫一封信給你保存，以防萬一，但是我沒寫。」

「要不要我找牧師或者誰來看妳？」

「只要你一個，」她說。過了一會又說，「我不怕，我只是討厭死亡。」

「妳不能說這麼多話，」醫生說。

「好吧，」凱瑟琳說。

「妳要不要我做什麼，凱？需不需要我拿什麼給妳？」

凱瑟琳微微一笑。「不。」過了一會才說，「你不會跟別的女孩子做我們之間的事情，或者說同樣的話吧？」

「絕不會。」

「不過我希望你有女朋友。」

「我不要她們。」

醫生說，「妳的話太多了，妳不能講話，亨利先生非出去不可。他待會兒再回來。妳不會死，妳千萬別存著傻念頭。」

凱瑟琳說，「好吧。」她又說，「我會回來夜夜陪伴你。」她說話很吃力。

「請你到外面去，」醫生說。凱瑟琳向我眨眨眼，臉色灰白。「我就在門外，」我說。

凱瑟琳說，「別擔心，寶貝。我一點都不怕，死亡只是下流的詭計。」

「親愛而勇敢的甜心。」

我在門外的大廳乾等，等了好一段時間。護士走出門外，來到我跟前。她說：「亨利太太恐怕很嚴重，我為她擔心。」

「她死了？」

「沒有，但是她不省人事。」

她似乎一再血崩，他們止不住，我進屋守著凱瑟琳，直到她去世。她一直昏迷不醒，過不了多久便溘逝了。

來到門外的大廳，我和醫生講話。「今天晚上有沒有事情要我做？」

「沒有，沒有事情可做，我載你回旅社好不好？」

「不，謝謝你，我要在這邊待一會兒。」

「我知道無話可說，我不能對你說——」

我說，「不，無話可說。」

他說，「晚安，不讓我載你回旅社？」

「不，謝謝你。」

他說，「這是唯一的辦法，手術證明——」

「我不想談這件事，」我說。

「我想載你回旅館。」

「不，謝謝你。」

他沿著大廳走去，我跨向房門。

「現在你不能進來，」有一個護士說。

「可以，我可以，」我說。

「你還不能進來。」

「妳出去，」我說。「另外一個也出去。」

但是，即使趕走了她們，關上門，熄了燈，還是沒有用。就像對一尊雕像告別。過了一會兒我離開醫院，淋著雨走回旅館。

全書完

◎海明威年表

一八九九年　一歲

七月廿一日出生在伊利諾州的橡樹園，父親為克萊倫斯・愛德門滋・海明威醫生，母親為葛麗絲・赫爾，出身望族，喜好音樂，海明威為六個孩子中的老二。

一九〇一年　二歲

父親給他釣具，夏天全家前往密西根州北端華倫湖畔的別墅度假，自此，海明威每年夏季均與其父親在此釣魚、打獵，留下快樂的回憶。

一九〇九年　十歲

生日那天，父親贈以獵槍，海明威愛不釋手。

一九一三年　十四歲

秋，進橡樹園高中。在學校中，編輯校刊，並於校刊上發表短文，此時已展現文學上的才華。並為游泳、足球選手。

一九一七年　十八歲

四月，美國加入第一次世界大戰，海明威立即志願入伍從軍，但因左眼受傷，未能如願。秋，畢業於橡樹園中學；旋即在堪薩斯市「星報」擔任實習記者。

一九一八年　十九歲

四月，與友人辭去「星報」職務，應徵義大利軍的紅十字會救護車司機。五月末，前往紐約登船，六月，經巴黎至米蘭。七月，腿部被迫擊砲碎片炸成重傷，進米蘭陸軍醫院，約三個月出院，再投效戰場。十一月，大戰結束，義大利政府授以勳章。

一九一九年　二十歲

一月退役。在密西根湖畔度過秋冬，努力寫作。

一九二〇年　二十一歲

擔任加拿大多倫多市「明星報」與「明星週刊」的記者。五月返回美國，發現父母親不和，海明威同情其父，與母親的感情日益疏離。秋，前往芝加哥，認識了日後成為他首任妻子的哈德莉。

一九二一年　二十二歲

與大他八歲的哈德莉從戀愛到結婚，居於多倫多；十二月，擔任「明星報」駐歐特派員，離開美國，前往歐州。

一九二二年　二十三歲

在作家安德森介紹下，往訪巴黎著名女評論家斯坦茵女士，獲得賞識；並結識當時在巴黎的名詩人龐德及作家喬艾斯。秋，赴現場報導土希戰爭及洛桑和平會議消息。其妻哈德莉在赴洛桑與他會合途中，遺失裝有海明威多篇作品初稿的皮箱，令海明威沉痛萬分。

一九二三年　二十四歲

七月，第一本書《三個故事與十首詩》（Three Stories and Ten Poems）在巴黎出版，嶄露頭角。

一九二四年　二十五歲

一月，三十二頁的小冊書《在我們的時代》在巴黎出版。夏，旅行西班牙，觀賞鬥牛，從此對鬥牛念念不忘。

一九二五年　二十六歲

《在我們的時代》（In our Time），美國版由伯尼．李佛萊特公司出版。此書是把巴黎版的小冊書更新並擴大，加入了十四個短篇故事。

一九二六年　二十七歲

五月，海明威的諧謔嘲諷之作《春潮》（The Torrents of Spring），由紐約的查理斯書記之子出版家（Charles Scribner's Sons）出版，也就是後來他一系列作品的出版者。海明威的首部長篇小說《太陽依然昇起》（The Sun Also Rises）在十月出版，為他帶來了如潮湧至的好評。海明威從此成為純文學領域中的暢銷書作家。

一九二九年　三十歲

一月，與哈德莉離婚；與寶琳·費佛結婚。九月，《戰地春夢》（A Farewell to Arms），海明威的第一部獲利成功之作出版：初版八萬本，四個月內銷售一空。十月，出版《沒有女人的男人》（Men Without Women），包括十四個短篇小說，其中有四篇曾在雜誌中發表過。此書奠立了海明威簡潔冷峭的短篇小說風格。

一九三二年　三十三歲

出版報導文學《午後之死》（Death in the afternoon）。隨即又出版震撼文壇的小說集《勝利者一無所獲》（Winner Take Nothing），共十四個故事。

一九三五年　三十六歲

出版《非洲青山》（Green Hills of Africa）。

一九三六年～一九三七年

寫作、演講，並為西班牙內戰的保皇黨募錢。

一九三七年　三十八歲

在西班牙，為北美報業同盟採訪內戰新聞，出版《有錢·沒錢》（To have and have not），包括三個互有關連的故事，其中有兩個曾單獨發表過。另出版《第五縱隊與首批四十九篇故事》（The fifth Column and the first Forty-Nire Stories），其中包括戲劇，以及前三階段發表的短篇小說，再加以七個以前曾經出版過的故事。

一九四〇年　四十一歲

以西班牙內戰為背景的長篇小說《戰地鐘聲》（For Whom the Bell Tolls）出版，是海明威的最佳暢銷書。同年，其妻寶琳·費佛與他離異；他又與女記者瑪莎·傑爾洪結婚。

一九四二年　四十三歲

出版《人在戰爭中》（Men at War）。本書收集了所有有關戰爭的故事，重新出版，並加有海明威的介紹。

一九四二年～一九四五年

投身第二次世界大戰的現場，為報章雜誌擔任戰場採訪任務，並報導歐洲戲劇之爭論。

一九四四年　四十五歲

與瑪莎．傑爾洪離婚；接著與瑪麗．威爾絲結婚。

一九五〇年　五十一歲

寫作了甚久的長篇小說《渡河入林》（Across the River and Into the Tress）出版。

一九五二年　五十三歲

畢生巔峰之作《老人與海》（The old Man and The Sea）發表在「生活雜誌」九月號期刊上。隨即出版單行本，風靡全球，膾炙人口。由此，海明威儼然成為現代文學的傳奇人物。

一九五四年　五十五歲

獲得諾貝爾文學獎。獲獎理由提到「他精擅現代化的敘述藝術，有力而獨創一格」，與海明威同為廿世紀美國文學巨擘、也榮獲諾貝爾文學獎的福克納對他推崇備至，稱譽海明威的作品是「文學界的奇蹟」。

一九六〇年　六十一歲

長年積勞，一邊奔波忙碌，一邊埋首寫稿，海明威的身體出現病徵，入明尼蘇達州羅徹斯特醫院接受電擊治療。

一九六一年　六十二歲

一月出院，四月底再次入院，六月末又堅持出院。七月二日凌晨，被發現死在自宅樓下的槍架前，一般認為係屬自殺。

經典新版世界名著：26

戰地春夢【全新譯校】

作者：〔美〕海明威
譯者：葉純
發行人：陳曉林
出版所：風雲時代出版股份有限公司
地址：10576台北市民生東路五段178號7樓之3
電話：(02) 2756-0949
傳真：(02) 2765-3799
執行主編：劉宇青
美術設計：吳宗潔
行銷企劃：林安莉
業務總監：張瑋鳳

初版日期：2022年8月
ISBN：978-626-7153-15-4

風雲書網：http://www.eastbooks.com.tw
官方部落格：http://eastbooks.pixnet.net/blog
Facebook：http://www.facebook.com/h7560949
E-mail：h7560949@ms15.hinet.net
劃撥帳號：12043291
戶名：風雲時代出版股份有限公司

風雲發行所：33373桃園市龜山區公西村2鄰復興街304巷96號
電話：(03) 318-1378
傳真：(03) 318-1378
法律顧問：永然法律事務所 李永然律師
北辰著作權事務所 蕭雄淋律師

行政院新聞局局版台業字第3595號 營利事業統一編號22759935

定價：380元

國家圖書館出版品預行編目資料

戰地春夢 / 海明威著 ; 葉純譯. -- 再版. -- 臺北市 :
風雲時代出版股份有限公司, 2022.07 面 ; 公分

譯自 : A farewell to arms
ISBN 978-626-7153-15-4 (平裝)

874.57 111008470